UNIVERSALE
ECONOMICA
FELTRINELLI



SOCIETÀ EDITRICE MILANESE

MARINA VISENTIN

# Cuore di rabbia

Prima edizione nell'"Universale Economica" – NOIR giugno 2023

Stampa Grafica Veneta S.p.A. di Trebaseleghe - PD

ISBN 9788893904575

FSC
www.fsc.org
MISTO
Carta da fonti gestite in maniera responsabile
FSC® C021883

Questo libro è un'opera di fantasia. Personaggi e luoghi citati sono invenzioni dell'autore e hanno lo scopo di conferire veridicità alla narrazione. Qualsiasi analogia con fatti, luoghi e persone reali è assolutamente casuale.

*A mio padre,*
*che non potrà leggere queste pagine,*
*ma non smetterà mai di abitarle.*

Siamo tutti case vuote
e aspettiamo che qualcuno
apra la porta e ci liberi.

Kim Ki-duk, *Ferro 3*

# 1

«L'ho sognata.»

«In che senso?»

«Tu in quanti sensi riesci a sognare?»

«Non so, verticale, orizzontale, diagonale.»

Ecco, perfetto, Alfio ha già cominciato a prendermi per i fondelli, forse era meglio se questa cosa me la tenevo per me. Ma ormai è fatta. Andiamo avanti.

«Era una mia compagna di università, morta venticinque anni fa. Bruciata. Hanno ammazzato lei e il cane. E nessuno ha mai scoperto chi è stato.»

«E tu ci hai pensato per tutto questo tempo?»

«No, io non ci ho pensato mai. È solo che adesso l'ho sognata.»

«E ti ha detto cosa...?»

«Ma che domande fai? Non ho mica fatto una seduta spiritica, l'ho solo sognata, non mi ha detto niente. Cosa mi doveva dire?»

Ho alzato la voce, e solo adesso mi accorgo che la porta è rimasta socchiusa. Il viceispettore Tommasi è lì dietro il vetro, e ci guarda fisso. Tanto per cambiare. Sta ascoltando, sembra un cane da tartufi, tutto proteso in avanti. Se ora mi alzo e chiudo la porta, penserà che ho qualcosa da nascondere.

Amen, pensi ciò che vuole, il capo sono io.

Mi alzo, chiudo la porta, la sigillo con un sorriso gelido e un gesto secco della mano: sto parlando, non voglio essere disturbata, ripassa dopo, grazie.

Alfio ha capito tutto e se ne sta seduto buono buono sulla poltroncina rossa, quella degli ospiti, le lunghe gambe rilassate in avanti. Tra le dita della mano destra una sigaretta spenta, che schiaccia e rischiaccia tra indice e medio con un gesto automatico, e ogni tanto se la porta persino alla bocca, ma poi si ferma a mezz'aria, e lentamente, invece di infilare il filtro tra le labbra, appoggia la nocca del pollice sul mento, e tamburella piano. Un rito complicato e sterile, ma secondo lui è l'unico modo per tenere sotto controllo il bisogno di nicotina, soprattutto quando diventa spasmodico.

«Non mi è mai piaciuto lavorare dietro una scrivania. È sulla strada, in mezzo alla gente, che mi piace stare, per questo ho voluto fare il poliziotto. E poi ormai stare per strada è l'unico modo per riuscire a fumare in santa pace, finché non ce lo proibiranno anche lì 'sti stronzi salutisti... Oh, mi scusi, magari anche lei appartiene a questa schiera, non dico gli stronzi, ci mancherebbe, non scherziamo, io non manco mai di rispetto ai capi, dicevo i salutisti... Lei non fuma, dottoressa?»

«Ho smesso sei mesi fa.»

Mi si era presentato così l'ispettore capo Alfio Russo, il giorno del nostro primo incontro.

Era il 12 dicembre, anniversario della strage di piazza Fontana, anche se ormai se lo ricordano in pochi, è passato troppo tempo. Ero appena entrata nel mio nuovo ufficio, questura centrale di Milano, via Fatebenefratelli. E mi guardavo intorno, alla ricerca di un volto amico, oppure di qualcuno da odiare, in fondo era lo stesso. Ero incazzata col mondo intero. Mi avevano promossa, vicequestore, evviva, però mi avevano spedito a Milano, l'unica città al mondo dove non volevo tornare. Neanche morta. E infatti ero lì, viva e incazzata, e davanti a me Alfio Russo, ispettore capo, biondo, barbuto, troppo alto, troppo sorridente.

La prima cosa che ho pensato, guardandolo in faccia, è stata: perfetto, lavorare con uno che vive di battute, e magari racconta pure barzellette, proprio quello di cui avevo bisogno.

Sono passati due anni e mezzo e con Alfio ci vado d'accordo, improbabile ma vero. Lui racconta davvero barzellette, appena può, e a me non fanno ridere, di solito, però è da un bel po' che non penso più che sia un cretino.

Anche lui ha smesso di pensare che sono una stronza, ma è convinto che dovrei ridere di più, perché mi farebbe un gran bene. Me lo dice spesso, e ogni volta mi viene in mente *Il lupo della steppa* di Hermann Hesse. Un libro letto a vent'anni e mai dimenticato. Perché mi ero identificata totalmente nel protagonista, serissimo intellettuale incapace di sorriso che un bel giorno scopre la forza insolita e dirompente di una piccola stupida risata.

Alfio è convinto che mi farebbe bene anche ricominciare a fumare, e ogni tanto ci prova, a ricondurmi sulla strada del vizio.

Oggi no, non mi ha ancora detto "Perché non ci facciamo due passi in cortile, intanto che parliamo, che così mi fumo una sigaretta?".

Però è lì che tamburella con la nocca del pollice destro sul mento, e intanto annusa l'odore dolce del tabacco. Conosco quel gesto, anch'io lo facevo quando tentavo di smettere di fumare senza riuscirci, e ci pensavo sempre, e annusavo ogni sigaretta come fosse un'essenza preziosa. Smettevo e ricominciavo, ricominciavo e smettevo.

Poi ho smesso, e non ho più ricominciato. Ma non è merito mio. È successo e basta.

# 2

Sono tante le cose che succedono e basta.

Quando ero giovane, tanto tempo fa, ma giovane davvero, quest'idea mi sembrava intollerabile. Le cose succedono? Ma no che non succedono, siamo noi che le facciamo succedere, oppure no. In entrambi i casi ne portiamo la responsabilità, sotto forma di pena, fardello, zavorra, ben di rado gioia, soddisfazione mai.

Questo pensavo a vent'anni, mentre studiavo la fenomenologia di Husserl e l'esistenzialismo di Sartre, cullandomi in pensieri nichilisti e misurando il mondo a colpi di dogmi e giudizi universali. Tutto bianco o tutto nero, la felicità è assoluta oppure non è. Quindi non è. Ovvio.

Sono stata una ventenne manichea e infelice, sono diventata una quarantenne pragmatica e incazzosa. Da un certo punto di vista forse ho fatto dei passi avanti, da un altro non so, non ne sarei così sicura.

Quando mi guardo allo specchio – e non accade di frequente, gli specchi non mi piacciono, cerco di tenermene alla larga – vedo qualcosa che somiglia a quella che ero, un'immagine consueta, più o meno rassicurante, ma non mancano dettagli nuovi, estranei quasi, che fatico a riconoscere come miei. E non parlo delle rughe. Qualcuna comincia a vedersi, ma non è quello, non sono le rughe a raccontare il tempo che è passato, la distanza incolmabile tra quella che ero e quella che sono oggi. Non ancora.

Prima o poi le rughe prenderanno il sopravvento, ridisegneranno la geografia del mio viso, la trasformeranno in qualcosa di radicalmente nuovo, tragicamente irriconoscibile. Ma oggi no, non ancora. A marcare la differenza tra passato e presente è qualcosa di indefinibile, una luce, un riflesso, forse un'ombra, una sfumatura di colore che non riconosci. E non ti piace. La vorresti far sparire. Eppure lo sai che è tua. E non se ne andrà tanto facilmente.

Guardandomi allo specchio, di recente, mi sono scoperta più morbida, come se qualche punta aguzza, di quelle che facevano un gran male a chiunque si volesse avvicinare troppo, si fosse finalmente smussata. Ma forse morbidezza non è la parola giusta, perché tende a rendere buona una sensazione che buona non è: questo sentirsi molli, esposti, pieni di buchi e fessure, ferite aperte, di quelle che non smettono mai di sanguinare.

Milano, per esempio, appartiene a questa triste schiera, quella delle ferite che non si chiudono. Come potrebbero?

Però a volte le cose capitano. Anche se non vuoi. Non sei tu che le fai succedere.

A Milano non ci volevo tornare, a nessun costo. E invece eccomi qua. Costretta dalle circostanze. Dal lavoro. Da una promozione che desideravo, che mi sembrava troppo stupido rifiutare solo perché non volevo vivere in questa città detestabile e grigia.

Lo ammetto, però, ho trovato una città diversa da quella che ricordavo. Una Milano colorata, piena di turisti, punteggiata di grattacieli nuovi di zecca, addirittura sorridente. Irriconoscibile quasi.

Ho trovato anche una casa che mi somiglia: un po' scostante ma piena di luce, solitaria eppure curiosa del mondo. È un appartamento al settimo piano di un palazzo banale, quasi all'angolo di corso Genova. Intorno c'è un quartiere come tanti, case ordinate e cortili ben tenuti, decoro piccolo borghese sparso a piene mani e negozi di ogni genere. Tanti bar, un certo numero di ristoranti e una bella chiesa con giardino, la basilica di San Vincenzo in Prato.

Vista da fuori sembra piccola e umile, schiacciata com'è in mezzo a palazzi dalle facciate ottuse e dalle finestre grigie. Invece l'interno è largo, arioso, più solenne di quello che ti aspetti. L'aveva fatta costruire un re longobardo e per più di mille anni aveva resistito stoica, finché non era arrivato Napoleone, che l'aveva sconsacrata e trasformata in un magazzino. Per un periodo aveva ospitato anche una fabbrica di prodotti chimici e si era guadagnata il nomignolo di "casa del mago". Poi qualcuno ha deciso che bisognava restituirla a Dio, ed è tornata a essere una chiesa. L'unica rimasta in un quartiere dove le chiese e i monasteri una volta abbondavano. Un pezzetto di Milano che non conoscevo per nulla. Un motivo in più per dire di sì proprio a questa casa e non ad altre.

Secondo l'agente immobiliare il motivo fondamentale per scegliere l'appartamento era invece la presenza di un bel terrazzo – in realtà un terrazzino di quelli quadrati dove a fatica si riesce a infilare un tavolo, quattro sedie e due gerani.

«Io non ho nemmeno il pollice verde, delle piante non mi importa nulla e poi, guardi, ho smesso pure di fumare: non mi serve a molto un balcone» avevo risposto secca.

Però la casa l'ho presa comunque, e sul terrazzino ci vado spesso, semplicemente a guardare l'orizzonte, la vita che scorre giù in basso, i tetti delle case intorno. Mi piace guardare il mondo da quassù, da questa casa tutta bianca, fin troppo grande per me e pericolosamente vuota.

Ci abito da quasi due anni e non ho ancora aperto tutti gli scatoloni. Meglio tenersi pronti alla partenza, non mettere radici.

Forse è per questo che ho comprato il minimo indispensabile per arredarla.

La cucina già c'era e me la sono tenuta, ringraziando sentitamente. Non che la usi molto. Il letto l'ho preso all'Ikea e l'armadio pure. Il divano no. È una delle poche cose che mi sono portata dalla vecchia casa di Bologna. La libreria e il divano erano miei, anche se in quella casa non vivevo da sola. Per questo li ho portati con me. Come una reliquia, *un pezzo di cielo affondato*, il ricordo di ciò che poteva essere e non è stato.

Naturalmente anche i libri sono venuti con me, e sono tanti. È merito loro se questa casa quasi priva di mobili non sembra affatto vuota. Hanno occupato lo spazio, donato colore alle pareti bianche, riempito di voci e immagini tante serate solitarie.

Due anni fa avevo pensato di approfittare del trasloco per metterli in ordine, seguendo rigorosamente l'alfabeto e sfruttando l'occasione per riguardarli un po' tutti e magari dare il benservito a quelli palesemente inutili. Per esempio, quelli già letti e non molto amati, o quelli che non ricordo nemmeno di aver comprato, quindi difficile pensare che mi verrà mai la voglia di leggerli. Per non parlare di quelli che nel corso degli anni mi hanno regalato, pescando a caso nella lista dei bestseller del momento. Carta inutile, buona giusto per accendere il caminetto. Se avessi un caminetto da accendere.

Sembrava una buona idea, quella dell'ordine alfabetico, ma poi non l'ho messa in pratica. Troppi libri, troppa fatica sterile. Meglio leggerli, i libri, che passare il tempo a spostarli e spolverarli.

Io ho letto di tutto, per anni, spinta da una sorta di ossessività bulimica, come se fosse un modo di ingoiare il mondo attraverso le parole che lo descrivono. Poi mi sono stufata. Ora leggo solo classici. Spesso li rileggo. Ogni tanto mi spingo fino alle soglie della contemporaneità. L'importante è che un libro sia uscito prima del 1976. È l'anno della mia nascita. Non mi interessa leggere un libro più giovane di me.

# 3

«Come si chiamava?»

«Letizia Giorgi. Aveva ventidue anni quando è morta.»

«Ma eravate proprio amiche?»

La domanda di Alfio mi coglie di sorpresa. Di primo acchito non so rispondere. No, forse no, non eravamo così tanto amiche. Me la ricordo appena. Un caschetto di capelli neri, liscissimi, gli occhialini tondi dalla montatura dorata, un viso anonimo, di quelli che il tempo cancella dalla memoria con straordinaria facilità, una curiosa silhouette svasata, come una campana, che dalle spalle strette arrivava fino ai fianchi abbondanti, appesantiti da due cosce troppo opulente per una ventenne degli anni Novanta. Cerco invano di mettere a fuoco qualche dettaglio in più e d'improvviso mi sento in colpa. Alzo le spalle, lo guardo di sbieco, butto lì con tono indifferente: «Forse no, non sono neppure andata al suo funerale».

Alfio non sembra dare eccessivo peso alla mia sofferta confessione. Gira intorno alla macchina, avviandosi verso la portiera lato guidatore, e intanto allunga una mano, con il palmo all'insù, nella mia direzione. È diventato un gesto abituale tra noi, come fossimo una vecchia coppia che ormai non ha bisogno di parole per comunicare. Vuole le chiavi.

Vuole guidare lui. Vedermi al volante lo manda in bestia. Soprattutto nel traffico di Milano. Soprattutto quando piove. Come oggi.

Io guido piano, pianissimo anzi. Quasi tutti, uomini e donne, appena appoggiano una mano sul volante e il piede sull'acceleratore, subiscono una trasformazione istantanea in stile dottor Jekyll e mister Hyde: diventano mostri strombazzanti, con la bava alla bocca e gli occhi iniettati di sangue, pronti a uccidere per un parcheggio, a maledire l'intera razza umana per una mancata precedenza, a invocare Buddha, Allah e la dea Kalì alla vista di un semaforo verde che inesorabilmente si tramuta in rosso.

Quando mi metto al volante, io subisco invece una bizzarra metamorfosi al contrario: mi rilasso, mi si snebbia la mente, mi spariscono persino le rughe dalla fronte. Riesco a guidare nel traffico incazzato di Milano con la stessa disposizione d'animo di chi viaggia nel deserto, tutto solo, immerso in pensieri beati di libertà. In realtà, quando giro in macchina, soprattutto se sono da sola, non penso a cose molto beate. Rimugino sui casi ai quali sto lavorando. E le idee più brillanti mi vengono tra un semaforo rosso e l'altro, mentre do la precedenza a tutti quelli che la pretendono, e magari anche a quelli che vorrebbero a ogni costo darla a me.

Quando qualcuno mi provoca sull'argomento, rispondo serafica che appartengo alla bislacca razza degli automobilisti cortesi, che non usano il clacson e non taglierebbero la strada neppure a un piccione, e in questo modo pensano di costruire un mondo migliore. Ad accreditare questa curiosa immagine simil-gandhiana ha dato un contributo decisivo il solito Alfio, che ha coniato per me l'etichetta "automobilista Zen" e l'ha prontamente diffusa in tutta la questura.

In realtà è da un pezzo che ho smesso di credere che il mondo possa diventare migliore, e se sono così rilassata in automobile è perché sono già incazzata tutto il resto del tempo. Quando vado a piedi, soprattutto.

Se invece sono in macchina e a guidare è qualcun altro,

Alfio per esempio, scivolo in una sorta di dormiveglia emotivo, una piacevole condizione di sospensione del giudizio che mi consente di contemplare la possibilità di morire da un momento all'altro con assoluta tranquillità, come una prospettiva emozionalmente neutra, intellettualmente persino affascinante.

Alfio non guida da pazzo, come sostiene qualche collega. Assolutamente no. È preciso come una lama di rasoio, concentrato come un santone che abbia imparato a camminare sulle braci ardenti, grazie alla sua totale indifferenza alla patina fenomenica che ricopre la vera sostanza delle cose.

Appena si mette al volante, smette di parlare e di ascoltare, diventa impassibile, imperturbabile, insensibile. Sordo e cieco, verrebbe da dire, se non fosse in aperta contraddizione con l'idea di una guida sicura. Come si fa a guidare con orecchi e occhi chiusi e non andare a sbattere? Lui ci riesce perché, invece di fissare lo sguardo sul musino impertinente della Smart rossa che tenta di tagliarci la strada uscendo da un portone all'angolo di via Cernaia, tiene gli occhi sulla linea dell'orizzonte e schiaccia fino in fondo il pedale dell'acceleratore, insomma si comporta come se già fossimo arrivati alla meta, sulla tangenziale ovest, al chilometro 20 direzione Bologna, tra l'uscita di Assago e quella di Rozzano, dove hanno appena trovato un cadavere sul ciglio della strada e si è formata una coda lunghissima in entrambe le direzioni.

E infatti al chilometro 20 ci arriviamo in una manciata di minuti, nonostante la pioggia che ha ricominciato a scendere a catinelle, dopo aver assordato mezza città con i latrati della sirena e aver rischiato di mandare fuori strada parecchi automobilisti, che Alfio ha scartato come fossero cimici puzzolenti, senza degnarli di uno sguardo, ma non rinunciando a una delle sue battutine perfide e surreali: «'Sti scemi, non lo sanno che quando la giustizia corre è pericoloso ostacolarla?».

Siamo i primi ad arrivare, se si esclude la volante che ha

risposto alla chiamata di un automobilista intenzionato a fermarsi solo un attimo per controllare una gomma e che invece ha visto due metri più in là, proprio sotto il pilone del ponte, un sacco nero dalla forma troppo umana per voltare la faccia dall'altra parte e proseguire facendo finta di niente.

# 4

Uno dei due ragazzi della volante lo conosco. Ha la faccia tirata del pivello che non può rinunciare alla maglia rosa del primo della classe. Mai, neanche sotto la pioggia battente di questo maggio monsonico che sta finendo di trasformare la città in una cloaca putrida.

Scendo dalla macchina e mi avvio di corsa sotto il pilone, anche per mettermi al riparo dall'acqua. E subito lo stronzetto mi si para davanti dicendomi: «Non si può avvicinare nessuno finché non arrivano quelli della Scientifica».

«Sono Giulia Ferro» rispondo secca.

«Certo dottoressa, la conosco, però...»

«Do solo un'occhiata, non si preoccupi» aggiungo conciliante.

Non ho voglia di litigare. Non oggi. Piove troppo. E da troppi giorni. Io sono meteoropatica. Non consiglierei a nessuno di litigare con me sulla tangenziale di Milano in una giornata di pioggia torrenziale.

Persino lo stronzetto primo della classe deve averlo capito, e infatti si immobilizza muto.

Anche Alfio segue la consegna del silenzio. Dopo due anni e mezzo ha sviluppato addirittura un sesto senso: sa perfettamente quando parlare e quando stare zitto. Certo, a volte se ne fotte, e pur sapendo che farebbe meglio a starsene muto si guarda bene dal farlo, ma in questi casi non credo che i miei scoppi di collera lo colgano impreparato.

Il sacco nero dalla forma vagamente umana è proprio a ridosso del pilastro del cavalcavia, in un punto abbastanza asciutto. È chiuso con numerosi giri di nastro da pacchi, quello marrone, largo tre o quattro centimetri, e sembra sia stato confezionato con una certa cura, ma sul lato più esterno, quello rivolto verso la pioggia che da ore continua a scendere a ranghi serrati, c'è uno strappo lungo almeno una ventina di centimetri. E dallo squarcio spunta una cosa decisamente umana. Una mano. Una mano nera, di donna, a giudicare dal colore, dalla dimensione e dalle unghie.

«Rosso geranio, all'ultima moda.»

Alfio mi guarda senza capire. «Sto parlando dello smalto sulle unghie, questo colore si chiama rosso geranio» gli butto lì con noncuranza chinandomi in avanti, per cercare di vedere qualche altro particolare, pur senza toccare niente. Lo stronzetto ha ragione: dobbiamo aspettare la Scientifica, non c'è altro da fare. Speriamo solo che non ci mettano due ore ad arrivare.

«Rosso geranio, ah» mi ributta con nonchalance Alfio. E un attimo dopo decide che può permettersi la prima battuta della giornata, nonostante la pioggia.

«Bene, siamo a cavallo, ora che abbiamo stabilito l'esatta nuance dello smalto usato da questa poveraccia prima di farsi infilare dentro un sacco nero, siamo a un passo dalla soluzione del caso. Immagino che il rosso geranio venga usato solo all'interno di una specifica comunità! Quindi siamo già in grado di dire se veniva dalla Nigeria, dal Senegal, o magari dalla Costa d'Avorio, dal Burkina Faso?»

«Boh, tu per caso sai se quelle che hanno i negozi da parrucchiera vengono tutte dallo stesso pezzo di Africa?»

«Non ne ho idea, è un'informazione fondamentale?» ribatte Alfio, una sfumatura di derisione nella voce.

«So che si chiama rosso geranio perché me lo ha detto la

mia parrucchiera-estetista. È il colore di moda della prossima estate.»

«Ma se non ti ho mai visto con lo smalto sulle unghie!»

«E allora? Bisogna sempre tenersi informati sui trend del momento. Nelle indagini tutto può venir buono, non me lo dici sempre tu?»

Convinto ma non troppo, fa un altro passo in direzione del nostro pacco-dono e si piega sulle ginocchia.

«Quindi qua dentro dovrebbe esserci una donna di origini africane che faceva la parrucchiera, ed è stata uccisa da...»

«Sì, aspetta che tiro fuori la sfera di cristallo e te lo dico.»

«Ah, no, pensavo...»

Non gli rispondo, mandandolo mentalmente a quel paese. Ma intanto continuo a guardarmi intorno. Qualche traccia, uno straccio di indizio possono anche averlo lasciato quando hanno scaricato qui il sacco, ma questa maledetta pioggia sta lavando via tutto.

«Secondo te, da quanto tempo è qui?»

Anche Alfio si sta guardando intorno, la mano destra affondata nella tasca del giubbino di pelle rossa, la sinistra impegnata a portare alle labbra la seconda sigaretta del caso.

Due anni fa, mentre tentavamo di seguire insieme uno dei nostri primi casi, un barbone trovato dissanguato su una panchina del parco Solari, possibilmente individuando il colpevole in un lasso di tempo decente ed eventualmente senza pestarci troppo i calli a vicenda, lui mi aveva detto: «Sa, dottoressa, io misuro la difficoltà di un caso dal numero di sigarette che mi fumo prima di riuscire a chiuderlo, se rimango sotto i dieci pacchetti vuol dire che siamo nell'ordinaria amministrazione, se vado oltre significa che le cose si stanno mettendo male».

«È per questo che ho smesso di fumare, perché le cose si mettono male troppo spesso» gli avevo risposto decisa.

Non aveva ribattuto ma mi aveva lanciato, per la prima volta dopo mesi di lavoro in tandem, uno sguardo sorpreso e divertito. Per arrivare a darci del tu, e smettere del tutto di guardarci in cagnesco, ci avevamo messo altri mesi, però il ghiaccio lo avevamo rotto quel giorno, davanti a una panchina rossa di sangue e di ruggine, in fondo a uno dei tanti giardinetti pubblici di Milano che solo una malafede grande come il Duomo può avere l'impudenza di chiamare parchi.

Alfio spegne la sigaretta, buttandola nell'imbuto nero di pioggia che scroscia appena al di là del perimetro del ponte. Sto per dirgli di non farlo, per non rischiare di inquinare il lavoro della Scientifica, ma poi decido di lasciar perdere. In fondo cosa cambia? Sono due settimane che diluvia, giorno e notte, fiumi e laghi esondati in mezza Lombardia, se non arrivano in fretta a fare i rilievi il nostro pacco-dono in pura plastica nera finisce che non lo trovano neanche più, trascinato via dall'ondata di fango che sembra strisciare inesorabile proprio nella nostra direzione. Forse dovremmo toglierci dalla linea di piena.

Alfio sembra leggermi nel pensiero.

«Giulia,» mi dice «perché non risaliamo in macchina? Fa pure freddo. Che cazzo stiamo a fare qui, che tanto non possiamo toccare niente?»

Annuisco convinta, quasi felice. E in due balzi raggiungo la macchina. La portiera si richiude con un risucchio osceno, mentre Alfio si lancia dentro dall'altra parte del volante.

«Che coglione quello lì, non lo sopporto,» dice Alfio «e neanche a farlo apposta me lo trovo sempre attaccato al culo.»

«Guarda che quello lì, secondo me, sa leggere il labiale.»

«Eh? Ma dai! Hai voglia di scherzare oggi, vicequestore aggiunto?»

Questa sarebbe la mia qualifica ufficiale, ma per fortuna nessuno la usa, a parte Alfio.

«Notavo in effetti che oggi non sei listata a lutto, nonostante la pioggia, incredibile!»

«Come se lo fossi, ma non posso mica piangere tutto il tempo.»

«Bene, allora perché non finisci di raccontarmi della tua amica, quella morta?»

«Cosa vuoi sapere?»

«Per esempio, che piste avevano seguito all'epoca. Hai detto che non hanno mai accusato nessuno, giusto?»

«Giusto.»

«Ma su quali idee avevano lavorato?»

«Un po' di tutto, fidanzati, droghe, prostituzione, fuga in Sudamerica con scambio di identità.»

«Cioè?»

«Mi ricordo che sui giornali era uscita anche questa ipotesi: che la morta non fosse lei ma una prostituta qualsiasi, presa, ammazzata e bruciata, alla quale avevano messo addosso una catenina d'oro con il suo nome, poi l'avevano piazzata nel parco di villa Guadagni, a Laveno, e avevano fatto fuori anche il cane per essere sicuri. Perché c'era questa cosa curiosa: lei era completamente carbonizzata, irriconoscibile, mentre il cane era lì tutto intero, bello, giusto con una ferita alla testa, come se gli avessero dato un colpo con una vanga, un martello, qualcosa del genere.»

«Povera bestia. Tu lo conoscevi?»

«Il cane? Sì, lo avevo visto qualche volta. Era un bastardino buffo, di quelli col musetto dolce dei trovatelli, che ti leccano sempre le mani.»

«Povera bestia.»

«Sì, Alfio, ho capito, ma anche lei era una "povera bestia" e ci ha lasciato la pelle... Sembri concentrato solo sul cane!»

«Dicevo così... e poi scusa, seguivo il tuo discorso: il cane è morto di sicuro, lei potrebbe essere ancora viva.»

«Sì, ma è una cazzata, non ci credo. È una storia che era uscita sui giornali perché non sapevano più cosa scrivere, ma non c'era nessuna base. E infatti è una pista che non ha seguito nessuno. Perché una studentessa di ventidue anni, tranquilla e serena, in regola con il piano di studi, nessun problema economico, un fidanzato farmacista, buona famiglia, casa vista lago, futuro luminoso come una palla colorata la vigilia di Natale, dovrebbe decidere di far fuori un'altra donna per poter scomparire nel nulla?»

«Be', certo, raccontata così sembra una cosa senza senso. Però lo sai com'è, magari la vita di questa qua non era così tranquilla come sembrava, e noi poliziotti dovremmo essere specialisti del rimestare nel torbido...»

Sì, certo, e in compenso Alfio sembra uno specialista del tirare fuori frasi fatte, soprattutto quando non sa bene cosa dire.

«Comunque, nessuno ha trovato niente» ribadisco.

«Niente?»

«Zero.» E allargo le braccia, andando a sbattere con il dorso di una mano contro il vetro freddo e umido.

Nello stesso istante, un furgoncino bianco si ferma davanti a noi. Ecco gli eroici cavalieri della Scientifica. Sarà in arrivo anche il medico? Speriamo, sennò qui facciamo notte davvero.

# 5

Per essere nero è nero. Niente da dire. E anche incazzato nero. Come ha prontamente aggiunto Abete, dopo aver enunciato la caratteristica fondamentale del nostro sospetto numero uno. Convivente e forse pappone della nigeriana trovata morta sotto il ponte della tangenziale. Nero e quindi sospetto, nigeriana e quindi prostituta, me la stanno vendendo così la faccenda, ma io non sono troppo convinta. C'è qualcosa che non mi torna.

Decido di farlo sapere a Rinaldo Abete, agente scelto che si vanta di essere in grado di capire al volo se un sospetto racconta frottole oppure è sincero. E di solito non ci prende affatto, però è una brava persona e ha un sacro rispetto per le gerarchie. Quindi se gli ordini di fare una cosa la fa, e basta, cosa che in una questura non è affatto scontata.

«Senta Abete, secondo me qui non stiamo andando da nessuna parte. È da questa mattina presto che torchiate 'sto poveraccio e non avete ricavato un tubo.»

«È un osso duro, dottoressa.»

«Sì, Abete, lo so, me l'ha già detto due ore fa. E io non è che non voglio crederle, le dico soltanto che dalle informazioni che abbiamo raccolto nel frattempo, mentre Saporiti lo spintonava su e giù...»

«Dottoressa, neanche con un dito è stato toccato...»

«Ah sì? Dalla registrazione che ho visto si ricava un'altra impressione, come mai?»

Si stringe nelle spalle e non dice più niente.

L'ultima frase mi è venuta fuori con un tono un po' secco, e Abete si è prontamente messo sull'attenti. Però la sua faccia non rinuncia a esprimere in silenzio una discreta dose di perplessità.

Decido di cambiare argomento.

«Il sostituto di turno è la Rappoli, giusto?»

«Sì, certo» mi risponde, rimanendo sempre sull'attenti.

«E l'abbiamo informata?»

«Certo, c'era anche lei sul posto, in tangenziale, intendo, dove l'abbiamo trovata. La morta, voglio dire. Quindi la Rappoli l'ha vista, cioè ha visto il sacco, be', ancora non si sapeva ufficialmente che era morta. O meglio, sì, che era morta si vedeva, ma magari non che era morta ammazzata. Comunque, erano le 12.45 quando è arrivata la chiamata al 112 e già alle 12.55 una volante era giunta sul posto. Gli agenti Bramati e Rando si trovavano a passare nelle vicinanze, però sull'altra carreggiata, in direzione Rho Fiera, hanno dovuto fare inversione di marcia, ma erano proprio a pochi metri dall'uscita di...»

«Sì, ho capito, Abete, chissenefrega di dove stavano andando gli agenti vattelappesca e...»

«Bramati e Rando, dottoressa.»

«Sì, appunto, Abete, non mi deve mica fare il riassunto. Io c'ero. Ci sono andata con Alfio, ricorda? Siamo stati i primi, poi è arrivata Federica Rappoli, in contemporanea con i ragazzi della Scientifica, tutti insieme appassionatamente in tangenziale sotto l'acqua.»

«Io no.»

«Eh?»

«Io non c'ero.»

«Già.»

Per un attimo la sua precisazione del tutto fuori luogo mi strappa un sorriso. Forse Alfio ha ragione quando dice che Abete è un cretino, ma io non lo trovo così molesto. Basta solo tenerlo un po' a bada e zittirlo quando esagera. La sua propensione a riassumere fin nei più piccoli dettagli tutti i casi su cui la squadra sta lavorando, ricordando con micidiale esattezza orari, nomi, cognomi, indirizzi, persino numeri di telefono, può essere di estrema utilità. L'unico problema è che tende a fare i suoi pedantissimi riassunti ogni mezz'ora e questo fa scattare in Alfio autentiche pulsioni omicide.

«Allora, la Rappoli ieri c'era, l'ho vista con i miei occhi. Fin lì tutto bene. Abbiamo fatto tutto quello che dovevamo fare. Ci siamo inzuppati ben bene d'acqua per tutto il pomeriggio e ci siamo ritirati in buon ordine augurandoci la buona sera, una buona cena, e magari a seguire anche una buona notte.»

Il mio interlocutore mi fissa con l'occhio leggermente sgranato, sono sicura che la sua perniciosa memoria sta registrando tutto. Se tra due ore gli chiedessi di ripetermi quello che ho detto, lui sarebbe in grado di farlo senza un attimo di esitazione, parola per parola, virgole e punti compresi. Questa consapevolezza mi provoca un vago senso di nausea, ma decido di andare avanti lo stesso.

«Il punto, Abete, è un altro, ed è che io stamattina sono stata tutto il tempo in tribunale, a farmi prendere per il culo da un avvocato che guadagna quanto un petroliere texano, ma in compenso ha decisamente più stile nel vestire. Ed è forse per questo che mi sta così tanto sulle palle. E mi ha così tanto irritata che il panino che ho mangiato subito dopo l'udienza, giusto per far compagnia al giudice Piovani, che aveva tanto bisogno di conforto e umana simpatia, mi si è piantato sullo stomaco, anche perché era di pura gomma e farcito di formaggio rancido.»

«Intende l'avvocato Mangini, difensore del commendator Alfieri nella causa Alfieri-Rotundi?»

«Sì, sì, ma non importa...»

«Ma dove è andata a mangiare, al bar Jolly? Ma quello è

da evitare, lo sanno tutti... Piuttosto, vicino al tribunale c'è una tavola calda, da Renato, che è una meraviglia, si mangia benissimo...»

Ma che sto facendo, divago anch'io? E soprattutto gli fornisco materiale per ulteriori divagazioni? Ma così non si finisce più.

«Abete, veniamo al dunque. Alla fine di questa mattinata tremenda, lei mi telefona dicendomi che abbiamo in custodia il presunto assassino. Io mi precipito qui e cosa trovo? Un nero shakerato da ore, sulla base di non si capisce quali prove. Alfio non c'è e in compenso Saporiti spadroneggia come fossimo a San Salvador, all'epoca degli squadroni della morte.»

«Ma cosa dice, dottoressa? Abbiamo seguito le procedure, tutti quanti, anche Saporiti.»

«Ah sì? A parte qualche ceffone, o compreso qualche calcio?»

«Dottoressa, la registrazione l'ha vista, non l'abbiamo torturato!» La voce sgradevole, raucamente maschia, dell'ispettore Adelio Saporiti si inserisce nell'audio del mio ufficio a un volume appena più alto del necessario.

«Saporiti, fino a quando questa squadra la comando io, non lo metto neanche in conto, che qua dentro possa accadere qualcosa del genere.» Anche il volume della mia risposta è leggermente più alto del necessario.

«Benissimo, dottoressa, allora vuol dire che siamo allineati su tutto.»

Decido di ignorare la pennellata di ironia e abbasso la voce, mentre appoggio i gomiti sulla scrivania e intreccio le dita delle mani, come per rivolgere una muta e assai inutile preghiera al dio che presiede agli abbinamenti fra colleghi, e di solito è ancora più fetente di quello che decide unioni e accostamenti all'interno delle famiglie più sgangherate.

«Bene, se siamo allineati, non farà fatica a spiegarmi come siamo arrivati all'arresto del signor...»

«Abdulsalami Buhari» interviene sollecito Abete.

«E soprattutto a dirmi come mai il sostituto procuratore incaricato del caso non è ancora stato informato.»

«Perché senza prove l'arresto non ce lo convalidano, soprattutto una come la Rappoli» risponde tranquillo Saporiti.

«Ineccepibile. Quindi non abbiamo ancora uno straccio di prova?»

«Stiamo cercando di convincerlo a collaborare.»

«In che modo?»

«Con mezzi leciti, assolutamente.»

«Forse, ma comunque con risultati *assolutamente* inesistenti al momento.»

La nostra conversazione sta cominciando ad assumere le cadenze comiche e surreali di una pièce di Beckett. Puro teatro dell'assurdo.

Potrebbe anche irrompere sul palcoscenico un nano vestito di rosso, in questo momento, invece entra in scena Alfio. E io tiro un silenzioso sospiro di sollievo.

«Saporiti è pericolosamente viscido e gode anche di qualche protezione, non è buona cosa scornarsi con lui tutti i giorni prima e dopo i pasti» mi aveva detto Alfio due anni fa, esortandomi a non impuntarmi e a far finta di non aver visto i due ceffoni che l'ispettore Adelio Saporiti aveva appena tirato a un nordafricano colpevole di nulla, a parte il fatto di non essere abbastanza bianco da meritare rispetto. E io avevo seguito il suo consiglio, in cambio della promessa che mi avrebbe dato una mano a tenerlo sotto controllo.

«Buongiorno a tutti, ho qualche notizia interessante» dice Alfio, un bel sorriso stampato sulla faccia, in questo momento più da schiaffi del solito.

«Il Buhari che abbiamo arrestato non è quello giusto, quindi ci conviene rilasciarlo prima che la patata bollente diventi rancida e a noi rimanga in mano il cerino con cui abbiamo acceso il fuoco sotto la pentola» conclude con una smorfia di malcelato trionfo, e come al solito saccheggiando senza ritegno la cosiddetta saggezza popolare e trasformandola in immagini tanto vive quanto bislacche, talvolta incomprensibili ma sempre dotate di una stupefacente forza persuasiva.

Abete spesso non le capisce le battute di Alfio, e rimane lì come un cane con in bocca il guinzaglio, scodinzolante davanti alla porta e incapace di capire le intenzioni del padrone. Si era appena stancato di stare dritto come un fuso, praticamente sull'attenti, e si era un po' rilassato, appoggiando una spalla allo stipite della porta, ma l'intervento di Alfio lo ha subito fatto ripiombare nella consueta agitazione.

Di nuovo sull'attenti, agita le mani verso di me, strillando: «Dottoressa, impossibile, non possiamo aver arrestato il Buhari sbagliato. Ho controllato io personalmente sul computer, i suoi documenti, le foto, tutto quanto, sono sicuro. È lui che abita in via Grigna al 6, dove abitava anche la ragazza, Agnes Adeoye. Entrambi dotati di permesso di soggiorno, quello di lui rilasciato dalla questura di...».

«Sì, Abete, sì. Il punto è proprio questo, lui è il Buhari di via Grigna, ma non c'entra niente con la ragazza morta. Lui abita ancora lì, ma la ragazza no, è più di un anno che i due non stanno più insieme. E non perché lei si è messa a fare la prostituta, come hai pensato tu, Saporiti, no, lei si è fidanzata con un altro Buhari, che di nome fa Obafemi.»

«Parenti?» interviene Abete.

«Magari anche sì, questo non lo so, comunque non ce ne frega un cazzo. La cosa importante è che questo qui, Obafemi Buhari, per campare si è trovato un bel lavoretto pulito: fare il pusher d'alto bordo, non nei parchetti lerci di periferia ma nelle case dei ricchi strafattoni di Milano. E lei gli dava una mano, pare. Forse anche concedendosi in giro qualche botta a pagamento, ma sdraiata su profumati piumini d'oca, non in mezzo all'immondizia della Vigevanese.»

«E nel sacco nero sotto il ponte della tangenziale come c'è finita?» intervengo io.

«Questo non lo sappiamo ancora. Però ho parlato con Ranieri, quello della Narcotici che gioca a tennis da dio, ce l'hai presente?»

Annuisco per pura cortesia, ma non me lo ricordo affatto.

«Dice Ranieri che Buhari – quello cattivo, che fa lo spacciatore, non quello buono che insegna inglese, proprio come ci ha detto, ma noi lo abbiamo preso a ceffoni lo stesso dandogli del pappone – è sparito da casa da un paio di giorni, dall'altro pomeriggio dice la domestica.»

«Quindi è sparito più o meno intorno all'ora della morte di Agnes Adeoye, che secondo il medico legale può essere collocata in un orario ragionevolmente compreso tra le ore 16 e le ore 20 del 4 maggio, esattamente quarantotto ore fa» commenta inesorabile Abete.

«Hanno già spiccato un mandato di cattura?» intervengo.

«Sì,» mi risponde rapido Alfio «ci hanno pensato quelli della Narcotici, l'ha firmato Santamaria in persona.»

«Ah, sì? E perché il procuratore si è scomodato?» chiedo, anche se in realtà conosco già la risposta.

La conosce anche Saporiti, che ringhia a denti stretti: «Scusate, ho una cosa urgente da fare, devo porgere le mie sentite scuse al cioccolatino sbagliato e rilasciarlo con mille salamelecchi, sperando che non gli venga in mente di denunciarci tutti per maltrattamenti... che comunque non ha subito» conclude, lanciandomi un'occhiata nonostante tutto bellicosa.

Io decido di abbozzare, e addirittura dargli una mano a liberarci in modo indolore del caso Agnes Adeoye, che comunque ora passerà agli amici della Narcotici.

«A scanso di guai, telefono alla Rappoli e la informo di tutto, anche di quello di cui non era stata messa al corrente, così ci pariamo il culo da eventuali casini, ok?»

L'ispettore Saporiti mi guarda di sottecchi e di certo si chiede a cosa deve tanta bontà da parte mia.

Alfio intanto gira sui tacchi e infila la porta, portando in trionfo un'invisibile corona di alloro. Lui forse l'ha intuito perché oggi sono così conciliante.

Sa che domani non ho bisogno di casini imprevisti, perché sono di riposo. E ho una cosa importante da fare.

Una gita sul Lago Maggiore. A Laveno, per la precisione.

# 6

Famiglia Vosta-Pardi, Varallo Pombia; famiglia Randini-Del Monaco, Gravellona Toce: ben due famiglie intere e una folla di cognomi ci sono voluti per produrre questo povero cristo dalle guance paonazze, piegato sotto il peso di una croce immensa e scura.

Una raffigurazione della passione del Cristo a dir poco grottesca. La frusta in mano a uno dei due soldati sembra una fiaccola. L'altro milite ha i bicipiti in bell'evidenza, e una cosa fucsia in testa che sembra una bandana.

Sono ferma davanti all'ingresso di una cappella votiva. Pietra grigia che incornicia piccole vetrate troppo colorate, disegnate da presunti artisti di limitato talento. E intorno alberi. Immensi. Altissimi. E cespugli in fiore. Tutti i colori della primavera riuniti in pochi metri.

«Non era in questo punto, dottoressa.»

La voce di don Marco mi colpisce alle spalle. Mi volto di scatto come se davvero mi avesse rifilato una botta tra le scapole. Come se mi avesse colto in fallo.

E forse è proprio così. Non dovrei essere qui, a indagare su un caso che non mi compete, sul quale nessuno ha ordinato di riaprire le indagini.

Ma lui non lo sa. E mi guarderò bene dal farglielo sapere.

«Don Marco, grazie di avermi ricevuta con un così breve

preavviso, lo apprezzo molto» dico con un certo slancio, tendendogli la mano e sfoderando il mio miglior sorriso.

Mi concede una stretta di mano rapida e priva di ostilità, ma anche di vera simpatia. Attraverso gli occhiali tondi dal profilo rosso, un po' troppo vezzosi per il suo viso magro, lungo, vagamente ascetico, gli occhi chiari mi scrutano senza apparente curiosità.

«Non sapevo che fossero state riaperte le indagini sulla povera Letizia Giorgi» dice.

«Non ufficialmente, almeno per il momento» mi affretto a rispondergli. «Sono venuti fuori nuovi indizi, niente di eclatante, ma non si può mai dire, io devo solo fare alcune piccole verifiche, per questo sono venuta a disturbarla, poi saranno i magistrati a decidere se riaprire il caso o meno.»

Non gli sto dicendo la verità, ma quasi. In fondo, l'unico problema è riuscire a trovare un giudice disposto a darmi retta se gli vado a dire che ho scoperto un nuovo indizio per riaprire un caso di omicidio di venticinque anni fa, un indizio piccolo piccolo, un'inezia, e che oltretutto mi è apparso in sogno. E che ci vuole?

Sì, perché ad Alfio non ho detto proprio tutto.

Non l'ho sognata una volta sola, Letizia. Nell'ultimo mese mi è capitato tre volte. Sogni strani, ogni volta diversi, sempre incomprensibili. Surreali e colorati. Molto pop. Non di quelli che ti mettono davvero paura, però...

Nell'ultimo di questi sogni Letizia non mi è semplicemente apparsa: l'ho vista qui, cioè nel posto esatto dove l'hanno trovata cadavere. E mi dà un brivido guardarmi intorno, in questo rigoglioso parco che circonda su ogni lato villa Guadagni, in questo posto che vedo per la prima volta, ma di cui mi sembra di riconoscere ogni albero, perché l'ho visto nel mio sogno. Una settimana fa. Letizia era viva e camminava su questo sentiero dalle curve morbide, che scende lento verso il lago in mezzo ad alberi secolari e cappelle votive. Non mi diceva nulla, sorrideva soltanto, e con la mano mi indicava l'ingresso di una cappella, sovrastata da una vetrata rossa e blu che raffigurava una Madonna col Bambino.

Nient'altro. Uno di quei sogni senza trama, che durano un istante, o almeno così sembra, e non fanno in tempo a raccontare una storia. È solo un rapido flash, un'immagine che subito scompare, ritornando a sprofondare nell'oceano della notte da cui è silenziosamente emersa, ma tu apri gli occhi e non hai dubbi: quella ragazza che agita una mano diafana nella tua direzione, indicando una madonna blu su fondo rosso, è quella Letizia Giorgi morta venticinque anni fa. Morta male, giovanissima e senza una spiegazione, e subito dimenticata. Perché anche tu avevi vent'anni o poco più, e alla morte non eri capace di pensare. E la tua mente era fuggita, si era messa in salvo cancellando ogni ricordo. E non eri andata neppure al funerale. Perché all'epoca i funerali ti sembravano un rito borghese.

A che serve? Quando uno è morto, è morto! Non gli serve a niente che mille persone lo accompagnino al sepolcro, al buco lercio dove il suo corpo verrà calato con severa cautela, con contorno di legno pregiato per la bara e fiori, solo per essere infine consegnato all'orrore dei vermi, e delle tante bestie schifose che popolano la terra e si nutrono della vita non appena diventa putrida. Questo dicevo a mio padre, quando cercava di convincermi che matrimoni e funerali hanno un senso, perché scandiscono la vita e ammorbidiscono la morte. E una bara addobbata di fiori certamente non serve a chi se n'è andato, ma può essere di conforto a chi resta. Così mi diceva mio padre, senza riuscire a scalfire la mia corazza scintillante da adolescente guerriera, dura, inesorabile e pura.

È da un pezzo che ho imparato che ai funerali bisogna andare, anche di quelli che hai odiato, ma soprattutto di quelli che hai amato, specialmente se ti hanno deluso. Perché è un buon modo per chiudere i conti e dimenticare. Se non lo fai, ti illudi di continuare il cammino ma in realtà giri solo in tondo. E prima o poi ritorni al punto di partenza. Io, per esempio, sono tornata a Milano. Proprio l'unico posto al mondo dove non avrei mai voluto tornare. Perché quando i ricordi sono troppo feroci puoi solo cancellarli, se vuoi sopravvivere.

E adesso, come un nastro che si riavvolge, ecco ricomparire dal nulla anche Letizia Giorgi. Un po' di esami insieme, qualche weekend nella casa al mare della sua famiglia, tra il muretto di Alassio e le spiaggette di Laigueglia, una manciata di ricordi sbiaditi e banali, inutili come le canzoni cantate a squarciagola nelle notti di fine estate, per far finta che l'inverno non arriverà mai. Non per noi. Letizia, uno dei tanti volti che fanno capolino nelle mie foto degli anni Novanta, tra l'esame di maturità e quello di laurea. L'avrei dimenticato, come gran parte degli altri. Tuttora vivi, o forse morti fuori scena. Il che è lo stesso. Lei invece è morta, e io non sono andata al suo funerale.

«Ecco, era qui.» La voce gentile, cerimoniosa, del vecchio prete dagli occhi acquosi è penetrata attraverso la spessa coltre di pensieri che mi avvolge da quando ho messo piede in questo posto.

Don Marco si è fermato sotto un albero e indica un punto a un paio di metri dal tronco, in direzione del cancello di ferro battuto che chiude il sentiero, facendo con le mani un vago gesto circolare, come se volesse disegnare qualcosa nello spazio.

«L'hanno trovata qui, vicino a questo albero di cachi» ribadisce.

«Questo sentiero porta giù al lago?» chiedo io.

«Sì, e il cancello non c'era venticinque anni fa» si affretta a precisare, come se avesse bene in mente i punti salienti della deposizione che deve rendere.

Mi verrebbe da dirgli che non deve temere nulla, tutto quello che mi dirà non potrà essere usato contro nessuno, questo non è un interrogatorio e io non sono un giudice, sono solo una poliziotta fuori di testa che dorme poco e sogna troppo. E allora pensa di riaprire fascicoli ammuffiti, interpellare cadaveri ormai dimenticati e risolvere casi vecchi e andati a male. In America li chiamano *Cold Cases*, casi freddi, ed esistono squadre speciali di investigatori chiamati a occuparsene, ricostruendo il passato e strappando all'oblio vittime e carnefici. In Italia per tanto tempo non li hanno chiamati in nessun modo, proprio perché non interessavano a nessuno.

«Chiunque avrebbe potuto arrivare qui» sottolinea il prete.

«Certo, è evidente» rispondo secca. E infatti la comunità di don Sebastiano Salvi, che venticinque anni fa era già comodamente installata in questa bellissima villa settecentesca con vista lago, non era stata minimamente sfiorata dal sospetto, quando il cadavere di Letizia e del suo cagnolino erano stati trovati.

Chiunque avrebbe potuto scaricarli lì, dopo averli uccisi. Però, perché correre il rischio di farsi vedere da qualcuno, avvicinandosi alla casa all'epoca piena di gente? Avevo letto le informative e i verbali degli interrogatori di un gran numero di persone. L'assassino, o gli assassini, avrebbero potuto tranquillamente disfarsi del loro fardello in un punto qualsiasi del bosco, e invece non lo avevano fatto. Chissà perché. Ma questa domanda, banale e diretta – *Secondo voi c'è un motivo per cui questo cadavere lo hanno scaricato proprio qua?* – l'avevo trovata solo un paio di volte nell'intero incartamento, come se gli investigatori l'avessero ritenuta troppo invadente, magari imbarazzante.

Proprio da qui decido di ripartire: «Don Marco, lei era qui venticinque anni fa, si ricorda se, anche solo parlandone tra di voi, avevate fatto delle ipotesi sul motivo che poteva aver spinto l'assassino a scegliere proprio questo posto per liberarsi dei due cadaveri?».

«Due cadaveri?»

«C'era anche il cane.»

«Ah...» fa una smorfia, come a indicare che il cadavere per lui resta uno solo.

Io approfitto della pausa per lanciare un'occhiata ravvicinata al mio unico testimone oculare, l'albero di cachi. Privo di frutti, vista la stagione, e anche di voce, naturalmente.

Frutti strani i cachi, affascinanti e ripugnanti insieme. Da vicino sono brutti, chiazzati di nero, molli, sempre un po' raggrinziti. Da lontano ecco invece una meraviglia dorata, priva di imperfezioni. Gialli e chiassosi, come una ghirlanda di palloncini a una festa di mezza estate. Peccato che il loro gonfiarsi sui rami sia un inequivocabile segnale dell'inverno in arrivo. Una disperata "allegria di naufragi", come scriveva Ungaretti.

Decido di ripetere la mia domanda: «Perché proprio qui, secondo lei?».

«Non lo so, non me lo sono chiesto, sinceramente.»

«Eppure è curioso: questo è uno dei punti del parco più vicini alla villa, senza contare che il bosco che si estende su tutta la collina sarebbe stato un luogo ancora più sicuro dove scaricare due cadaveri senza farsi notare da nessuno.»

Presa per buona, ormai, la notizia che io considero il cadavere di un cristiano, o meglio una cristiana, del tutto assimilabile a quello di un cane, il prete ricomincia a parlare con voce neutra.

«Lei dimentica, dottoressa, che i due cadaveri, come li definisce lei, sono stati portati qui nel cuore della notte, in un momento in cui questo parco era deserto e nella nostra casa tutti dormivano tranquilli, o erano comunque da tempo ritirati nelle loro stanze.»

«Anche lei, don Marco?»

«Posso ben presumere di sì.»

Ormai deve aver deciso che sono una miscredente, e questo gli basta.

A me no, perché in realtà il mio rapporto con Dio è parecchio più complicato. Per mia sfortuna, e forse anche sua, sempre che esista naturalmente, non sono mai riuscita ad accontentarmi di nessuna risposta, né di quelle ingenue che si danno ai bambini al catechismo, né di quelle estrose e complesse che la filosofia ha cucinato nei secoli dei secoli, allungando a dismisura il brodo della fede e insaporendolo qua e là con luminosi dadini di ragione.

Anch'io ho deciso una cosa in questi pochi istanti: questo prete non mi piace. I suoi occhiali, ribadisco, sono troppo vezzosi, e la bocca sottile sembra fatta apposta per sussurrare assoluzioni agli assassini. Lo so, non devo esagerare con le dietrologie paranoiche, ma la sua ultima risposta non mi è piaciuta affatto. E mi sembra giusto cercare di rendergli la pariglia.

«Don Marco, lei va sempre a dormire alla stessa identica ora?»

Dopo un attimo di esitazione, mi risponde senza apparente turbamento: «No, non vado a dormire sempre alla stessa identica ora, dottoressa. Noi non siamo frati, non seguiamo una regola. Tuttavia, da uomini di chiesa, non concludiamo mai una giornata senza un momento di preghiera e di raccoglimento».

«Quindi lei non è in grado di dirmi a che ora si è ritirato nella sua camera la sera del 10 giugno 1996?»

Il tono della mia voce è risuonato vagamente beffardo. Una sfumatura che lui ha subito colto. E infatti i suoi occhi hanno perduto all'istante ogni traccia di bonomia. Fra un attimo mi farà notare che non è obbligato a rispondere a nessuna delle mie domande.

Decido di prevenirlo.

«Don Marco, mi scusi. Ho formulato male la domanda. Il punto non è certo questo. A me interessa soltanto appurare se poteva esserci in giro qualcuno a quell'ora nel parco. Non so, qualcuno degli ospiti di quel periodo...»

Lascio i puntini di sospensione apposta perché possa in qualche modo sentirsi in dovere di concludere la frase, e darmi qualche informazione in più, anche se non è tenuto a farlo. Ma lui lo sa meglio di me. Infatti, si guarda bene dallo scrivere qualche nome sui puntini che gli ho messo gentilmente a disposizione.

Mi fissa con un sorriso scaltro da gesuita.

«Abbiamo cominciato nel 1992 a utilizzare questo meraviglioso luogo come centro di incontri spirituali, e come può immaginare di persone in tutti questi anni ne sono passate tantissime. Temo che nessuno, me compreso, sia in grado di ricordare a memoria chi ci fosse proprio in quel momento, ma posso credere che i loro nomi siano nei vostri fascicoli.»

Bastardo. Sono certa che sa benissimo che questa informazione nei verbali non c'è. E non perché non fosse stata richiesta all'epoca. Il maresciallo Lupi, del comando dei carabinieri di Laveno, aveva chiesto proprio a lui, don Marco Alfani, un elenco degli ospiti della Casa don Salvi. E si era sentito rispondere che si trattava di persone che stavano seguendo un percorso di ricostruzione spirituale, dopo aver passato momenti molto difficili. Proteggere la loro privacy, come si direbbe oggi, era un preciso dovere di chi li aveva accolti in quel luogo, quindi don Alfani non aveva fornito alcun elenco dei nomi, suggerendo eventualmente di coinvolgere il vescovo, se proprio l'autorità giudiziaria avesse ritenuto di dover acquisire i registri della Casa don Salvi. Il verbale firmato da Lupi, che ho letto proprio stanotte prima di addormentarmi, si concludeva con queste parole: «Don Marco Alfani gentilmente suggerisce che sia il questore, dottor Maggi, a parlarne direttamente con il vescovo, monsignor Lucini».

«Del resto, nessuno di loro poteva certo essere sospettato di un delitto tanto orribile» ribadisce in diretta don Marco.

«Sì, certo, il cancello, come lei giustamente ricordava poco fa, ancora non c'era, quindi...» replico io.

Fra puntini di sospensione e punti esclamativi, la nostra conversazione si sta spiaggiando come una balena stanca.

«...un delitto maturato nel mondo della droga, o ricordo male?» prosegue il prete, con un tono untuoso che rischia di farmi saltare i nervi.

«Questo nessuno lo può dire, visto che nessuno, finora, ha mai scoperto come sia morta Letizia Giorgi.» Sul *finora* ho calcato la voce, con una lieve sfumatura di rabbia che il mio avversario ha di sicuro colto. Inutile continuare questo battibecco sterile, lui sta per chiudermi la porta in faccia e ha tutto il diritto di farlo, io sto per incazzarmi e partire all'attacco a testa bassa, ma in questo modo so bene che non otterrò nulla. Tanto vale starmene zitta e concludere questa bella visita guidata cercando di raccogliere più elementi possibile, anche solo impressioni visive. Magari, se mi faccio offrire un caffè, riesco anche a dare un'occhiata all'interno.

Però faccio fatica a starmene zitta. L'ultima frase, con quell'ambiguo e di certo non casuale riferimento alla droga, mi ha mandato in bestia. Soprattutto perché degli ospiti della Casa don Salvi, quella notte di giugno di venticinque anni fa, non si conosce l'identità ma si sa molto bene il motivo per cui erano lì riuniti: erano tutti ex tossicodipendenti che seguivano una terapia di sostegno con un noto psichiatra milanese, che proprio in quegli anni si era inventato una nuova "cura per i drogati", così veniva con disinvoltura definita sui tanti giornali ai quali l'affascinante dottore rilasciava interviste a ciclo continuo.

La cura consisteva in un costoso cocktail di farmaci dalla composizione chimica sconosciuta ed esercizi spirituali di gruppo da svolgere in luoghi ameni e appartati. Come la Casa don Salvi di Laveno.

# 7

Arrivo a Milano che il sole è ancora alto nel cielo, in teoria. In pratica non si vede, nascosto dietro una fitta coltre di pioggia battente. Milano al suo peggio. Strade allagate e umidità avvolgente, come una coperta pesante e ottusa, che toglie il fiato e annebbia la mente.

Sono di cattivo umore, nemmeno so bene perché. Non mi aspettavo di trovare chissà che a villa Guadagni, eppure sono delusa. Un viaggio a vuoto.

Meno male che entrare in città alle sette di sera non è una grande impresa. La maggior parte delle auto se ne sta ordinatamente in fila in direzione contraria, verso la periferia, e così sono arrivata a casa tranquilla, senza sorbirmi code e colpi di clacson tanto isterici quanto inutili.

Ho persino trovato un parcheggio in via Ariberto, a pochi metri dal portone di casa. Per nulla scontato a quest'ora, in questo dedalo di stradine quiete disposte a raggiera intorno a corso Genova e punteggiate di ristoranti, bar e gelaterie. In teoria i posti sulle strisce gialle dovrebbero essere riservati ai residenti, in pratica verso l'ora di cena, e anche prima, non appena scatta l'ora del famigerato happy hour, quindi dalle cinque di pomeriggio, si riempiono di auto assortite, tutt'altro che residenti e spesso aggrappate malamente ai marciapiedi. L'unica cosa che di solito non fanno è parcheggiarsi in doppia fila. Non per correttezza civica, semplicemente perché non c'è spazio a sufficienza.

Mentre scendo dall'auto, noto con piacere che sta smettendo di piovere.

"Potresti trascinarti fino al supermercato di corso Genova e fare finalmente un po' di spesa" mi dico.

E mi rispondo subito: "Anche no!". Poi mi tocca cucinare e non ne ho alcuna voglia. Come al solito. Forse ho addirittura disimparato quello che una volta sapevo fare. Una volta, in quello strano periodo della mia vita in cui pensavo che potesse essere una bella idea vivere con qualcuno. Un marito, per esempio. Un'idea balzana, indubbiamente, visto come è andata a finire l'avventura.

E comunque stasera ho voglia di mangiare una moussaka, e non ho la più pallida idea di come si faccia a cucinarla. Quindi non c'è molta scelta.

Pochi passi ed eccomi arrivata alla taverna greca di via Ariberto. Tra un'ora il rumore diventerà intollerabile. Troppa gente, troppi tavoli troppo vicini. Ma a quest'ora questo spazio bianco e azzurro è semplicemente perfetto.

Il mio tavolino nell'angolo è ancora libero, sembra aspettarmi. Spalle rivolte al muro, al riparo, domino la sala con lo sguardo e per lunghi minuti il miracolo si compie: mi sento libera e leggera, galleggiante sulla superficie tranquilla della vita. Assaporo il gusto morbido di questo pasticcio di carne tritata e melanzane fritte, che somiglia un po' a una lasagna e molto a una parmigiana, e semplicemente smetto di pensare.

Una sensazione di pace che scompare come un miraggio, insieme all'ultimo sorso di birra e al saluto sorridente di Sandra, la cameriera giovane e tatuata. Un teschio sull'avambraccio, sfacciatamente visibile, che contrasta col sorriso timido, quasi da geisha, con cui ti accoglie.

Ogni volta ho l'impressione che mi guardi incuriosita. Temo che mi voglia chiedere qualcosa. Che mi voglia affidare confidenze – o addirittura confessioni – che di certo non desidero ascoltare. Ogni volta rispondo al suo sorriso con un cenno rapido, cordiale ma non troppo, mentre mi alzo in piedi con l'aria di colpo indaffarata. Ogni volta pago in fretta il conto ed esco a passi rapidi, più svelta del necessario. Come se non potessi proprio trattenermi, nemmeno un minuto di più.

Sono le nove passate, il cielo finalmente senza pioggia si sta facendo scuro, tranne una striscia più chiara che circonda la luna, come un'aureola di luce azzurrata e calma.

La notte si allunga sulla città, con il suo manto buio punteggiato di luci discrete, e io mi affretto verso casa. Impaziente. Ad aspettarmi non c'è nessuno, nemmeno un gatto da sfamare. Neanche una pianta da innaffiare. Solo il fantasma di un signore svizzero che scriveva in tedesco e probabilmente sognava in una lingua tutta sua, incomprensibile al resto del mondo. Si chiamava Robert Walser ed è morto più di sessant'anni fa, in casa mia si trova sotto forma di libro. Un libro dalla copertina grigia, pacata, costruita intorno alla riproduzione di un quadro di Egon Schiele. Un'immagine livida e doppia, un po' angosciante ma neanche troppo, trattandosi di lui.

Il libro di Walser si intitola *L'assistente* e mi è capitato in mano un paio di giorni fa. Chissà da quanto tempo se ne stava acquattato in seconda fila, dentro lo scaffale dedicato alla letteratura tedesca, in attesa che finalmente mi decidessi a leggerlo. E io che nemmeno mi ricordavo di possederlo!

Per puro caso l'ho visto, mentre pigramente spolveravo la libreria – attività casalinga che non mi va di delegare a nessuno, ma non per questo mi diverte. Svogliatamente ho sfogliato qualche pagina e le prime righe mi hanno colpito, in questa primavera di pioggia infinita e cieli di piombo.

*Una mattina alle otto un giovane si fermò davanti alla porta di una casa isolata dall'aspetto elegante. Pioveva. "Quasi mi meraviglio" pensò colui "di avere con me un ombrello." Negli anni passati non aveva mai posseduto un ombrello.*

Che buffo! Anch'io non ho mai posseduto un ombrello. Mi è sembrato un buon motivo per leggere questo libro paziente, da chissà quanti anni in umile attesa del suo turno.

# 8

«Il parco è meraviglioso...»

«Il resto no?»

Alfio butta lì la domanda con aria finto distratta, come se non gli importasse proprio nulla del mio sopralluogo sul Lago Maggiore. Ma invece, chissà perché, ho la sensazione che questo strano caso, non più freddo ma nemmeno caldo, riscaldato come una minestra del giorno prima, stia lentamente aprendosi un varco anche nella sua testa.

«Il resto è il solito posto da preti» rispondo, inizialmente pigra. Poi prendo slancio e decido di concedere qualcosa in più alla curiosità dell'ispettore capo Russo.

«Da fuori la villa è bella, monumentale ma non troppo, con questa facciata lunga, bianca, ben tenuta, sembra che l'abbiano appena restaurata. Dentro è tutta verdina, giallina, rosina, con gli ascensori di metallo nero, i corridoi stretti e lunghi, l'odore di verdura lessa che arriva dalla cucina.»

«Il cammino dell'ascesi passa anche attraverso la verdura troppo cotta e magari scondita, non lo sapevi?»

«Anche attraverso la mancanza di carta igienica nei bagni?» rincaro io.

«Ah, brava, hai usato il loro bagno, così si fa, bisogna imparare dai cani, marcare il territorio, te l'ho sempre detto.»

«No, è che mi scappava e basta.»

«Ma dai, la *tua* vescica che sfugge al *tuo* controllo, se non me lo dicessi *tu* in persona non ci crederei mai.»

Sto per alzare la mano destra in segno di resa. La capacità di Alfio di sparare battute, in perenne e solitamente felice equilibrio tra ironia e demenza, è di gran lunga superiore alla mia. Non posso batterlo, soprattutto perché dopo un po' mi annoio.

L'umiliazione della resa mi viene però evitata dall'arrivo di Abete, che si tuffa a corpo morto nel mio ufficio dopo aver estratto dal vetro opaco della porta un rumore stridente, che solo lui riesce a generare. Inconfondibile e insostenibile, un po' come il suo sorriso. Troppo zelo uccide.

«Dottoressa, perdoni il disturbo. È arrivata una chiamata da Tommasi, ha presente quella denuncia per scomparsa, l'anziana signora sparita ieri dalle parti di via Washington?»

«Sì, ho presente, problemi?»

«No. Però, forse sì. Loro, Tommasi, voglio dire, Tommasi e Zanette, sono tornati lì, e intanto ha chiamato il prefetto, e però non c'era nessuno, ma Tommasi nel frattempo ha richiamato e allora ho pensato di avvertire il questore, ma lui è in ferie, e allora...»

«Abete,» lo interrompo «un attimo. Mi fa capire qualcosa, per piacere?»

«Ha chiamato il prefetto Banfi.»

«Benissimo, questa era l'unica cosa che avevo capito.»

«E il giudice Cusumano.»

«Anche lui ha chiamato?»

«Sì, dottoressa, un'ora fa.»

«Ah, e perché non me lo ha detto? È da stamattina che sono qua, non sono uscita neanche a pranzo.»

«Ma io l'avevo vista uscire. Sono sicuro!»

«E invece io sono andata solo al piano di sotto. Poi sono tornata, e da almeno un'ora sono alla mia scrivania, immobile.»

«E non l'ho vista, mi perdoni, forse ero in bagno, lei è passata rapida...»

«Sì, sì, d'accordo, non c'è problema, la prossima volta passo al rallentatore.»

«Ma per carità, dottoressa, lei può passare come le pare, ma ci mancherebbe, non mi fraintenda...»

Cristo santo, ma che ho fatto di male? Questo ogni tanto mi sembra un pazzo scatenato, ingovernabile. E invece Alfio è il solito stronzo, che fa finta di guardare fuori dalla finestra e intanto ride, mentre io sono qui a tentare di non mandare all'inferno questo povero diavolo, che non se lo merita, però intanto riesce a sfracellartele come nessun altro al mondo.

«Lasciamo stare» interrompo secca, prima di innervosirmi troppo. «Mi dica solo cosa volevano da me Cusumano e Banfi. Non la stessa cosa, suppongo.»

«Ma non volevano niente da lei, dottoressa, cercavano il questore Matrocca.»

«Ah, bene, e allora io che c'entro? Perché è venuto da me?»

«Perché me l'ha chiesto lui, il questore. Lei, dottoressa, il suo numero di cellulare ce l'ha, vero? Ecco, lo deve chiamare subito subito.»

Subito subito un accidenti, saranno passati almeno dieci minuti da quando sei entrato in questa stanza, deficiente!

«Vuole essere chiamato anche se è in ferie? Va bene, contento lui... Ora lo faccio, grazie Abete, può andare.»

«Eh, ma le conviene chiamarlo mentre si avvia, perché si è raccomandato che anche lei vada subito in via Washington, perché la cosa lì è delicata.»

«Ma questo chi lo ha detto?»

«Banfi, e anche Matrocca. Sono tutti agitati.»

«Per la vecchietta? Ma se ieri non ci volevano mandare nessuno» interviene Alfio.

«E invece adesso ci hanno mandato la Scientifica, forse hanno trovato del sangue, pensano a un rapimento e comunque la signora Esmeralda Musumeci è venuto fuori che è la suocera di Michelangelo Soneri, quindi sa, si sono agitati un po' tutti.»

«Il Soneri che sta in Regione?»

«Sì, l'assessore al Bilancio della Regione Lombardia, proprio lui» risponde con il solito eccesso di zelo l'agente scelto Rinaldo Abete. E io penso: adesso lo strozzo, lo strozzo davvero.

E invece guardo Alfio, che si è staccato dalla finestra e si sta avvicinando pericolosamente ad Abete.

«Rinaldo, ma sei rimbambito? Quando impari a mettere le notizie in ordine di priorità?»

Per un attimo penso che stia per prenderlo a ceffoni, poi si blocca e mi guarda, con l'aria di chiedere: che faccio? Lo meno? Mi autorizzi?

Mi alzo e pongo fine alla discussione con un gesto secco della mano e un'occhiataccia a tutti e due. Tiro fuori il cellulare dalla tasca e mi avvio verso il corridoio, mentre cerco il numero di Matrocca. Alfio mi segue, ma non rinuncia a un'ultima battuta: «Abete, dovresti proprio imparare l'arte di mettere in ordine le cose, e magari anche i pensieri. Potrei regalarti quel libro della giapponese, hai presente, *Il magico potere del riordino*?».

L'agente scelto Rinaldo Abete fissa Alfio con gli occhi sgranati e accenna una risatina, sollevando appena le labbra sui denti bianchissimi, troppo uniformi per essere veri. Di sicuro non ha capito cosa voleva dire Alfio, ma da lui si aspetta sempre delle battute, quindi ha imparato a ridere sempre, a prescindere.

Anch'io però non ho capito una cosa: «Scusa Alfio, da quando hai scoperto la bellezza di leggere libri?» gli chiedo.

«Ma io mica li leggo, non ho tempo. Li sfoglio quando mi capitano a tiro. Lo sai, mi piace frequentare donne acculturate. Questo libro della giapponese, per esempio, ce l'aveva una mia amica che...»

«Alfio, grazie,» lo interrompo «lo sai che preferisco non sapere nulla di come passi le tue notti.»

«Ma veramente era un pomeriggio...» mi risponde serafico, scoccandomi una di quelle occhiate beffarde che hanno il potere di mandarmi in bestia, quando sono di cattivo umore. O di rendermi comunque nervosa.

Oggi no, mi fa sorridere e basta. Sono più o meno di buon umore, in attesa di scoprire che cosa ci aspetta dalle parti di via Washington.

# 9

Un'immensa rottura di palle, ecco cosa ci aspettava in via Washington.

E io vorrei soltanto andarmene.

Non mi vengono in mente altri desideri in questo momento. Andarmene e basta.

E poi pensare a che cosa fare di questa giornata in bilico tra sole e pioggia. Più pioggia che sole, a dir la verità.

E invece sono inchiodata qui.

Da qui non se ne va nessuno, purtroppo.

Hanno trovato un'impronta insanguinata. La prova provata che la squadra omicidi, ovvero noi, nella fattispecie Alfio e io, io e Alfio, siamo nel posto giusto. Anzi: nell'unico posto in cui dobbiamo stare.

La signora Musumeci è sparita, questo è certo, ma potrebbe anche non riguardarci. Sparita perché fuggita, forse spaventata, magari anche un po' rincoglionita. O forse incazzata col genero mafioso e politicante. Chissà!

Si scompare. Capita. A un mucchio di persone ogni giorno nel mondo. In Italia in un anno ne scompaiono migliaia, l'anno scorso 9.000, un numero da record. Scomparsi nel nulla? Non proprio. In genere scompaiono dentro una sorta di sostanza muta, fisicamente viscosa, che li trattiene per un po' e poi li risputa fuori. Integri, di solito.

Insomma chi scompare, dopo un po' di ore, qualche giorno al massimo, ricompare sullo zerbino di casa, come se niente fosse.

Un movimento ritmico, come un pendolo: scompari e ricompari. All'improvviso si crea un vuoto e tutti si agitano spaventati e affranti, ma basta aspettare e tutto si ricompone. Un po' di pazienza e le cose tornano come prima.

Di tutto questo alla Omicidi non importa nulla. Non ci riguarda proprio, se qualcuno scompare. Anche se non ricompare mai più. Peccato! Ci dispiace, ma non ci riguarda.

Se invece si trova una goccia di sangue cambia tutto. Il cielo si ribalta ed è l'occhio stesso di dio a fissarci inquisitore. Lo scomparso (la scomparsa, nel nostro caso) potrebbe essere morto.

In realtà una goccia di sangue non vuol dire molto. Si può perdere ben più di una goccia di sangue e non rischiare minimamente la propria vita. Ma sangue vuol dire morte. Morte possibile, perlomeno. Un probabile omicidio, forse.

E quindi eccoci. Non così carichi di entusiasmo, io almeno. Ma siamo qui.

Qui siamo arrivati e da qui non ce ne andiamo. Anche perché hanno scoperto un po' più di una goccia di sangue.

Hanno trovato una mano intera. Color sangue. Accanto al letto, a pochi centimetri dalla testiera in pelle bianca capitonné, appena sopra al comodino di noce scuro dove se ne sta appoggiata in equilibrio instabile una lampada rotta, il lungo stelo di metallo curiosamente attorcigliato.

Una mano piccola, di donna, perfettamente disegnata, quasi senza sbavature, nitida sulla parete chiara tinteggiata di fresco.

«Sicura che sia sangue?» chiedo a Fiammetta, pur conoscendo già la risposta.

«Il luminol non mente» mi risponde aprendo le mani a ventaglio e agitandomele davanti alla faccia. Negli occhi un sorriso ironico.

Gli occhi azzurri e intelligenti di Fiammetta Alessandri,

caposquadra della Divisione scientifica, sono straordinariamente grandi, sproporzionati rispetto al viso minuto e al corpo sottile dalle ossa fragili. La voce sembra appartenere a qualcun altro, profonda, scura, roca come se l'avesse arrotata su migliaia di sigarette. Una vociona che la prima volta che la senti ti pare incredibile. Ti sembra che provenga da qualcun altro alle sue spalle, un ventriloquo nascosto dietro l'angolo del muro più vicino. E invece no. È proprio sua questa voce quasi da uomo.

«Giulia,» mi sta dicendo «ho capito che te ne vorresti andare via a gambe levate, ma questo è sangue. E per una volta Matrocca ha ragione: che sia un omicidio mi pare assai probabile.»

Ricambio il suo sguardo con pari intelligenza, forse, non ne sono così sicura. Ho fame e sono di pessimo umore, due elementi che remano contro ogni sfoggio di umana abilità.

«Quando me lo dici se il sangue sulla parete è della signora svanita oppure no?» chiedo.

«Dammi il tempo di finire di raccogliere i campioni e arrivare in laboratorio» mi risponde voltandomi le spalle e avviandosi rapida verso la porta. «Lo esamino subito. Per domani ce l'hai sulla scrivania» aggiunge.

«Ottimo, grazie» le grido, prima che scompaia lungo il corridoio. «Ma a parte il sangue avete trovato qualcosa?»

«Quasi nulla, questa casa sembra ripulita da una squadra di professionisti. Te lo giuro, impressionante!»

In effetti regna un ordine assoluto in questo appartamento, e una pulizia da sala operatoria. Non un capello, neanche un granello di polvere, pochissime impronte e tutte concentrate in cucina. Il motivo dell'apparente stranezza me lo ha appena spiegato Yolanda, la domestica peruviana della signora Musumeci.

«La signora ci tiene moltissimo alla casa e io pulisco tutti i giorni» mi ha detto scandendo le parole e tenendo gli occhi fissi a terra, la schiena diritta e le braccia lungo i fianchi, come fosse sull'attenti. «Tutti i giorni» mi ha ripetuto. «Ma non riesco a fare tutta intera la casa ogni giorno, non come vuole la signora. E allora abbiamo stabilito che lunedì faccio una stanza, martedì faccio un'altra, però intanto ripasso anche quella che ho già fatto il lunedì, poi mercoledì...»

Parla un buon italiano Yolanda, ma spesso esita su una parola, come se non fosse sicura, come se si sentisse già in tribunale, davanti a un giudice severo, che potrebbe magari ritenerla colpevole di qualcosa. E quindi ci ha messo un po' a spiegarmi il complicato sistema a rotazione che governa le pulizie in casa Musumeci. In sintesi, rassetta tutti i giorni, ma pulisce a fondo una stanza al giorno. Ieri ha fatto il soggiorno, e lo ha fatto così bene da non lasciare nessuna impronta, nemmeno le sue, perché lavora indossando un paio di guanti bianchi di stoffa, proprio per evitare di lasciare la più piccola traccia.

«Stamattina dovevo fare la camera della signora, ma ho pensato che era meglio di no forse...» ha aggiunto.

Bravissima, però già che c'eri potevi anche lasciare la lampada rotta dove stava, invece di rimetterla sul comodino.

«L'ha trovata per terra la lampada, giusto?» le ho chiesto.

«Sì, per terra. Tutta rotta» mi ha risposto.

«E secondo lei quando è caduta?»

«Non lo so, ieri mattina quando ho rifatto il letto era a posto. Poi sono uscita, non so.»

«L'avrà fatta cadere la signora?»

«No, lei non la lasciava sul pavimento.»

«No? Sicura?»

«No! Sì! Sono sicura. Il disordine dà molto fastidio alla signora.»

«Per questo l'ha rimessa al suo posto sul comodino, anche se era rotta?»

Ha esitato un attimo, come imbarazzata, prima di rispondermi con un gesto rapido della testa. Gli occhi per un attimo li ha sollevati e me li ha piantati in faccia, come a voler spiare la mia reazione. Un istante e li ha subito riabbassati. Qualcuno deve averle insegnato che una brava domestica rispettosa gli occhi li deve tenere bassi. Sempre.

Probabilmente le hanno anche insegnato a stare zitta e a non esprimere opinioni. Mai.

Quando le ho chiesto se aveva una qualche idea di dove potesse essere finita la signora Musumeci, ha abbassato ancora di più la testa verso il pavimento e non ha fatto altro che ripetere: «No, no, no, no. Io non lo so. No, no, no». E intanto oscillava la testa come un pendolo.

«La lampada è piena di impronte» mi ha detto Fiammetta «e ci sono anche delle tracce di sangue. Scommetto che è lo stesso della mano sul muro.»

Sono d'accordo, è la cosa più probabile: chi ha fatto cadere la lampada si è chinato per raccoglierla, ma si è tagliato col vetro del paralume scheggiato. E forse per lo shock ha perso l'equilibrio e si è appoggiato al muro. Probabilmente è stata la signora Musumeci a fare tutto quanto. Resta da capire perché. E come è successo. La lampada è caduta da sola, magari per un colpo di vento? L'ha buttata giù lei? L'ha trovata a terra? E nonostante tutta la sua mania per l'ordine l'ha lasciata lì sul pavimento e se n'è andata? Non si è nemmeno premurata di tirarla su, la sua adorata lampada?

Dico adorata perché ho scoperto che la lampada che teneva sul comodino, in camera da letto, non era il risultato di una decisione estemporanea, magari del tutto casuale. No. Doveva essere quanto meno frutto di una scelta ponderata e reiterata. Perché di lampade così ne aveva tre in casa. Identiche. Virgole di metallo brunito sormontate da una cupola di vetro satinato a forma di tulipano. Una specie di fiore fragile dallo stelo sottile, con tanto di cristalli che oscillano piano e paralume dall'effetto craquelé, che poi vuol dire "screpolato". Un modo come tanti, forse più facile di altri, di anticare oggetti ed emozioni, in attesa che diventino vecchi per davvero.

La gemella della lampada schiantata campeggia proprio al centro del comò in noce scuro, un bel mobile lucido e sicuro di sé, saldamente piantato sui suoi piedini tozzi. E un'altra lampada praticamente identica ma in versione raddoppiata, con due steli intrecciati e due candidi bulbi, l'ho notata appena entrata in casa, sul tavolino dell'ingresso.

Non sono una grande esperta, ma hanno l'aria antica e costosa queste lampade, e sembrano parte di una vera e propria collezione. In casa ne ho contate almeno una quindicina, comprese una mezza dozzina di Tiffany autentiche, ci scommetto! Una enorme, con il cappello a pagoda intarsiato di ambra luminosa e la base in bronzo nero e un'altra con il cappello rotondo rosso fuoco e il bordo costellato di libellule danzanti. Magnifica!

È una strana casa quella della signora Musumeci: borghese, borghesissima, con i suoi mobili scuri e lucidi, l'enorme specchiera dell'ingresso, il tavolo lungo dal ripiano di cristallo, il salotto formale con le poltroncine di velluto trapuntato e il divano Chesterfield, rigido e marrone, come si conviene, eppure percorsa da una vena sottile di follia. Che intuisci nella smodata quantità di lampade, plafoniere, lampadari e abat-jour in cui lo sguardo inciampa in ogni angolo.

Quando sono entrata in casa erano tutte spente e una gran luce bianca filtrava dall'alta portafinestra affacciata sul giardino condominiale. Mi sono chiesta quale fosse il senso di avere così tanti punti luce in una stanza grande ma non immensa, quello che gli agenti immobiliari definiscono soggiorno doppio, nulla di più.

Come mi avesse letto nel pensiero, Yolanda, la domestica peruviana, mi ha risposto venendomi a chiedere se poteva tirare giù la tapparella: «Perché sa, alla signora non piace che sia tutto aperto così, si rovinano i mobili».

Le ho risposto che i tecnici della Scientifica hanno bisogno di luce e lei si è ritirata in cucina col passo svelto di chi è abituato a scomparire, non appena i suoi servigi smettono di essere indispensabili.

Il che accade probabilmente ben di rado, per brevi istanti,

in un appartamento così carico, denso, pieno di cose fino all'inverosimile.

Di solito le case troppo ordinate e pulite fin oltre le soglie della perfezione sono piuttosto essenziali, a volte addirittura vuote. L'appartamento di Esmeralda Musumeci no. Ovunque posi lo sguardo un accumulo insensato di oggetti ti striscia incontro, cose belle e antiche, magari affascinanti singolarmente prese, ma l'insieme ha un che di soffocante, folle appunto.

L'idea dominante sembra essere quella della collezione. Nell'ingresso due enormi vasi di ceramica contengono almeno una dozzina di ombrelli di tutte le possibili fogge e tinte. I fiori grandi e sfacciati dipinti sulla liscia superficie di ceramica accrescono l'effetto macchia di colore dell'insieme.

In soggiorno un'intera parete è occupata da un mobile libreria in noce, ma di libri nemmeno l'ombra, giusto qualche enciclopedia dal dorso bianco profilato d'oro; per il resto, vasi e vasetti, porcellane e scatole, d'argento, di madreperla, di avorio. Insomma, vedi alla voce soprammobile: un campionario amplissimo, dove spiccano soprattutto decine di cornici, alcune bellissime, altre banali, qualcuna persino preziosa. E dentro ci sono le foto, naturalmente!

È un po' che le sto guardando incuriosita, c'è qualcosa che non mi torna, ma non so che cosa. Solo dopo un po' capisco che in tutto l'appartamento non c'è nemmeno una foto recente della padrona di casa. Anche se di fotografie ce ne sono tantissime, sparse ovunque. Molte in bianco e nero, volti giovani e giovanissimi, in coppia e in gruppo, in riva al mare o su qualche sentiero di montagna. Moltissime rivolte verso un passato felice, fatto di sorrisi smaglianti e famiglie perfette.

Queste ultime sono in gran parte a colori e si presentano stipate dentro una bella vetrinetta art déco, un'elegante mezza luna di radica e cristallo che occupa l'angolo destro del soggiorno, fra il tavolo da pranzo e la finestra.

Individuare la signora Musumeci è facile qua in mezzo.

La geometria è variabile (un bambino, due bambini, tre bambini, il marito numero uno, il marito numero due – non si somigliano per nulla, è facile distinguerli) ma lei è sempre al centro dell'inquadratura, bionda, longilinea e seducente. Naso altero, capelli lunghi, gambe affusolate spesso in evidenza e sguardo appena decentrato oltre l'orlo dell'immagine. Forse semplicemente miope.

Come sarà diventata questa bella ragazza degli anni Sessanta? Sembra che non sia dato saperlo. Ho guardato in ogni angolo, ma non ho individuato nessuna foto di Esmeralda Musumeci oggi. Certo sarà un bel problema ritrovare la nostra signora svanita nel nulla, se non sappiamo nemmeno che faccia ha.

Sto vagando per il soggiorno con l'aria sconsolata, probabilmente, quando vedo comparire sulla porta Alfio.

«Trovata!» mi dice.

«Fantastico» rispondo un po' incredula. «Dove? Viva?» aggiungo speranzosa.

«Ma che hai capito?» ribatte Alfio. «La borsetta abbiamo trovato, mica lei.»

«Ah, ok, mi pareva strano che ci fosse una buona notizia.»

«Eccola.» Me la tende allungando la mano destra, infilata in un guanto di lattice bianco.

«L'ha già vista Fiammetta?»

«Sì, ci sono due impronte sul fermaglio, probabilmente della legittima proprietaria. Fiammetta le ha già prese. In ogni caso poi la imbustiamo, la borsa, e se la portano via loro. Però ho pensato che anche tu volevi magari dare un'occhiata a quello che c'è dentro.»

Annuisco.

«Non molto, per la verità» prosegue Alfio. E ribalta il contenuto su un angolo del tavolo. Io osservo la borsetta – rigida, con i manici corti, pelle vellutata di un elegante color miele. Dentro c'è tutto quello che una donna non lascerebbe mai a casa: un portafoglio enorme, di pelle, di un bel colore rosso mattone, completo di ogni possibile card, comprese due carte di credito e il bancomat, più duecento euro in contanti. Un pacchetto di sigarette lunghe e sottili, un accendino altrettanto lungo ed elegante, i fazzoletti di carta, un rossetto, occhiali da vista dall'esile montatura di metallo argentato.

Nella tasca interna intravedo la carta d'identità. E finalmente scopro che faccia ha Esmeralda Musumeci.

È cambiata, e non in meglio naturalmente! È diventata una settantenne dai capelli gonfi e dal profilo duro, forse per questo ha smesso di farsi fotografare.

«Questa è l'unica foto che abbiamo» ribadisce Alfio, come se ormai mi leggesse nel pensiero.

«Già, e fa un po' strano, visto che la casa è piena zeppa di fotografie.»

«L'ho notato anch'io e ho chiesto già alla simpatica peruviana se per caso le risultava qualche foto nascosta in fondo a un cassetto.»

«Fammi indovinare: lei ti ha risposto che la signora è disposta ad affrontare il martirio pur di non farsi fare una fotografia.»

«Più o meno.»

«Immagino che non sia né su Facebook né da nessun'altra parte.»

«Immagini bene.»

«Un cellulare ce l'ha però...»

«Sì, e protetto da una password che sa solo lei.»

«Poco gentile da parte sua. L'hai già passato a Fiammetta e ai suoi?»

«*Oh yes*, mi sembrava inutile portarlo a te, giusto per darti modo di prenderlo inutilmente a martellate nel tentativo di aprirlo.»

«Ah ah ah.»

«Comunque non mi aspetto di trovarci dentro particolari segreti, visto il modello basico e l'età della signora.»

«Magari è pieno di selfie...»

«Ah ah ah.» Alfio ridacchia dandomi le spalle e facendo qualche passo in direzione della porta finestra, come se volesse uscire sul balcone. Poi ci ripensa e si volta verso di me, tornando indietro.

«Almeno una cosa mi sembra assodata: la nostra signora Musumeci è uscita un po' di corsa ieri pomeriggio, dimenticandosi a casa tutto, soldi, telefono, documenti. Forse dovremmo cominciare a chiederci perché.»

«Giusto, infatti è da un po' che me lo chiedo, ma idee nessuna. Forse bisognerebbe cercare...»

«Io ho trovato una cosa» mi interrompe Fiammetta sbucando dal nulla. «Una traccia di sangue sulla porta di servizio. Sul pannello esterno, ecco perché al primo giro ci era sfuggita.»

«Ma tu ti sei incaponita, brava, così mi piaci» le rispondo, solleticando volutamente il suo amor proprio.

Lei mi lancia una rapida occhiata piena di ironia, poi fissa gli occhi sospettosi su Alfio: «Mi dici perché hai un solo guanto, Russo, visto che hai due mani come tutti?».

Alfio per un istante rimane immobile, di sicuro gli passano per la testa almeno cinque battute più o meno spiritose. Poi si ricorda che il senso dell'umorismo di Fiammetta Alessandri è sempre piuttosto precario, meglio non farci troppo conto. E poi lui ha dei precedenti, meglio arrendersi subito. «Fiammetta, tranquilla, sto attento, anzi di più. Comunque hai ragione, meglio due guanti, è più sicuro. Vado.» E sparisce all'istante dal soggiorno, senza quasi muovere l'aria.

Tutto pur di non far arrabbiare la dottoressa Alessandri. Una che per la verità non è così difficile mandare fuori dai gangheri. Soprattutto se le fai venire il dubbio che tu non stia tenendo in debito conto le sacrosante esigenze della Divisione scientifica della polizia di stato. Diventa una belva, in grado di urlare contro chiunque, senza remore, incurante di ogni grado e gerarchia. Non si può dire che sia molto amata, ma è talmente brava che tutti la rispettano.

Alfio una volta l'ha fatta arrabbiare ed è diventato automaticamente un sorvegliato a vista. Fin troppo. Perché lui di solito è scrupoloso, non è un babbeo che si aggira sulla scena del crimine distruggendo prove e disperdendo indizi. Sta soltanto pagando un piccolo errore, un anno fa o giù di lì, quando nel cortile di un capannone a Sesto San Giovanni, sotto una pioggia torrenziale, per schivare un collega in divisa che stava per finirgli sotto il cofano aveva sbandato nella fanghiglia piena di impronte di pneumatici che Fiammetta non aveva ancora fatto in tempo a fotografare, e aveva distrutto con un'unica manovra una bella quantità di indizi.

Io con Fiammetta sono partita col piede giusto. Senza alcun merito in realtà. Perché quando arrivo sulla scena di un crimine io non tocco mai niente, non sposto nulla, mi muovo pianissimo, tendenzialmente sto addirittura immobile. I guanti li metto giusto per rassicurare i colleghi che non mi conoscono. In realtà, potrei farne a meno. Perché quando arrivo semplicemente mi guardo intorno, a volte annuso l'aria, ascolto i rumori. Insomma, uso tutti i sensi tranne il tatto.

È così che ho conquistato Fiammetta, la prima volta che abbiamo lavorato insieme. Uno dei primi casi, appena arrivata a Milano: il presunto suicidio di un riccone con troppi nemici. Lei mi aspettava davanti al cadavere, trovato con la testa china sulla scrivania, al centro di uno studio extralusso con vista sulla madonnina del Duomo. E io come prima cosa mi ero fermata proprio in mezzo alla stanza e semplicemente avevo cominciato a guardarmi intorno.

«Mi piacciono i detective che non saltellano in giro toccando tutto come i bambini con i giocattoli» mi aveva detto a muso duro.

Io le avevo risposto soave: «È più utile la vista, secondo me, se devi cercare di immaginare che cosa è successo».

«*Good point*» mi aveva detto lei, poi aveva girato sui tacchi e mi aveva mollato lì, senza nemmeno salutarmi.

Dire che poi siamo diventate amiche sarebbe esagerato. Anche perché lei di amici non ne ha proprio, e se ne vanta. Io no, non ne vado fiera per nulla, ma capisco il suo punto di vista, anche nella mia agenda di numeri amici non c'è mai stata una gran folla.

In due anni e mezzo non ci siamo mai bevute nemmeno un caffè insieme, figuriamoci il resto, però tutte le volte che ci incontriamo su una scena del crimine ci sorridiamo con gli occhi che traboccano di sollievo.

Ed è sempre sorridendo che ogni tanto mi strapazza, Fiammetta, più che altro perché non si capacita della mia assurda ignoranza in materie scientifiche. E allora non resiste, e mi getta in pasto qualche boccone di fisica o di chimica, come fossi una scimmietta ammaestrata chiusa in gabbia. Non capisco mai se il suo unico intento sia quello di saggiare l'abisso di ciò che ignoro, o più benevolmente contribuire a migliorare le competenze dei detective della squadra omicidi di Milano.

Adesso, per esempio, sta cercando di spiegarmi che cosa intende fare per seguire le presunte tracce di sangue all'esterno dell'appartamento, sulle scale e sull'ascensore di servizio... presunte, perché il luminol non dà certezze, si limita a dirti che c'è del ferro illuminandosi di blu.

«Abbiamo solo trenta secondi per fissare la chemiluminescenza, lo sai» mi dice. «Quindi ho bisogno di un paio di agenti che...»

«Benissimo, decidi tu come ti sembra meglio, poi chiedi ad Alfio.»

Oggi ho meno voglia del solito di stare ad ascoltarla, pur con tutta la stima. Il suo lavoro ad alto tasso di scientifica precisione glielo lascio tutto, e io mi vado a fare due passi e a sentire che aria tira in questo bel palazzo. Magari prima di sera mi riesce di trovare a occhio nudo qualche indizio meno scientifico ma ugualmente utile.

# 10

«Un ombrello rosso.»

Ho appena posto alla signora Adriana, custode al civico 27 di via Sebastiano Caboto, angolo via Washington, la fatidica domanda: «Ha notato qualcosa di strano l'altro ieri, intorno all'orario in cui la signora Musumeci è sparita?». E mi sono beccata una di quelle risposte che ti lasciano interdetto.

La custode è visibilmente contenta di essersi fatta venire in mente il dettaglio dell'ombrello rosso, e mi guarda aspettando ingorda altre domande. Se ne sta lì seria e impettita, come se nella vita non avesse mai sognato altro fin dalla più tenera età: offrire la propria testimonianza alla polizia in un caso di rilevanza penale, un omicidio, un rapimento, un delitto di qualche genere, possibilmente abbastanza grave da escludere l'applicazione della condizionale e da finire tra le notizie di apertura del tg delle 20.

Magari da bambina sognava altro, ma di sicuro deve essersi preparata la frase a effetto sull'ombrello fin dal momento in cui la signora Musumeci ha fatto il santo piacere di sparire nel nulla, volatilizzandosi così, senza ragione né preavviso, lasciando il suo appartamento al terzo piano perfettamente in ordine ma dimenticandosi di chiudere la porta (tripla serratura, portoncino blindato nuovo di zecca, installato da pochi mesi, perché il genero della signora ci teneva molto alla sua sicurezza. Ha presente, il genero, l'assessore

Soneri? E certo che ho presente, benissimo, altrimenti non sarei qui a darti retta, cara la mia megera).

Probabile che la signora Adriana sia una brava persona, ma l'aspetto è quasi ripugnante. La prima cosa che noti è un sederone che sfida la legge di gravità, e forse anche qualche altra legge della fisica. Enorme, gonfio, sporgente oltre misura, insomma un culo tanto inverosimile da farla somigliare a una caricatura. E mentre attraversa il giardino, diretta verso il cancelletto che separa l'elegante palazzo affidato alle sue amorevoli cure dal disordinato mondo esterno, io le cammino dietro e non posso fare a meno di fissare come ipnotizzata quell'immensa escrescenza di carne flaccida e ballonzolante. La stazza rende il suo respiro faticoso, ma non le impedisce di parlare a raffica, allineando giudizi, osservazioni e commenti di ogni genere. Ma forse ora, dopo un buon numero di divagazioni, siamo riuscite finalmente a concentrarci sul famoso ombrello rosso.

«Venga, venga, le faccio vedere il punto esatto dove stava. Perché sa, io ho una memoria fotografica, non mi dimentico mai di niente» dice lei.

"Bene," penso io "è la mia giornata fortunata, ho trovato il testimone ideale." Ma naturalmente non ci credo. La frase successiva emessa dalla calda e profonda gola della signora Adriana è infatti di quelle che fanno suonare ogni possibile campanello d'allarme nella testa di un poliziotto: «Perché guardi, io ci metto un minuto a capire chi ho davanti, nulla mi sfugge, neanche un particolare, mai». Sì, meno male che vedi tutto, una condomina affidata alle tue cure è sparita e tu non ti sei accorta di niente!

Intanto siamo arrivati sul marciapiede, e la custode mi indica con sicurezza un punto della cancellata, come l'avesse estratto da una mappa mentale.

«Ecco, era appoggiato proprio lì, di fianco al portoncino pedonale» mi dice. Poi rimane a fissarmi con la bocca appena socchiusa e un'espressione quasi impaziente, come a dire: ma insomma, ti decidi a farmi qualche domanda o no?

A me però ne viene in mente una sola di domanda, e neanche tanto intelligente: «In che senso è strano, un ombrello rosso?».

«Perché pioveva» mi risponde pronta la signora Adriana, spiazzandomi del tutto.

«Ah, sì?!» dico, mentre nella testa mi galleggiano immagini incongrue di rossi ombrellini da passeggio dall'aria vezzosa ma dal puntale affilato come un'arma letale, capaci di infilzare chiunque e sparire nella pioggia senza farsi notare.

«L'altro pomeriggio pioveva e tirava anche un ventaccio tremendo, proprio un temporalone di quelli da far paura, ma io sono venuta lo stesso puntuale, alle due ero qua.»

«Cioè dopo la pausa pranzo?»

«Sì, la faccio dalle dodici e mezza alle due, perché sa io non abito qui, sto in piazza Vesuvio. Comunque non è lontano, e io sono sempre puntuale, non sgarro mai, perché la puntualità è...»

«La virtù dei re» concludo al posto suo, strappandole un'occhiata sorpresa e una smorfia che potrebbe persino somigliare a un sorriso.

«Bene, mi fa piacere» proseguo a passo di carica, perché la signora Adriana è uno di quei personaggi che reggo al massimo dieci minuti, poi con le loro ciance mi scatenano i peggiori istinti omicidi. «Però, se non le spiace, adesso torniamo all'ombrello.»

«Sì» dice subito. Però non aggiunge altro.

«L'ombrello, cos'aveva di così strano?»

«Ci sono passata davanti arrivando e l'ho guardato bene: era un bell'ombrello, rosso fiammante, sembrava nuovo di zecca, appoggiato bene, con il manico attaccato alla sbarra di metallo, insomma non buttato lì per terra.»

Comincio a capire qual è il punto. «Vuol dire che non era un ombrello rotto che qualcuno aveva gettato via?»

«Esatto! Era un bellissimo ombrello, e non di quelli che vendono gli extracomunitari per strada, sembrava di marca» esclama con una sfumatura di autentico trionfo nella voce.

«E allora perché non l'ha raccolto?»

Si aspettava la domanda, e la risposta è prontissima: «Avevo la borsa, avevo l'ombrello mio, e avevo anche le chiavi già in mano per aprire, e diluviava, non ce la potevo fare. Insomma, ho pensato, ora poso le cose e torno a prenderlo. Saran passati cinque minuti d'orologio, glielo giuro, sei minuti, non di più...».

«E l'ombrello non c'era più» concludo io.

La signora Adriana annuisce tutta compresa nella disgrazia, ma poi riesce a spiazzarmi ancora una volta: «In compenso c'era una scarpa».

«Come, c'era una scarpa? Dove? Al posto dell'ombrello?»

«No, dall'altra parte, sul marciapiede di fronte. Lì, vede? Proprio davanti al tombino.»

E mi indica il palazzo di fronte, che sembra il gemello di questo, stessa cancellata bianca e blu dipinta di fresco, stessa edilizia signorile con giardinetto condominiale ben curato, identici terrazzini straripanti di gerani e facciata inesorabilmente ricoperta di lucide piastrelle, di un bel color grigio perla nel caso del civico 27, rosso mattone per l'edificio dirimpetto.

«Che tipo di scarpa era?»

«Non so, una scarpa. Una scarpa da donna.»

«Col tacco?»

«Sì, ma non alto, un tacchetto basso, una bella scarpina elegante.»

«Di che colore?»

«Nera, mi pare.»

«Non ne è sicura?»

«Mah, pioveva ancora, anche se un po' meno, io la scarpa l'ho vista solo perché cercavo l'ombrello, non c'era più e allora mi stavo guardando intorno. E mi sono detta: magari mi sbaglio, non era qui, era un po' più in là.»

«E invece non c'era proprio, e in compenso c'era la scarpa, benissimo,» cerco di stringere «l'ha raccolta?»

Quasi scandalizzata: «Ma che, le pare che mi metto a raccattare le scarpe per strada?».

«L'ha almeno guardata da vicino?»

«No, e perché avrei dovuto?»

In effetti, perché avrebbe dovuto? Mi faccio venire in mente un'ultima possibile domanda sulla scarpa, ben sapendo che la risposta difficilmente potrà piacermi: «Secondo lei, poteva essere della signora Musumeci?».

La signora Adriana alza prima la spalla destra, poi la sinistra, poi tira un bel sospiro e infine butta lì, con l'aria sapiente di una che si è bevuta almeno sette stagioni della *Signora in giallo*: «Guardi, dottoressa... lei è dottoressa, vero? Così mi ha detto quel bel giovanotto che è arrivato insieme a lei, in macchina».

«Sì, sì, ma questo non importa. Mi dica di questa benedetta scarpa, per favore.»

«Dicevo, dottoressa, secondo me potrebbe, sì, assolutamente, essere una scarpa della signora Musumeci, perché lei portava proprio scarpe così, eleganti, sempre, ma col tacchetto basso, sa alla sua età, con i problemi di circolazione, i tacchi alti non vanno mica bene, anche se la signora Azalai, quella del terzo piano, invece, se ne frega, dovrebbe vedere con che sandali va in giro appena viene il bel tempo, che neanche mia nipote che deve ancora compiere trent'anni se li mette! È lei, la Azalai, che ha trovato la porta aperta, dovete interrogare anche lei, vero?»

Pensavo di strangolarla, ma forse posso lasciarla vivere ancora un po', in cambio delle informazioni che nonostante tutto mi sta fornendo. Però devo riportarla al dunque, perché mi sta sfinendo.

«Della signora Azalai si sta occupando il mio collega» dico, omettendo di aggiungere "quello stronzo che appena ti ha visto ha deciso che era meglio andare a interrogare un cactus che mettersi a parlare con te".

«Torniamo alla scarpa...»

«E che le devo dire ancora?»

«Che fine ha fatto, per esempio.»

«E io che ne so?»

«L'ha vista alle due, giusto, e poi basta?»

«No, no, quando sono uscita alle sei la scarpa era ancora lì. Sono sicura, perché ho attraversato la via per andare a prendere la 61, l'altro ieri sera dovevo andare da mia figlia che abita in Lorenteggio, quindi quasi l'ho pestata, e ho proprio pensato, ma che gente che c'è in giro, che buttan via le scarpe così, in mezzo alla strada, meno male che domattina passano quelli dell'AMSA e se la portano via.»

«E sono passati?»

«Credo di sì.»

«Comunque, ieri mattina la scarpa non c'era più?»

«Non credo.»

«Però non è sicura?»

«Io vengo da piazza Vesuvio,» ribadisce, una sfumatura di impazienza nella voce «da lì, vede?» Indica con la mano l'incrocio più vicino, quello con via Etna. A due passi c'è pure via Stromboli, qui è tutto un vulcano.

A dispetto dei nomi, un quartiere tranquillo al limite del sonnolento. Case signorili e una densità di bar inferiore alla media. Colori tenui, silenzio diffuso, giardini ben curati e portoni sigillati, di solito.

«Arrivando da piazza Vesuvio è la strada più breve,» prosegue la signora Adriana «sette minuti, senza correre, e sono qui, non ci passo mai sul marciapiede di fronte, anche perché al mattino c'è sempre qualcuno che guarda...»

Una frase vagamente sibillina, lasciata apposta in sospeso. La mia domanda è inevitabile: «Qualcuno chi?».

La signora Adriana si limita ad alzare un sopracciglio in direzione del cancello dirimpetto, roteando gli occhi in uno strano modo buffo, che all'improvviso mi fa pensare a un barbagianni appollaiato su un ramo. Una somiglianza evidente, anche se fino a quel momento mi è sfuggita, con quella facciona larga e squadrata, gli occhi scuri, grandi, perfettamente rotondi e assolutamente opachi.

«La custode del 24, non la vede? È là, dietro il vetro della guardiola, e a volte ha persino il cannocchiale!»

«Cosa? Intende dire un binocolo?»

«Sì, sì, per vedere meglio, per vedere tutto.»

Ecco, ci mancava pure questa, la faida tra due portinaie a colpi di sguardi ossessivi e accuse paranoiche, il tutto fra piazza Po e via Washington, praticamente in una delle zone più placide e borghesi di Milano.

«Allora magari avrà visto anche la scarpa e l'ombrello» ribatto, una bava di assurda speranza appesa all'angolo della bocca.

«Ah, non credo,» abbaia rauca la nostra Adriana «quella lì, la Irma, vede solo quello che le fa comodo, ma se ti deve dare una mano non c'è pericolo, piuttosto si fa ammazzare.»

Perfetto. È il momento di gettare la spugna, qui non si cava più niente. Caso mai potrei fare un giro qua davanti dalla Irma, se riuscissi a farmene venire la voglia.

Ma la signora Adriana non ha ancora finito.

«Senta dottoressa, io glielo devo proprio dire, qui c'è qualcosa che non va» mi spara in faccia, con un tono da grande cospirazione che non mi piace per nulla.

«Infatti, la signora Musumeci è sparita» rispondo quieta, giusto per prendere tempo.

«Non è quello il punto» ribatte alzando la voce di almeno tre decibel.

«E allora mi dica, qual è il punto?»

«Il punto è il cancelletto.»

«Cioè? Mi perdoni ma non capisco.»

«Il cancelletto! Il cancelletto! È da ieri che lo dico, ma nessuno mi vuole dare retta.»

La mia pazienza sta gocciolando via, ma mi sforzo di starmene in silenzio e di fingere la massima attenzione, in attesa della rivelazione.

«Il cancelletto era aperto quando sono arrivata alle due.»

«E questo cosa c'entra?»

Mai domanda fu più inopportuna. La signora Adriana diventa una belva.

«Ma come cosa c'entra? Come investigate voi della polizia? Come fate a risolvere i casi, se ignorate le informazioni importanti che vi danno i cittadini? Del resto, la polizia di Milano non è certo famosa per la sua efficienza.»

La pazienza ormai è andata, ed è solo un residuo di autocontrollo che mi impedisce di darmi scompostamente alla fuga.

«Ok, d'accordo, il cancelletto era aperto,» dico rapida, pur di interrompere la sua insensata giaculatoria «questo c'entra in qualche modo con l'indagine secondo lei?»

«Certo che sì» urla trionfante, e aggiunge con assurda veemenza: «Ne sono assolutamente certa».

La cara donnetta sta cominciando a prendere le sembianze di una specie di nonna Abelarda, orrida e incontenibile. Mi ha artigliato un braccio e, fissandomi negli occhi, mi ripete: «Il cancelletto deve *sempre* rimanere chiuso, quando io non ci sono. È una regola del condominio, lo sanno tutti. E invece era aperto».

«Spalancato?»

«Ma no, era accostato, poteva sembrare chiuso, ma non lo era, bastava spingere e si apriva, senza chiave.»

«Sicura?»

«Assolutamente sicura» ribadisce, come giurando sulla Bibbia.

In un attimo mi rendo conto perché mai l'ho odiata fin dal primo istante. Questa cicciona isterica somiglia a mia nonna Amelia.

Non è mai stata così grassa la nonna, ma ha sempre avuto questo identico tono di voce, stridulo e cattivo, soprattutto quando doveva ordinarmi qualcosa, utilizzando a squarciagola la sua parola preferita: *as-so-lu-ta-men-te*.

Come quando mi aveva proibito di andare al funerale di mia madre, dicendomi: «Assolutamente, non ci devi andare, tu te la devi solo dimenticare quella disgraziata».

E io mi chiedevo: come si fa a dimenticare una mamma?

# 11

«Giulia, cazzo, che fatica stare dietro a 'ste vecchiette! La tua com'era?»

«Sovrappeso.»

Alfio scoppia a ridere e alza il pollice in segno di vittoria.

«Brava! Migliori a vista d'occhio. Dovresti coltivarla di più la tua capacità di fare battute, te lo dico sempre.»

«Sì, come no! Alfio, dacci un taglio. Ho appena ricevuto una telefonata da Matrocca.»

Alfio ingrana la terza e brucia il semaforo fra piazza Piemonte e corso Vercelli, infilando via Buonarroti in direzione Fiera, anche se la fiera lì non c'è più. Estirpata, insieme al ricordo di una Milano che produceva, investiva, sognava, a modo suo, certo, quindi niente di così incantevole, mattoni e bulloni, però qualcosa da esibire nelle fiere c'era.

Poi si sono inventati l'Expo, con contorno misto di palazzi alti e sottili, che venivano su come funghi velenosi, e mi sembravano tanto belli quanto inutili, e nessuno pareva capace di grattare per davvero il cielo e spargere su questa povera città grigia la polvere colorata della meraviglia.

Così pensavo quando avevo visto per la prima volta, dieci anni fa, l'immenso cantiere dei grattacieli di Porta Nuova, fra la stazione Garibaldi e le ex Varesine, dove tanto tempo fa c'era un grande luna park.

Anche l'idea di sostituire la vecchia fiera con tre torri nuove di zecca, tre grattacieli altissimi e arroganti, mi era inizialmente sembrata un'idea terribile, uno sconquasso inutile e crudele.

Detesto ammetterlo, ma ho dovuto ricredermi. Le tre torri si vedono dal balcone di casa mia e mi capita spesso di osservarle con un misto di curiosità e fascinazione. Svettano maestose, sembrano guardare la città dall'alto, abbracciarla con magnanima superiorità. Soprattutto di notte, ammiccano brillanti contro il cielo scuro, come una promessa di felicità lontana, ma non per questo meno struggente.

«Da zero a dieci, a che livello stava con l'ansia il nostro Matrocca?» mi chiede Alfio, interrompendo il filo pigro dei miei pensieri.

«Undici, direi. Prime parole sue: "L'avete trovata?". Prima frase mia: "Dottore, ma se siamo appena arrivati!". Seconda domanda sua: "Vi siete già fatti un'idea, vero?". Seconda risposta mia: "No". A quel punto mi ha chiuso il telefono in faccia.»

«Epperò, incazzato il nostro MM, ma non te la pigliare, lo sai com'è, non è stronzo, è solo che lo disegnano così.»

«Sì, certo, questa è proprio una consolazione, poteva capitarci sulla testa un questore stronzo e figlio di puttana, invece è andata bene: ci hanno rifilato un maniaco depressivo soggetto a crisi acute d'ansia.»

Manlio Matrocca, detto MM, come la Metropolitana Milanese, o come la Merda Multipla che sparge in giro quando le cose non vanno dritte come un fuso, cioè quasi sempre. Non una cattiva persona, e come ispettore se la sarebbe cavata più che bene, arrivando con onore fino all'età della pensione. Chissà perché i soliti dei che si divertono ad accecare i mortali lo hanno convinto a diventare questore. Un errore tremendo, che gli è costato già due ulcere e una serie di devastanti attacchi di psoriasi.

Il nomignolo MM l'ha naturalmente coniato Alfio, che in quanto detentore del copyright si arroga anche il diritto di modificare a piacimento la lettura dell'acronimo, passando da Mammo Malefico a Muffo Marmocchio, per arrivare fino a Merda Mobile e Meretrice Muta. Il migliore però è Movida Milanese: riesce a farmi ridere fino alle lacrime. Soprattutto perché Alfio l'ha inventato la vigilia di Natale, l'anno scorso, in occasione di una bicchierata di scambio di auguri in questura, finita con Matrocca che starnazzava per gli uffici con l'occhietto leggermente appannato dall'alcol, confessando a tutti che il regalo di Natale per sua moglie sarebbe stata l'iscrizione – in coppia naturalmente – a un corso di balli sudamericani. E, per dimostrare che alle intenzioni sarebbero presto seguiti i fatti, aveva cominciato a sculettare su e giù in corridoio. Una visione imbarazzante, che non era sfuggita all'occhio allenato dell'ineffabile ispettore capo Russo.

Comunque, in questo momento, dopo che mi ha chiuso il telefono senza un saluto, come fosse una porta in faccia, il Matrocca tendo proprio a considerarlo una merdaccia e nient'altro. Ma lasciamo stare. Andiamo avanti. Chissà che non si riesca a fare un passettino in qualche direzione, prima che venga sera.

«La vecchietta del terzo piano che cosa ti ha detto?» chiedo ad Alfio, nel tentativo di fare il punto della situazione.

«Ma chi? La signorina Maria Teresa Azalai? Fatti sentire da lei a chiamarla vecchietta e ti cava tutte e due gli occhi per usarli come bottoni sul cappottino del pitbull nano e fetente che si tiene in casa.»

«Mica ti sarai fatto mordere un'altra volta?»

«No, guarda, ormai ho imparato che quando il padrone è stronzo, vuol dire che è stronzo pure il cane, quindi inutile cercare di fare amicizia.»

«Nessuno ti aveva chiesto di farlo. La dovevi solo interrogare.»

«E infatti...»

«Quindi?»

«Lei e la Musumeci si odiavano. Ferocemente. Per me

l'assassina è la Azalai. Chiama Matrocca e diglielo subito. Il caso è già bell'e risolto.»

«Sì, a parte il fatto che per il momento non abbiamo il cadavere.»

«Quello non è un problema, dimmi di che misura ti serve e lo procuriamo subito.»

Alfio brucia un altro semaforo e intanto mi lancia uno dei suoi sguardi ammaliatori. Sembra un bambino giocoliere che continua a gettare in aria parole sfuse per raccogliere frasi complesse, costruzioni a effetto, funamboliche cattedrali verbali, ogni volta tentando di strappare l'applauso al pubblico circostante. È che spesso il pubblico è formato esclusivamente da me, un bel problema per un forgiatore seriale di battute, freddure e calembour.

«Ma tu le donne le conquisti facendole ridere?» gli avevo chiesto un giorno a bruciapelo, davanti alla nostra prima birra insieme, innocuo sigillo di quasi amicizia tra due colleghi che avevano deciso di darsi reciprocamente una chance.

«Chi ti ha detto che io conquisto le donne?» era stata la sua guardinga ma lusingata risposta.

«Tutti lo dicono, persino Matrocca. Prima di convocarti nel suo ufficio per le presentazioni di rito, il giorno in cui sono arrivata, mi aveva detto che mi avrebbe affidato l'ispettore capo più bello della questura e mi aveva raccomandato di trattarti bene. Poi aveva aggiunto imbarazzato "Be', non troppo bene!", e si era inerpicato su per i sentieri spinosi della deontologia professionale e dei corretti rapporti tra colleghi. Facendomi oltretutto notare che tu di donne ne avevi fin troppe. Come se la cosa mi dovesse riguardare.»

«E tu che gli hai risposto?»

«Che gli uomini belli non mi sono mai piaciuti.»

Alfio era scoppiato a ridere e non aveva aggiunto nulla, limitandosi a lanciarmi uno sguardo ironicamente ammaliatore, proprio come quello che mi ha scoccato un attimo fa. Sono la sua specialità. Secondo me servono a provarci senza esporsi troppo. Ti prometto meraviglie dietro il sipario delle mie lunghe ciglia maschie e romantiche, ma se per caso non abbocchi faccio finta che sia solo uno scherzo. Prima o poi questa cosa gliela devo dire. Ma non ora. Ora ho bisogno di capire dove può essere andata a finire la signora Musumeci.

«Insomma, che ti ha detto la signorina Azalai della sua vicina di pianerottolo?»

«Di tutto, di più. Una quantità di veleno che ancora un po' m'ammazza pure a me. Le due care vegliarde si conoscono dal '77, da quando la Musumeci è venuta a stare qui con il marito, nel frattempo defunto, l'ingegner Pratti. Ed è sempre stata una grandissima troia.»

«In che senso?»

«Tutti i possibili. Dice che i due figli maschi li aveva già quando è arrivata qua, e il padre, ovvero il primo marito, già lo aveva seppellito, mentre la figlia è nata dopo il matrimonio con l'ingegnere, ma è difficile che sia sua.»

«Dell'ingegnere?»

«Eh sì, pare fosse un gran figlio di buona donna, che infatti ha ramazzato soldi a carrettate, però in mano a lei diventava mister gioppino, e se lo rigirava come voleva.»

«Quindi tre figli... uno dei tre potrebbe averle dato una botta in testa, per incassare prima l'eredità?»

«Sì, perché no?»

«E della Rosa Argento che mi dici?»

«Chi?»

«La nuora, quella che è sbucata fuori appena siamo arrivati, con la tuta rosa confetto e le scarpe argentate, e la prima cosa che ci ha chiesto è quando pensavamo di togliere i sigilli all'appartamento. Forse ha fretta di fare l'inventario dei beni.»

«Ho capito, Alba Barilli, la moglie del figlio più piccolo. Un po' vistosa ma interessante.»

«E per caso ti ha detto anche qualcosa di interessante?»

«Non molto. Dice che veniva a trovare la suocera tutte le settimane, al mercoledì mattina, e andavano dal parrucchiere insieme.»

«Ma questo mercoledì no.»

«Già, un impedimento, non potevano. Però la brava nuora è passata ugualmente a trovare la Musumeci nel pomeriggio, sul tardi. Peccato che nel frattempo lei fosse già sparita!»

«Ieri pomeriggio... ma la Rosa Argento poi c'è andata dal parrucchiere?»

«E io che ne so? Ti sembra importante?»

«Non ne ho idea, magari sì. Comunque ci voglio parlare anch'io, e non solo del parrucchiere.»

«Facciamo venire anche lei domani?»

«Sì, pensaci tu, ora che torni in questura. L'elenco di quelli da sentire l'ho già passato al telefono ad Abete, controlla solo che ci siano tutti.»

«Tu che fai?»

«Io, se mi lasci a Conciliazione, me ne torno a casa a piedi visto che ha smesso di piovere. E ci penso un po' con calma, alla nostra signora Musumeci e a dove potrebbe essere andata a finire.»

«Cos'è, tiri fuori la tua bacchetta da rabdomante?»

Lo fisso e non rispondo.

«Ok, capo, non t'arrabbiare, ubbidisco senza discutere.»

«Ecco bravo, a proposito di ubbidienza agli ordini del capo, mi hai trovato le info che ti avevo detto di cercare sulla Casa don Salvi?»

«Ma se me lo hai detto solo ieri!»

«Appunto, sono passate ventiquattro ore buone.»

«Può darsi, ma ti confesso che qualcuna di queste ore l'ho persino passata a dormire.»

«Da solo?»

«Avevamo deciso che non era argomento di conversazione. Se hai cambiato idea per me va bene, ma vale la reciproca, ricordatelo. Allora anch'io posso fare domande?»

«No, tu no.»

Il suo tono era scherzoso, il mio un po' meno. Alfio capisce al volo l'antifona e si zittisce. Mi guarda serio, sembra davvero una perfetta imitazione di un sottoposto che aspetta ordini dal capo.

«Alfio, probabilmente quelli della Casa don Salvi non c'entrano un tubo con la mia amica morta, però quel prete e i suoi tossici non mi piacciono per niente. Te l'ho detto. E fra l'altro il cadavere di Letizia Giorgi non è stato l'unico a spuntare da quelle parti, lo sai, no?»

«Sì che lo so, ma sinceramente lo strafattone che ha fatto un bordello nella clinica di Ispra due anni dopo non mi sembra molto collegabile.»

«Può darsi, si va per tentativi.»

«Sì, ma senza agitare troppo le acque, ok? Ti ricordo che il caso ufficialmente non l'ha riaperto nessuno.»

«Ok, ok, intanto però fammi il santo piacere di chiamare *ufficiosamente* il tuo amico della questura di Varese e farti mandare tutto quello che hanno. Chiedo troppo?»

«Come già fatto, capo!»

Ecco, adesso mi sto irritando. Meglio se me ne vado.

«Fermati qui, appena dopo il semaforo» dico. E spero che Alfio si limiti a ubbidire. Invece.

«Sicura che non vuoi un passaggio fino a casa?» mi domanda con il suo miglior tono gentile e servizievole.

«No grazie, accosta. Ci vediamo domani. Ciao.»

Apro la portiera, cerco di scendere e finisco col piede destro in una pozzanghera, immerso fino alla caviglia.

«E che cazzo!» esclamo. «Città di merda, possibile che non riescano neppure a pulire i tombini delle strade?»

«Buona serata!» mi urla Alfio, e il tono mi sembra più ironico che servizievole. Ma non importa. Ho già sbattuto la portiera.

Mi chiudo fin sul collo la cerniera del giubbotto di pelle marrone. Chiudo a pugno le mani affondate nelle tasche. E mi avvio a passo svelto verso casa. Non è lontana, da qui una ventina di minuti a piedi. E a me piace camminare.

Giusto il tempo di far sciogliere un po' di questa polvere di rabbia che da qualche giorno mi intasa le vene.

Da quando ho sognato Letizia. Da quando ho ricominciato a pensare a mia madre.

# 12

Per molti anni non mi sono ricordata alcun sogno al risveglio.

Una tenda scura, dalla trama fitta, impenetrabile alla luce, forse anche ai desideri, impediva il passaggio tra giorno e notte. Ciò che accadeva nel buio, dietro le palpebre chiuse, non aveva diritto di cittadinanza nel momento in cui il giorno riprendeva possesso del mondo.

Mi capitava spesso di svegliarmi fradicia di sudore, le gambe e le braccia stanche come dopo un'immane fatica, un'infinita nuotata nel mare in tempesta. La sensazione di aver vissuto qualcosa di bizzarro, un'avventura oltre i cancelli della mente, era fortissima. Ma neppure un ricordo. Solo una vaga sensazione di nausea, di paura, come se ancora una volta la notte mi avesse portato sull'orlo del baratro più nero, quello da cui non si torna indietro. Quello da cui non *vuoi* tornare indietro.

Per questo le mie notti sono sempre state brevi. Non potevo crogiolarmi nel sonno. Troppo rischioso. E una sveglia invisibile suonava ogni mattina, alle cinque e mezza in punto. Io aprivo gli occhi e cercavo la luce. Anche quella elettrica sul comodino andava bene, quando d'inverno il sole ancora era lontano.

L'importante era aprire gli occhi e trovare la luce. Perché

la mattina di novembre in cui il telefono si è messo a squillare alle cinque e mezza, e mio padre ha cominciato a piangere, urlare, e battere i pugni contro le pareti, la mattina di novembre in cui mia madre è morta, la luce non c'era.

Oggi la luce c'è, tenue, macchiata di sporco, un azzurro latte che invade la stanza e accarezza dolcemente gli occhi. Sdraiata nel mio letto a due piazze, proprio nel centro esatto, perché nessuno possa venirmi a dire che non lo utilizzo abbastanza, non ho bisogno di guardare la sveglia per sapere che sono le cinque e mezza. Questo non è cambiato mai.

Quello che è cambiato è che ora i sogni me li ricordo. Fin troppo bene. Questi sogni invadenti che escono dal buio e si accampano nella mia testa, piantando bandierine e agitando sonagli. Un gran baccano per attirare la mia attenzione. In cambio mi offrono indizi che qualunque poliziotto riterrebbe insufficienti, bizzarre assurdità da dormiveglia.

Io sono una brava poliziotta, mi sono sempre sforzata di esserlo. Per anni li ho ignorati, scopati sotto il tappeto, lavati via buttandomi acqua fredda in faccia. Poi un giorno ho capito che la loro voce potevo anche ascoltarla, che i miei sogni non mi avrebbero fatto del male.

# 13

«Dottoressa, buongiorno.»

La voce al telefono è melliflua, con una leggera intonazione meridionale.

«Sono l'avvocato Soneri,» finisce di presentarsi «mi scuso se mi permetto di incomodarla.»

Lo interrompo, fissando l'angolo destro della scrivania e imprecando senza voce.

«Sì, sì, avvocato, mi hanno preannunciato la sua telefonata. Nessun disturbo, ma purtroppo non sono in grado di dirle nulla di nuovo. Stiamo indagando con tutti i mezzi a nostra disposizione, però...»

Questa volta tocca a lui interrompermi, senza brutalità, ma col tono di chi si aspetta di essere ascoltato. E preso sul serio.

«Dottoressa, sì, ho già parlato col dottor Matrocca, mi ha informato dei vostri progressi, o forse dovrei dire della vostra assenza di progressi. E naturalmente mi auguro che questa sia soltanto una prima fase momentanea, interlocutoria, un momento, mi rendo conto, indispensabile, in cui si prendono le misure, si delineano le linee interpretative, e che poi le indagini prendano una piega, come dire, più dinamica, un'intensificazione, una direzione potremmo dire.»

Ma quanto parla questo per non dire nulla? Ora capisco

come ha fatto a rimanere a galla per tanto tempo, fin dai tempi dei socialisti. Quello che non capisco è perché l'avvocato Soneri stia sprecando tutta la sua abilità oratoria proprio con me.

Ma ora me lo spiega, ci scommetto!

E infatti: «Dottoressa, non voglio farle perdere tempo, la chiamo per questo: mia moglie è stata convocata in questura, è logico, in qualità di figlia della scomparsa, avete fatto solo il vostro dovere. Immagino che anche i suoi fratellastri li abbiate convocati lì da voi, è logico. Ma non importa, questo non è affar nostro. Quello che mi premeva dirle, e chiederle, come un favore personale, è se lei o i suoi colleghi potreste parlare con mia moglie a casa nostra, senza farla venire in questura. Sa, la poveretta è a pezzi, non ha fatto altro che piangere da quando la madre è scomparsa. È sconvolta, mi creda, e dover venire in un ufficio di polizia, in questo momento...».

«Avvocato Soneri, mi rendo conto, ma guardi che abbiamo convocato tutti qui solo per una questione di maggior rapidità. Prima riusciamo a raccogliere tutte le informazioni dalle persone che conoscevano la signora Musumeci, e prima possiamo scoprire che cosa le è accaduto.»

«È logico, ci mancherebbe, è ineccepibile proprio. Se si comincia a favorire qualcuno a discapito di qualcun altro, ci si potrebbe esporre anche a delle critiche, è logico.»

Sì, qui l'unica cosa logica è che tu non ci stai proprio a essere trattato come tutti gli altri. Decido di passare al contrattacco, nell'unico modo consentito dalla rete a maglie strettissime che Matrocca mi ha gettato addosso stamattina, quando è entrato con passo da velocista nel mio ufficio e ha cominciato a spiegarmi quello che già sapevo e soprattutto quello che immaginavo rispetto all'assessore Soneri e a quella gran rompicoglioni della suocera che aveva pensato bene di sparire nel nulla.

«Se la signora Musumeci è ancora viva,» dico «il fattore tempo è essenziale.»

«Avete trovato qualche cosa, una traccia, un indizio, qualcosa che vi dica che potrebbe essere morta?»

Se non è veramente preoccupato, complimenti, finge davvero bene.

«Ma no, avvocato, come sicuramente le avrà già detto il dottor Matrocca, non abbiamo ancora in mano nulla. Ma proprio per questo forse è meglio fare in fretta.»

«Sì, logico, ha ragione. Allora vediamoci subito, oggi stesso. Se viene per le sei, l'aspettiamo a casa, ci sarò anch'io insieme a mia moglie, così potremo parlare di tutto, lontano da orecchie indiscrete. Perché sa, nella mia posizione, è anche facile immaginare che possa entrarci la politica. Non voglio, non posso parlarne al telefono, però ci sono delle cose che dovete sapere, che potrebbero essere utili. Forse anche voi avete già pensato che la mia posizione possa avere a che fare con la scomparsa di mia suocera, però si renderà conto che si tratta di un terreno estremamente delicato, quindi...»

«È logico» esclamo.

Non ho potuto farne a meno, mi è scappato, ma lui sembra non aver colto. Meglio così. Comunque, l'assessore è riuscito a convincermi. Per parlare un attimo anche con lui, forse può valere la pena di fare un giro nella sua principesca magione milanese. Fra l'altro non è lontano, in via Marina, una delle vie più eleganti e care di Milano, a due passi da piazza San Babila ma immersa nel verde. Cosa non così frequente a Milano, neppure se spendi un mucchio di soldi per comprarti casa.

Giusto il tempo di salutare distintamente l'avvocato Soneri, e la porta del mio ufficio si spalanca. Ecco Alfio, sorrisetto incazzoso appeso al mento come una mascherina da chirurgo.

«Che palle» dice, buttandosi sulla sua poltroncina preferita, quella rossa finto Frau nell'angolo vicino alla finestra. «'Sti stronzi! Pensano ancora di essere i figli del sciur padron dalle belle braghe bianche, anche quando le palanche non ci sono più.»

«Ah, sì, nel senso che nella famiglia Musumeci-Pratti non ci sono più soldi? E a te chi l'ha detto?»

«Un uccellino.»

«Un uccellino che si chiama come?»

«Giordano Lepre, l'autista.»

«Ah, sì, l'ho visto, piangeva poveretto. L'unico, fra l'altro. L'hai interrogato tu?»

«Sì, tutto agli atti, registrato e controfirmato. Lepre è l'autista, il segretario, il factotum, forse anche il padre confessore. L'amante non credo, per quanto non si possa mai dire.»

«Be', hanno la stessa età, più o meno... stavano invecchiando insieme.»

«Sono quarant'anni che fa il servo in questa famiglia, me lo ha detto lui.»

«Si è autodefinito servo?»

«Ma figurati!»

«Volevo ben dire, mi sarei stupita proprio.»

«No, lui si autodefinisce segretario. Era l'autista dell'ingegnere, e poi è rimasto con la vedova. Anche perché la signora la patente non l'ha mai voluta prendere, quindi lo usava come una specie di stampella meccanica.»

«Questa è sempre una tua ipotesi.»

«Sì, certo, anche perché lui non fa la parte del domestico più o meno soddisfatto, lui ci tiene a dirti che fa parte della famiglia, anzi... Figurati che a un certo punto mi ha detto, testuali parole: "Ero io la famiglia di Esmeralda ormai, con i suoi figli che non c'erano mai".»

«Bello, soprattutto soddisfacente per l'autostima.»

«Già.»

«Ma torniamo ai soldi.»

«Sì, giusto, secondo Lepre stanno finendo. Certo, la signora Musumeci Esmeralda continua ad avere più soldi di me e di te messi insieme, con in più i risparmi di altri venti colleghi della questura, però...»

«Però?» sbuffo. Gli indovinelli di Alfio ogni tanto mi stufano.

«Però una volta erano molti di più. Pare che, a parte le case, non ci sia quasi più niente. Qualcosa in banca e un po' di gioielli, qualche quadro, vasetti, argenteria, ma secondo Lepre la Musumeci le cose più preziose se l'è già vendute tutte.»

«Per qualche motivo particolare o solo perché è scema?»

«Perché le piace il tavolo verde, la roulette, il poker e lo chemin de fer, la canasta e il bridge. Le slot machine meno, troppo proletarie.»

«E dove andava di solito?»

«Negli ultimi anni soprattutto a Campione, e ogni tanto a Sanremo, perché una delle case di famiglia è appunto lì in riviera. Ma negli anni li ha girati tutti, sempre accompagnata dal fido Giordano.»

«Ci vedi un possibile movente? I figli che decidono di farla fuori per impedirle di sputtanare tutto il patrimonio?»

«Sì, perché no? Altrimenti?»

«L'altra pista possibile è il rapimento. Magari c'entra il fatto che sia suocera di Soneri.»

Alfio non ci crede, già me lo ha detto, e non si scomoda a ripetermelo. Si limita a guardarmi con aria vagamente ottusa. Io ne approfitto per buttargli lì la notizia che alle sei in punto abbiamo appuntamento proprio con Soneri. A casa sua.

«Hiii, che palle, e perché? L'avvocato non si poteva scomodare, vero? Noi invece sì?»

«Sì e no» rispondo tranquilla. «Lui qui non ci voleva venire, ma a me non dispiace andare a dare un'occhiata a casa sua.»

«Vabbuono, il capo sei tu, obbedisco.»

Poi sbadiglia rumorosamente, allunga le braccia magre e muscolose in direzione della finestra e si mette in piedi. Guarda l'ora, in modo un po' troppo ostentato, poi guarda me: «Sono le due quasi. Un panino ce lo concediamo?».

«A che ora arriva Rosa Argento?»

«La nuora dici? Bel soprannome, lo compero. Comunque, arriva alle tre. Facciamo in tempo.»

«Vada per il panino.»

«Ma non qua sotto, andiamo in via San Marco, dove c'è la barista rossa e gnocca.»

«Se proprio dobbiamo... cos'è, la moretta della Buoncostume ti ha già mollato?»

«No, che c'entra? Giusto una lustratina agli occhi, che male fa?»

Mi alzo senza rispondere, ma Alfio è troppo lanciato per fermarsi.

«Anche a te una lustratina ogni tanto, magari, non ti farebbe male...»

«Agli occhi?»

«Ah be', certo, capo, ti pare che mi permetto di fare battute a doppio senso? Mai!»

# 14

Un bar non lo si nega a nessuno.

Il bello di Milano è questo: praticamente trovi un bar a ogni angolo. Molti di proprietà cinese ormai, ma ognuno con la sua fisionomia. In certe zone, quelle piene di uffici e negozi, di bar ce n'è due o tre per isolato. Ma anche in periferia i bar non mancano. E ce n'è per tutti i gusti. Piccoli ed enormi, pretenziosi e scialbi, luminosi e bui. È importante che ognuno possa trovare qualcosa che gli somiglia. Io per esempio, quando sono da sola e un bisogno irrefrenabile di cibo mi spinge fuori dal mio ufficio, come un animale selvatico costretto dalla fame ad abbandonare l'ombrosa sicurezza della foresta per avvicinarsi alle case, alle luci, alle voci rauche degli uomini, mi infilo nel Gipsy King.

Sei tavolini tondi con il ripiano di formica rossa e le gambe di metallo argentato. Dietro il bancone stretto e pulito, una donna sui trent'anni, bionda, slava, sorridente; nella micro cucina che si intravede alle sue spalle il marito, italiano, grosso, la voce profonda da baritono gentile. Nella vetrinetta ben illuminata non ci sono panini già pronti, come di solito a Milano, ma salumi tutti interi, forme di formaggio, grandi ciotole colme di mozzarelle e uova sode. Al Gipsy King fanno solo panini e insalate. E li preparano al momento. Niente pastasciutte collose passate al microonde e cotolette di pollo impanate di mestizia. L'elenco degli ingredienti a disposizione è scritto su una lavagnetta nera appesa sulla parete destra, tra il bancone e la porticina stretta del bagno. Non ci sono mai entrata, però me lo immagino piccolo, profumato e pulitissimo.

A fianco della lavagnetta, un cartello con una scritta in strani caratteri allungati e svolazzanti avverte il cliente che gli ingredienti possono essere abbinati a piacimento, e conclude rassicurante: *Se siete a corto di idee, chiedeteci consiglio. Vi suggeriamo noi qualcosa di sfizioso.*

Io quando vengo qui non ho mai tempo e voglia di cose sfiziose. Ci vengo per una ragione soltanto: il pane. È fresco, buono, croccante. Mica facile trovarlo così, nei bar di Milano.

Per arrivare al Gipsy King basta attraversare i giardini di Porta Venezia e i bastioni. Milano è fatta a cerchi, come i gironi dell'inferno dantesco. Ma anche a spicchi come una mela del peccato, tonda e ingannatrice. E se per esempio cerchi casa, devi tenere bene a mente che non conta soltanto la distanza in metri o chilometri da piazza del Duomo, per stabilire il valore immobiliare o la piacevolezza del quartiere. Dipende da dove attraversi i cerchi, e in quale spicchio di città vai a finire.

I giardini di Porta Venezia sono piccoli, curati, incuneati come un'oasi di verde bellezza fra via Manin, via Palestro e corso Venezia. Una volta, dalla parte di via Manin c'era lo zoo di Milano, ora c'è un trenino rumoroso che serpeggia fra gli alberi e intorno al laghetto, strappando risate ai bei bambini felici accompagnati qui dalle tate ecuadoriane, o da nonne dall'aria molto giovanile cresciute all'ombra della madonnina del Duomo e sotto la dolce ala del boom economico che ha fatto ricca la città, negli anni Sessanta.

Venendo dalla questura centrale di via Fatebenefratelli, tocca attraversare piazza Cavour, ovvero un incrocio intasato di macchine, esaurito dallo stress. Nella sua tetra inutilità, uno dei posti più tristi di Milano. Per fuggire il più in fretta possibile, ogni volta mi tuffo nei giardini dal primo ingresso, all'angolo tra via Manin e via Palestro, e li attraverso in diagonale, arrivando esattamente a Porta Venezia. Fermata della linea rossa, ma soprattutto anello di congiunzione fra almeno tre città diverse, che convivono l'una accanto all'altra con degnazione e indifferenza, a tratti malcelato disprezzo.

Dietro le spalle la severa monumentalità dei palazzi di corso Venezia, belli e impossibili per gran parte dei comuni mortali che vivono e lavorano in questa città, eppure privi dello splendore che ti vorresti aspettare dal frutto proibito di quello che una volta era il salotto buono di Milano.

Svolti a destra e ti inoltri in uno spicchio di città borghese, sonnolento, tranquillo e benestante, senza grandi attrattive eppure confortante.

Svolti a sinistra e ti infili nella kasbah. Così la definiscono i vecchietti che da questo quartiere sono scappati via urlando appena sono cominciati a spuntare i supermarket italo-rumeni. Ai ristoranti africani si erano abituati, erano stati fra i primi ad arrivare, trent'anni fa, non davano fastidio, facevano colore e poco rumore. Poi però avevano iniziato a moltiplicarsi a dismisura, e a mescolarsi con i rumeni, gli ucraini, gli arabi. E così la fetta di città tra la stazione centrale e corso Buenos Aires è diventata una zona meticcia, come dicono i sociologi. Non somiglia affatto a una kasbah, però è vero, non ha nulla di omogeneo e rassicurante. È piena di locali di tutti i tipi. Qui la densità media di bar è spaventosa. Qui ho scovato il mio Gipsy King. Meticcio anche lui, come i suoi vicini, ma con il pane fresco e i tavoli rossi. Una combinazione che mi piace.

Una volta l'ho proposto ad Alfio, ma non ha voluto venirci. Troppo lontano, e lui detesta camminare. E poi a lui piacciono i bar grandi, un po' fighetti, che danno su via San Marco. Quelli con le cameriere giovani e pettorute e le clienti scosciate che sciamano fuori dagli uffici della zona, rigorosamente in tacchi a spillo. Giusto per lustrarsi gli occhi.

E infatti è quello che sta facendo. Mentre distrattamente mi ascolta.

«Alfio, senti, domani ci pensi tu a mandare avanti le cose? Io devo andare a Stresa.»

«Sempre per la tua amica?»

«Sì.»

Con malcelato dispiacere sposta lo sguardo verso di me, abbandonando le opulente poppe della cameriera sudamericana.

«Giulia, sei sicura che sia una buona idea?»

«Che cosa?»

«Andartene in giro a indagare su un caso che nessuno ha riaperto, e che comunque non sarebbe affidato a te, se mai qualcuno decidesse di riaprirlo.»

«Appunto.»

«Appunto che?»

«Proprio per questo devo indagare per i fatti miei, in questo momento. Poi, se trovo qualcosa, passo tutto a chi di dovere. È logico.»

Mentre dico «è logico» mi torna in mente la voce melliflua dell'avvocato Soneri. Mi chiedo se questo lavoro non mi stia trasformando in una sorta di Zelig, che come una spugna assorbe tutto ciò che gli passa vicino, tic linguistici e abitudini mentali. Intercetto lo sguardo di Alfio, che silenziosamente mi dice: «Non ti credo». Però aggiunge, sempre senza parole: «Puoi contare su di me, come al solito».

Intanto, i nostri due panini sono arrivati.

Alfio addenta il suo. Un bel morsone goloso, e non perde l'occasione di parlare con la bocca piena.

«Ma Stresa dov'è? Sempre sul lago di Varese?»

«Ma cosa dici? Stresa è sul Lago Maggiore» rispondo con tono subito impaziente.

«E non ti arrabbiare! Tu ci sei nata, io no. E poi per me 'sti laghi tristoni che avete qui al Nord sono tutti uguali... verdi, con le montagnette intorno, un po' di nebbia, quest'acqua ferma e grigia... che depressione, ragazzi!»

Sto per rispondergli male, ma lui ha pronto l'affondo finale: «Io vengo da Napoli, lì abbiamo il mare, non so se hai presente la differenza».

E come no? Anch'io preferisco il mare.

L'ho pensato tante volte che mi piacerebbe vivere davanti al mare. Ma non l'ho mai fatto. Nemmeno ci ho mai provato. Chissà, magari, con il mare davanti viene meglio imparare a essere felice.

# 15

Alfio non è stupido, per nulla. Però a volte si diverte a giocare questa parte.

Ora, per esempio, davanti alla domestica di casa Soneri, una filippina piccola e cortese, con la crestina inamidata e la divisa rosso cupo, con tanto di grembiulino bianco bordato di pizzo, si diverte a farmi le boccacce e a stampare impronte sullo specchio liberty dell'ingresso. Come una specie di giamburrasca fuori tempo massimo. Forse era meglio se ci venivo da sola, a parlare con l'avvocato Soneri e gentile signora. Se Alfio si fa venire in mente di lanciare qualche stupida provocazione delle sue, questi sono anche capaci di farci mettere alla porta. Sarebbe seccante. Sia per l'amor proprio che per le indagini, che sono a un punto morto.

L'interrogatorio di Rosa Argento, al secolo Alba Barilli, l'abbiamo concluso un'ora fa, nel mio ufficio, senza cavare un ragno dal buco.

«Sì, la mamma doveva venire con me dal parrucchiere, andiamo tutte le settimane, il mercoledì.»

«Sì, e prima di solito andiamo a pranzo insieme. Tutti i mercoledì.»

«No, questa settimana non poteva. Abbiamo spostato l'appuntamento.»

«Sì, sono passata per un saluto. Intorno alle sei.»

«Quando sono arrivata ho trovato la vicina, la Azalai, che starnazzava. E gridava "L'Esmeralda è sparita".»

«Non lo so cosa volesse la Azalai dalla mamma.»

«Sì, sono più o meno amiche, anche se si detestano.»

«Non lo so, la Azalai mi ha solo detto che era andata a suonare, si era stupita che non rispondesse nessuno, aveva provato a bussare alla porta di servizio e l'aveva trovata aperta.»

«Sì, certo che sono entrata anch'io.»

«No, non c'era niente di strano. Era tutto in ordine.»

«No, non l'ho chiamata io la polizia. Stava già arrivando, l'aveva avvertita la portinaia chiamata dalla Azalai.»

«No, non ho idea di cosa avesse da fare quel giorno la mamma. Non glielo avevo chiesto e lei non me l'aveva detto.»

«No, la mamma non soffre di Alzheimer, è lucidissima, mai avuto vuoti di memoria.»

«Ma che nemici poteva mai avere mia suocera? Ma cosa vi viene in mente?»

Finalmente l'aveva definita suocera e non mamma! Non so perché, ma non li sopporto quelli che chiamano "mamma" la suocera. Mi sembra sempre un monumento alla peggior ipocrisia familista.

Comunque, dopo aver negato che la suocera potesse avere nemici di qualunque genere, ma anche che potesse essersi assentata da casa senza dir niente a nessuno, Rosa Argento era riuscita a depositare sulla mia scrivania un bel confettino al veleno: «Certo, la mamma non è mai stata circondata da persone capaci di volerle davvero bene, però, da qui a parlare di nemici...».

Alla mia richiesta di specificare meglio il suo pensiero, aveva risposto con nonchalance: «Non intendevo niente di preciso, volevo solo dire che di sicuro con mamma Esmeralda ci passavo più tempo io di sua figlia Clara».

E la figlia Clara eccola qui. È appena entrata nello sterminato salone della sua casa con vista sui giardini di Porta

Venezia col passo imperioso di una regina. Mormora uno stentato «Buonasera» senza tenderci la mano, e ci squadra come fossimo giardinieri in attesa di ordini. Non sembra avere l'intenzione di invitarci a sedere da qualche parte. La situazione non mi piace e decido di giocare d'anticipo. Se la signora pensa di poter mettere in soggezione i due servitori dello stato che si sono umilmente presentati alla sua porta alle sei di pomeriggio, potrebbe scoprire in fretta di essersi sbagliata di grosso.

Faccio un passo avanti, mi sposto rapida sulla destra e raggiungo il monumentale tavolo ovale che si dilata pigro nello spazio compreso tra le due colonnine rosa che delimitano la sala da pranzo. Scosto una sedia dall'altissimo schienale, la spingo leggermente verso la nostra scostante padrona di casa, ne afferro un'altra e la tiro verso di me.

Mentre mi siedo, senza esitazione, ma senza mostrare troppa fretta, sul morbido panno color crema che ricopre fino ai piedi la sedia che mi sono scelta, faccio un piccolo gesto con la mano in direzione di Alfio, che ha capito al volo la mia manovra e si guarda bene dal contrastarmi.

Alla signora Soneri mi limito a dire: «Grazie di averci ricevuti, apprezzo molto. Ma la prego si accomodi, non sarà una cosa lunga ma forse è meglio se ci mettiamo seduti».

Lei rimane interdetta. Prima di sedersi lascia passare qualche secondo, mentre una ruga profonda le si disegna in mezzo alla fronte, facendosi strada a fatica in mezzo a uno spesso strato di fondotinta. I pensieri tutt'altro che amichevoli, che di certo in questo momento starà elaborando nei miei riguardi, si condensano invece in tante rughe sottili disposte a raggiera intorno agli occhi verdi. Dovrebbe avere una quarantina d'anni, forse quarantacinque. Porta jeans chiari, una camicia bianca, un cardigan lungo, avvolgente, di un meraviglioso color senape. Cashmere e seta, così a occhio. Ma per dare un giudizio definitivo dovrei toccarlo. Cosa fuori discussione, vista la situazione. Anche le scarpe dovrei guardarle da vicino per essere sicura, ma direi Prada, con quel tacco da dodici tagliato a rocchetto. Ha i capelli piuttosto lunghi, tra il biondo e il rosso, gonfi e freschi di parrucchiere. E proprio questo dettaglio mi fa venire in mente la prima domanda: «Lei e sua madre andate dallo stesso parrucchiere?».

Mi guarda come se le avessi chiesto notizie del suo giovane amante marocchino. E mi risponde con un tono adeguato alla scandalosa bizzarria della domanda: «Certo che no! Perché me lo chiede?».

«Soltanto perché ne ho parlato poco fa con sua cognata.»

Annuisce con convinzione, prima di confermare una delle poche cose che già so.

«Certo, loro andavano insieme dal parrucchiere tutte le settimane.»

«In corso Vercelli, se non ricordo male» aggiungo io.

«Non ne ho idea,» ribadisce lei «sono anni che vado solo da Coppola.»

Questa è la prima di una serie di risposte stronze che mi becco sul muso senza poter reagire. Ma io insisto, ci vuole ben altro per mandarmi al tappeto.

«Signora Pratti, quello che mi interessava capire...»

«Signora Soneri, prego» esclama con voce secca, interrompendo a metà la mia frase.

Per me è lo stesso, stronza. Lo penso, ma non lo dico. Ovvio. Mi limito a riformulare la domanda nel modo richiesto.

«Signora Soneri, ho bisogno di sapere quando ha visto sua madre per l'ultima volta.»

«Francamente non me lo ricordo» è la tranquilla risposta della mia interlocutrice. «Ho anche cercato sull'agenda, di solito mi segno tutti gli impegni, ma in realtà l'ultima volta che dovevamo vederci a pranzo, poco prima di Pasqua, il nostro appuntamento è saltato, quindi... probabile che l'ultima volta sia stata prima di Natale, ma l'agenda vecchia a questo punto l'ho buttata via da un pezzo. Sa com'è.»

Forse no, non lo so com'è, perché non possiedo un'agenda. Ma una cosa la so: quando l'avvocato Soneri al telefono mi parlava di sua moglie, poveretta, distrutta dall'angoscia per l'improvvisa e inspiegabile scomparsa della cara mammina, stava semplicemente inventandosi tutto di sana pianta.

Spremere qualche sentimento filiale, e forse non solo filiale, da questa donna gelida e sottile, abituata a sorridere spesso con le labbra e mai con gli occhi, mi sembra un'impresa a dir poco titanica. Tenderei a limitarmi a un obiettivo più modesto: raggranellare qualche informazione utile. Quindi faccio un onesto tentativo di indirizzare questo interrogatorio atipico in una direzione più o meno sensata.

«Signora, noi stiamo cercando di capire dove possa essere finita sua madre. È importante non perdere tempo in questa fase. E mi aspetterei di ricevere dalla famiglia tutto l'aiuto possibile.»

Con l'ultima battuta finalmente segno un punto a mio vantaggio. La signora Clara Pratti in Soneri si degna di fingere partecipazione, preoccupazione, persino dolore. E risponde più o meno educatamente a tutte le mie domande. Peccato che dopo quaranta minuti il mucchietto di informazioni pazientemente accumulato appaia del tutto privo di interesse.

Unica nota positiva: se il commissario mi chiederà un riassunto potrò cavarmela piuttosto in fretta. Più o meno così...

La signora Musumeci vedova Pratti e la signora Pratti in Soneri sono madre e figlia, è vero, ma questo non deve autorizzare a supporre un rapporto intimo tra le due. Le succitate signore praticamente non si frequentano da anni. La signora Musumeci non ha partecipato alle seconde nozze della figlia con l'avvocato Soneri, una decina di anni fa, e questo ha affossato in via definitiva un rapporto che tanto vivo non doveva essere neppure prima. Le due si scambiano un paio di telefonate al mese, non di più, giusto per assicurarsi a vicenda che la salute vada bene e il resto pure. Tre volte all'anno si sforzano di passare qualche ora insieme, si vedono a pranzo in un ristorantino elegante in Brera, parlano del più e del meno come vecchie amiche, si salutano con finta cordialità. E ognuna va per la sua strada. A Natale di solito si vedono per scambiarsi gli auguri e un regalino. Solo madre e figlia. Con i fratelli, anzi fratellastri, i rapporti sono inesistenti. Da quando? Risposta lapidaria della signora Soneri: da sempre.

A questa battuta non ho saputo resistere: «Signora, mi perdoni se glielo chiedo, c'è un motivo per cui i rapporti fra voi si sono incrinati?».

La gelida arpia mi lancia un'occhiata sgradevole, in cui la noia sembra mescolarsi a una buona dose di irritazione.

«Non c'è stata nessuna incrinatura, semplicemente io me ne sono andata di casa molto presto. Sono stata la prima, anche se ero la più piccola. Dopo la maturità sono andata a studiare a Roma, al Centro Sperimentale di Cinematografia, e a Milano non sono più tornata.»

Coglie il mio sguardo interrogativo, e prontamente si corregge: «Sono tornata solo dieci anni fa, quando mi sono sposata con l'avvocato Soneri».

Bene, allora tutto torna, anche se per la verità il mio stupore si riferiva più che altro alla notizia che lei avesse frequentato il Centro Sperimentale di Cinematografia. Non so perché, non mi sembra il tipo.

Forse mi legge nel pensiero, perché si affretta a dirmi: «Immagino lei non lo sappia, ma ho lavorato in Rai per vent'anni, e tuttora collaboro con la sede di Milano».

Non le chiedo cos'ha fatto per vent'anni in Rai e lei non ritiene utile specificarmelo.

Rimaniamo lì a fissarci senza simpatia, come nemiche costrette a far finta di rispettarsi. Una situazione bizzarra. Non credo che la signora Soneri sia in qualche modo coinvolta nella scomparsa di sua madre, però non sembra proprio che mi stia alitando sul collo per spingermi a ritrovarla in fretta, la cara vecchietta.

Per la verità, nessuno della famiglia sembra alitarci sul collo. I due figli maschi della signora Musumeci erano fuori città al momento della scomparsa, sono stati prontamente rintracciati e informati, ma ancora non si sono visti. Dopo settantadue ore. O erano sperduti chissà dove, uno in Amazzonia ad abbattere alberi nella foresta pluviale e l'altro a cercare le sorgenti del Nilo nell'Africa nera, oppure forse anche loro non sono tanto interessati alle sorti della mamma. Bizzarro. E meno male che i maschi italiani dovrebbero essere tutti mammoni!

Mi correggo, qualcuno che ha deciso di alitarci sul collo in realtà c'è, ed è proprio quello che meno ti aspetti: il genero di dubbia fama, politicante, faccendiere e voltagabbana. Quello che ha rischiato almeno tre volte di finire in galera, negli ultimi quindici anni, ma se l'è sempre cavata alla grande. L'assessore Soneri, alias mister "èlloggico".

Giusto per smentire la mia frettolosa etichetta, quando infine si palesa, con un'ora buona di ritardo rispetto all'appuntamento da lui stesso fissato, per diversi minuti si guarda bene dal pronunciare la frase che mi ha ripetuto fino alla nausea questa mattina al telefono.

In compenso, spariglia subito le carte gettando sul pigro tavolo da gioco una bella briscola di quelle che non ti aspetti. O forse era il caso di aspettarselo?

«Dottoressa Ferro, meno male che la trovo ancora qui. Le nostre peggiori paure si stanno concretizzando.»

«Non capisco» rispondo. «Che cosa vuol dire?»

«Ho appena ricevuto una telefonata, in ufficio. Una voce strana, contraffatta, ma certamente di un uomo. L'hanno rapita, povera donna.»

«Ha ricevuto una telefonata dai rapitori?» interviene Alfio.

«Sì, certo, proprio quello che temevo.»

«Quando è arrivata questa telefonata?» chiedo.

«Un'ora fa. Stavo per uscire dallo studio per venire a casa, puntuale per il nostro appuntamento, quando la segretaria mi ha passato la chiamata.»

«E cosa le hanno detto?»

«Solo una frase: "Lo vedi cosa succede a non pensare ai fatti tuoi? Poi ad andarci di mezzo sono gli innocenti".»

«Le hanno detto questo? Esattamente? E basta?»

«Sì, poi hanno chiuso la comunicazione.»

«E perché non mi ha avvertito subito? Lo sapeva che ero qui» esclamo, non dissimulando più di tanto l'irritazione.

«Ho chiamato il dottor Matrocca. E subito anche lui si è reso conto della gravità della cosa. Perché, sa, io avevo già ricevuto minacce in passato.»

«Da parte di chi?»

«Minacce anonime, capisce, nella mia posizione, io sono stato per anni anche assessore al Comune di Milano, all'Urbanistica, e purtroppo è logico...»

Ecco, meno male, questo mi rassicura: ha ricominciato a ripetere "è lllloggico" e a non dire niente di utile. Aria fritta imbottigliata, con tanto di pregiati tappi di ottimo sughero, nient'altro.

«E quando le aveva ricevute queste minacce?» lo incalzo.

«Tre, quattro anni fa.»

«Lei aveva fatto denuncia, vero?»

«Ma è logico.»

«E che ipotesi erano state fatte sulla loro provenienza?»

«Criminalità organizzata» mi risponde con uno strano tono dolce, quasi da presa per il culo. «Quando ci sono di mezzo appalti pubblici è logico.»

«D'accordo, ma qualche pista precisa non è stata individuata dai colleghi che se ne sono occupati?»

«Ma sì, è logico, si era parlato di tentativi di infiltrazione da parte della 'ndrangheta. L'intero Comune di Milano si è trovato sotto assedio. Letteralmente. Il dottor Matrocca mi ha confermato che c'è stata una vasta indagine e che le forze dell'ordine...»

«Sì, ok» lo interrompo, onde evitare che inizi un comizio. «Rimaniamo sulle minacce ricevute da lei personalmente, e che potrebbero essere collegate al rapimento di sua suocera.»

«Cos'altro posso dirle? A parte la mia convinzione che abbiano preso lei, poveretta, per punire me.»

«Ma le minacce di tre anni fa e la telefonata di oggi potrebbero essere collegate a un particolare appalto, a qualche società specifica con cui le è capitato di venire in contatto?»

Scuote la testa. Negli occhi una luce ingenua, in stridente contrasto con l'eloquio da spregiudicato azzeccagarbugli.

«Niente? Non le viene in mente neanche un nome?»

«Cosa le devo dire? Se nell'esercizio delle mie funzioni ho avuto contatti con società o professionisti in qualche modo legati alla criminalità organizzata, io certo non l'ho mai saputo. Mi pare logico.»

Perfetto, questa deve essere stata la sua linea di difesa anche all'ultimo processo, un anno fa, quando ha seriamente rischiato di finire dentro per concussione. Ma naturalmente se l'è cavata, perché lui non conosceva nessuno, non sapeva nulla, non si era accorto di niente. Mentre ogni singolo metro quadro di nuovo cemento spuntato in città produceva i giusti guadagni da far arrivare nelle tasche giuste.

«Io sono uno che è sempre andato dritto per la sua strada, che non si è mai lasciato intimidire da nessuno. Perché è la coerenza il vero lusso della coscienza. Ho sempre agito in base ai miei principi e...»

Ma che cazzo sta dicendo? Ora gli vomito in faccia. E parla anche di coscienza... Dovrebbe stare in galera da dieci anni, questo stronzo, invece è ancora assessore. E io qui ad ascoltarlo. Proprio un lavoro di merda mi sono scelta!

«Però non è giusto» prosegue imperterrito, la voce controllata eppure vibrante di angoscia, gli occhi umidi, le mani che accarezzano l'aria con la morbida sicurezza di un direttore d'orchestra. «Non è giusto che il prezzo delle mie scelte debba essere pagato da qualcun altro, da un'innocente. Per questo sono tanto in ansia per la sorte di mia suocera. Dobbiamo trovarla, non c'è tempo da perdere!»

E si volta verso la moglie, con un movimento melodrammatico della testa e delle spalle che sembra fuori posto, sullo sfondo algido di questo attico extra-lusso, meravigliosamente agghindato ma un po' troppo bianco e dorato per i miei gusti. Una casa di alta rappresentanza la definirebbe un agente immobiliare, a me vien da chiedermi quale spettacolo sia in effetti messo in scena tra queste mura candide, quando il pubblico non c'è.

La signora Soneri, comunque, si limita a rivolgermi un sorriso mesto, come se non ritenesse necessario aggiungere alcunché.

«Assessore, scusi,» sbotta Alfio «proprio perché non dobbiamo perdere tempo, ci servirebbero dei fatti precisi, dei nomi. Ha idea di chi potrebbe aver rapito la signora Musumeci per dare un avvertimento a lei?»

«Ma no, nessuna idea, disgraziatamente» ribatte Soneri con il tono mellifluo di sempre, venato però da un principio di irritazione.

«Guardi, io faccio fatica anche solo a immaginarmi di avere dei nemici» ribadisce. «Perché in politica mi sono sempre comportato da galantuomo. Anche quando qualcuno mi ha messo i bastoni tra le ruote io ho sempre offerto l'altra guancia. Sempre. È logico, del resto, vista l'educazione cristiana che ho avuto. Che abbiamo avuto, io e Clara. Per questo la famiglia è tanto importante per noi. E ci sta così a cuore la sorte di mamma Esmeralda.»

Vorrei sputargli in faccia. E invece mi tocca ascoltare fino in fondo il suo comizio.

«Per questo vi chiedo di fare in fretta. Non perdete tempo, vi prego, salvatela!»

Su quest'ultima esclamazione si alza in piedi. L'udienza è finita. Stiamo per essere messi alla porta. Gentilmente, è logico.

L'assessore ci augura persino buon lavoro. La signora non si spreca, si limita a un cenno rigido della testa. Non so cosa abbia fatto al Centro Sperimentale di Cinematografia, spero non il corso di recitazione, visto che sembra proprio negata. Dovrebbe prendere lezioni dal marito. Grande attore, davvero.

# 16

La farmacia Antiocchi di Stresa ha il fascino antico degli esercizi commerciali di una volta, soprattutto in provincia. Ce l'ha scritto in fronte, ovvero sopra la vetrina, che appartiene a un'altra epoca. Proprio un altro mondo, quello in cui il farmacista, e il medico, il sindaco, l'avvocato erano figure di riferimento in paese, conosciute da tutti e riverite da molti. Niente a che vedere con l'ottusa modernità al neon delle farmacie comunali, cubotti di cemento privi di personalità, spesso costretti a dividere il marciapiede con negozi senza storia spuntati come funghi solo per succhiare soldi ai turisti di passaggio. La farmacia Antiocchi è un'altra cosa, e infatti ostenta il caduceo in ferro battuto, proprio accanto all'immancabile croce verde banalmente illuminata e occhieggiante all'angolo della strada.

Tutto sa di antica e consapevole eleganza nella farmacia Antiocchi: le colonnine liberty che incorniciano la porta di legno massiccio, preceduta da un cancelletto in ferro battuto tutto svolazzi di foglie, fiori e riccioli; le due vetrinette colme di vasi, ampolle e alambicchi; gli scaffali scuri, imponenti, testardamente colmi di un senso di decoro d'altri tempi. Però, dirigendosi verso il banco, si rischia di inciampare in una sagoma di cartone a grandezza naturale: in primo piano, proprio ad altezza occhi, il culo di una bellona coscia lunga che si spalma, senza averne il minimo bisogno, l'ennesimo portento cremoso in grado di debellare il male del secolo, la mai abbastanza vituperata cellulite.

Insomma, anche la farmacia Antiocchi, come tante altre cose disseminate lungo le sponde tremule, un po' sonnolente, del Lago Maggiore, sembra rimpiangere un passato di cui sta ormai perdendo la memoria. Inesorabilmente.

Cosa ne penserà il dottor Antiocchi del rapporto tra passato e presente? Tra poco lo scoprirò. E scoprirò anche se si ricorda di me. Sono passati venticinque anni. E l'ultima volta che ci siamo visti avevo i capelli cortissimi, neri e striati di blu elettrico. È una delle poche cose che mi ricordo di quella estate. L'estate in cui Letizia è morta.

Massimo Antiocchi, figlio di un altro dottor Antiocchi di cui non ho mai saputo il nome, e rampollo di una famiglia che da quasi due secoli sforna senza sosta rispettabili farmacisti in quel di Stresa, era il fidanzato di Letizia Giorgi venticinque anni fa. Si dovevano sposare. Era già tutto fissato, stabilito, determinato. Prima si laureava lui, e cominciava a fare pratica in farmacia, poi si laureava lei, poi arredavano la casa, che già c'era, l'aveva fatta costruire il padre di Letizia, proprio sopra la collina, con una bella vista sul lago, poi i due ragazzi sceglievano una data e si cominciava a organizzare tutto per bene, perché il matrimonio del figliolo del farmacista, unico maschio della nidiata, dopo quattro femmine, era un evento, e come tale andava trattato.

Anche Letizia ne parlava come di un evento, ma ogni volta ridacchiava e stringeva gli occhi, scuoteva le mani cariche di anelli troppo colorati e si affrettava ad accendere l'ennesima sigaretta. Come fosse uno scongiuro. E un po' lo era. Il fidanzato, Massimo, le aveva fatto promettere che il giorno stesso del matrimonio avrebbe smesso per sempre di fumare, perché lui non aveva mai fumato in vita sua e non voleva una moglie fumatrice, riteneva che non fosse una cosa bella da vedere, e poi già pensava ai bambini che sarebbero venuti: una mamma fumatrice? Impossibile! Le aveva anche fatto promettere che avrebbe smesso di bere birra a litri, con le labbra a ventosa attaccate al collo della bottiglia. Anche quello non stava bene per la moglie di un farmacista.

Letizia, gambe nude e abbronzate, arrotolata come un gatto sulla sua sedia a sdraio preferita, proprio in mezzo al terrazzo della casa dei suoi a Laigueglia. Un terrazzo sul mare, anche se il mare non si vedeva, nascosto dietro uno schermo di case grigie, pura edilizia balneare anni Settanta, cemento e tende a righe, tetti di eternit e sogni a poco prezzo. Era l'estate del '95, l'anno prima che Letizia morisse. Preparavamo insieme un esame, Husserl, Kant e la *Critica della ragion pura*, e ragionavamo pigramente di filosofia e di amori, mondi possibili e futuri inverosimili. Faceva caldissimo, ma il pieno della stagione era ancora lontano. Doveva essere giugno, ma non ne ho un ricordo preciso. Forse ero innamorata di qualcuno, forse ero arrabbiata con qualcun altro, forse volevo scappare, forse volevo tornare a casa ma avevo dimenticato la strada.

Letizia mi è tornata in mente questa mattina intorno alle sei, mentre guidavo lenta sulla Milano-Laghi, in controtendenza rispetto al traffico dei pendolari che ogni mattina si avventano verso la capitale morale d'Italia (così una volta chiamavano Milano – un'espressione che ogni tanto qualcuno ancora usa, e ogni volta mi strappa un sorriso, come davanti a un oggetto desueto, arrivato da un'altra epoca).

Mi è tornata in mente Letizia sul terrazzo a Laigueglia, come un fermo immagine fuori contesto. Un primo piano di lei che ride fino alle lacrime, strozzandosi con l'ennesima sorsata di birra, mentre mi racconta di Massimo e dei suoi diktat matrimoniali.

E io la guardo come fosse pazza e le chiedo a bruciapelo: «Ma davvero ti sposi una palla al piede del genere?». «Sì,» mi risponde lei pronta «a settembre dell'anno prossimo.» Poi comincia a ridere come una matta. Ride, ride, ride, facendo smorfie, sputando birra dalla bocca e dal naso, contorcendosi sulla sedia a sdraio, rovesciandosi addosso il resto di birra rimasto nella bottiglietta. E ride, ride, sempre più isterica. Io la guardo e all'improvviso qualcosa non mi torna. Ride troppo. E senza nessuna allegria. Si alza di scatto, gli occhi pieni di lacrime, mi dice che la birra puzza troppo, che ha bisogno di una doccia.

Io vorrei dire qualcosa. Vorrei dirle, guarda che ho capito, smetti di fingere, poi forse penso che non lo so cosa ho capito, e sto zitta. La vedo saltellare verso la porta della veranda, scomparire all'interno, nell'ombra.

L'ombra dove avevo con tanta cura riposto, come in uno scrigno, le sue risate e i suoi vent'anni, troppo allegri per essere veri. Insieme ai miei vent'anni tristi e feroci, e alle tante cose che vorresti buttare via ma non osi, e allora le chiudi dentro, da qualche parte. Lontano dagli occhi, lontano dal cuore?

Non ho mai pensato che Massimo Antiocchi potesse aver assassinato la sua fidanzata Letizia Giorgi. Però ho deciso che lo voglio guardare in faccia, prima di archiviare il suo fascicolo. Quel fascicolo che nessuno ha aperto mai.

Il problema di fondo del caso Giorgi è proprio questo. Di fascicoli di indagine non ne sono stati praticamente aperti. Nessun avviso di reato per nessuno. Si sono dati da fare, forse, chissà se è vero, ma non si sono fatti venire in mente neppure un possibile colpevole. Certo che è ben strano!

Non vedo l'ora di chiedere al dottor Antiocchi che cosa ne pensa. Ma dietro il bancone lui non c'è. Una bionda affilata, senza sorriso, mi rivolge uno svogliato "Buongiorno". Il naso è a punta, il mento incredibilmente aguzzo, sono appuntite persino le orecchie. Qualche millimetro in più e sarebbe la sorellina perfetta del dottor Spock. Il pensiero mi regala un alito di buon umore, mentre chiedo: «Il dottor Antiocchi, per favore».

«Non c'è, può dire a me.»

Anche la voce è sgradevolmente affilata, ma gli occhi sono due verdi pozzi di luce. Appuntita ma graziosa, la nostra farmacista. Sarà la moglie?

«Devo parlare con il dottor Antiocchi» ripeto paziente.

«Le ho detto che non c'è.» Il tono è appena più aggressivo. «Per qualunque cosa può parlare con me.» Cazzo, e se proprio oggi avesse deciso di prendersi un giorno di vacanza, di entrare in ospedale per farsi togliere una verruca dalla natica destra, o addirittura andare in pellegrinaggio a Lourdes? Perché non gli ho telefonato prima? Mi sarei evitata tutta questa strada inutile. Però mi sarei persa il privilegio di vedere in diretta la sua reazione all'improvvisa apparizione di una specie di fantasma. Con in tasca il tesserino da poliziotta.

Indecisa se estrarre o meno il famigerato tesserino, esito qualche istante, e dal retro della farmacia fa in tempo a sbucare un uomo in camice bianco. Sarà lui? Direi di sì. Somiglia più che a sufficienza all'immagine sfocata che mi si è depositata in qualche angolo della memoria: lungo e secco, i capelli radi già allora, adesso quasi del tutto spariti, e quei labbroni fuori misura, sporgenti come fossero gonfiati col silicone. "Labbroni da negro" diceva ogni tanto Letizia, aggiungendo qualche battuta demente su attributi nascosti e naturalmente ipertrofici. Già, allora il politicamente corretto non l'avevano ancora inventato.

Anche lui mi ha riconosciuto. Gira intorno al bancone, mi si avvicina con uno strano sorriso stampato in diagonale sulle labbra, con tutta la parte destra della bocca lanciata verso l'alto e quella sinistra tirata verso il basso.

«Noi ci conosciamo» dice, e non è una domanda, nonostante il tono esitante. Però scommetto che di me si ricorda solo la faccia. Niente nome, nessuna collocazione precisa in una rete coerente di ricordi.

«Però sinceramente in questo momento non rammento...» aggiunge, e io vinco la mia scommessa. La posta in gioco è un pezzetto di verità, forse. Ammesso che sia lui a potermela regalare.

«Letizia Giorgi» butto lì rapida. Poi aggiungo: «Ero una sua amica. Giulia Ferro».

Gli tendo la mano e lui l'afferra con uno scatto repentino. La stringe con forza misurata e una buona dose di calore, la lascia andare un attimo prima che qualcuno (io, lui, la moglie che ci fissa immobile dietro un velo di diffidenza) possa pensare a una sorta di indugio. Ingiustificato.

«Vicequestore Giulia Ferro, per la precisione. Mi scusi se mi presento qui senza preavviso, dottor Antiocchi, ma ho bisogno di parlare con lei. Di Letizia.»

Le ultime due parole sortiscono l'effetto sperato. Il sorriso in diagonale lascia finalmente il posto a una smorfia. Forse di dolore, forse di fastidio, non so deciderlo. In fondo agli occhi comincia ad allargarsi un'ombra. Paura, sgomento, malinconia, chissà.

«Avete scoperto chi è stato?» chiede, la voce di colpo più bassa, come per un'improvvisa vergogna.

«No.»

«Avete riaperto le indagini?»

«Non ufficialmente, ma stiamo verificando l'esistenza di elementi nuovi che potrebbero portare a una svolta nelle indagini.»

«Davvero, dopo tutto questo tempo? Sarebbe bello...»

Si interrompe. Forse la scelta dell'aggettivo non gli sembra molto adatta all'argomento, in fondo stiamo parlando dell'assassinio di quella che avrebbe dovuto diventare sua moglie.

«Mi può dedicare qualche minuto?»

«Sì» mi risponde subito, e rimane a fissarmi in silenzio, come incerto sul da farsi.

«Magari possiamo uscire, fare due passi. Non le farò perdere molto tempo, e comunque non voglio disturbare il suo lavoro.»

Dice di nuovo di sì, muovendo la testa a scatti, in su e in giù, come i cagnolini che una volta ti facevano ciao ciao dal lunotto posteriore delle macchine. Però continua a rimanere immobile, gli occhi leggermente sgranati.

Sto per spazientirmi. Domino a fatica la voglia improvvisa di afferrarlo per un braccio e trascinarlo fuori.

«Allora, dottore, è meglio se ci muoviamo» gli dico, e forse la voce mi esce più secca del necessario. Ma l'effetto è immediato.

Massimo Antiocchi si fionda verso la stanza posteriore, e un attimo dopo ne esce senza camice bianco e con una giacca blu di lino già infilata sopra la camicia a righe azzurre e beige. Impeccabile. Davvero il farmacista perfetto.

Prima di raggiungermi deve ancora superare un ultimo ostacolo: la bionda affilata ha fatto un passo nella mia direzione ed è riuscita a mettersi esattamente nel punto di passaggio da un lato all'altro del bancone di pregiato legno scuro. Come se volesse sbarrare il passo al mio testimone. Lui cerca di superarla scartandola semplicemente di lato, ma lo spazio non è sufficiente. È costretto a fermarsi, a parlarle: «Antonella, ci pensi tu qua? Io... hai capito, no? Devo andare con... con la signora...». Non sa come definirmi. È visibilmente in imbarazzo, ma decido che non ho voglia di aiutarlo.

Mi sposto davanti all'ingresso, aspetto che arrivi, che mi apra la porta col gesto sciolto ed elegante di chi è abituato a rendere questo servizio alle signore, indipendentemente dalla loro professione. E finalmente usciamo, sotto l'occhio vigile del cerbero dagli occhi verdi.

«È sua moglie, vero?»

«Sì, si vede tanto?» Sorride, facendo tremolare gli angoli dei labbroni.

Ma sarà poi vero che è superdotato? Un pensiero idiota, uno dei tanti che mi frullano nella testa in questo momento. Che diavolo ci faccio qui? Che cosa gli chiedo a questo? Era già tutto nei documenti che ho letto e riletto in questi giorni. Che ho imparato a memoria.

Massimo Antiocchi non sapeva niente. Non aveva idea di niente. Non aveva capito niente. Lui e Letizia dovevano sposarsi il 20 settembre 1996. Lei è morta tre mesi prima. Davanti al cadavere carbonizzato della fidanzata lui era svenuto, poi aveva cominciato a piangere, poi si era fatto venire un attacco di nervi, poi l'avevano dovuto sedare pesantemente perché aveva avuto una specie di crisi epilettica. Quando finalmente erano riusciti a interrogarlo, la sua testimonianza non era stata di alcuna utilità.

Una serie di risposte circostanziate, eppure vaghe, disperate e banali al tempo stesso. La Letizia raccontata da lui somiglia a quella che ricordo io, appena un po' sbiadita. Però manca qualcosa, forse, un dettaglio, un'ombra, o magari una sfumatura di colore. Qualcosa che era lì sotto gli occhi di tutti, e non abbiamo saputo vedere.

«Sì, dovevamo sposarci.»

«Sì, lei era un po' giovane, ma stavamo insieme da sei anni, e allora abbiamo deciso...»

«Certo, eravamo molto innamorati. Io per lei avrei fatto qualunque cosa.»

«Certo, anche lei per me.»

«No, nessuno screzio. Mai.»

«Letizia era una ragazza molto dolce. Al massimo si discuteva, ma veri litigi mai.»

«Certo che i nostri genitori erano d'accordo. Erano tutti molto contenti.»

«Sì, la casa è stato il padre di Letizia a costruirla. Era bellissima, avevamo già finito di arredarla. Si vedeva il lago dal giardino. Letizia era così felice!»

«Ma no, perché avrebbe dovuto cambiare idea?»

«No, nessun sospetto. Di cosa?»

«Il viaggio di nozze dovevamo farlo in Polinesia. Già tutto prenotato. Tre settimane.»

«No, era stata un'idea di Letizia. Era lei quella che amava i mari del Sud. Per me andava bene qualunque meta.»

«Un altro? Come un altro? Volete dire che lei potesse avere un altro? Ma certo che no!»

«Droga, ma figuriamoci! Era una bravissima ragazza. Ma no, lo escludo, ma neanche uno spinello, sono sicuro.»

«Amici che non conoscevo? A Milano dite? Non credo proprio.»

«Sì, capitava. Lei stava finendo l'università, ogni tanto si fermava a dormire da un'amica.»

«No, non ero geloso. Non avevo motivo di esserlo. Lei mi raccontava sempre quello che faceva.»

«Sì, naturalmente. Io mi fidavo, certo. Perché non avrei dovuto?»

Il tutto bagnato da secchiate di lacrime e accompagnato da un alibi di ferro: mentre la sua fidanzata veniva ridotta a un nero mucchietto di ossa e carne straziata lui era a Edimburgo, per un congresso di farmacisti. A 2.000 chilometri di distanza, senza neppure un sospetto. E intanto la sua vita cambiava rotta. Per sempre.

# 17

«Una volta ci davamo del tu.»

Me lo dice col suo solito sorriso in diagonale, e l'aria di uno che pensa di dover chiedere scusa di qualcosa.

Io annuisco appena e lui prende subito slancio. «Avevi i capelli blu. Allora.»

«Sì» rispondo.

«Facevi filosofia, come... come Letizia?»

«Sì.»

«E hai finito? Ti sei laureata?»

«Sì. Due volte.»

«Cioè?»

«Ho preso una laurea anche in giurisprudenza.»

«E poi sei entrata in polizia?»

«Sì.»

«E adesso stai indagando tu su chi ha ucciso Letizia?»

«Sì.»

«E pensi che...» Esita, si guarda intorno, cerca le parole. Scommetto che vorrebbe sapere se troveremo l'assassino, ma non osa chiederlo, né pretenderlo.

Siamo sul lungolago. Fiori ovunque, l'isola Bella lì di fronte, il Grand Hotel des Iles Borromées allungato sotto il sole di maggio, tornato a svettare in un cielo finalmente azzurro, dopo giorni e giorni di pioggia insistente, umido freddo e grigiore.

Lo conosco bene questo pezzo di lago. Fin troppo bene. Questa mattina, per un attimo, quando sono uscita dall'autostrada a Carpugnino, mi sono sentita a casa. Da una parte la strada ripida che sale al Mottarone, tra rocce, boschi e villette bianche, dall'altra l'acqua verde che scintilla opaca, increspandosi pigra fino alla sponda lombarda per poi risalire lenta verso la Svizzera. Alla rotonda di Vezzo ho pensato di voltare a sinistra, verso il monte, invece di scendere a Stresa. Ho pensato di andare a Gignese, parcheggiare nella piazzetta ai piedi della chiesa, attraversare in diagonale il paese e camminare in salita fino alla casa di nonna Amelia. Senza prendere fiato, senza guardarmi intorno, senza preoccuparmi se qualcuno mi riconosce, senza spaventarmi se io non riconosco più nulla e nessuno. Neppure la casa dove ho passato tre anni della mia vita, dopo la morte della mamma, come mi avessero mandato al confino, a espiare colpe che non erano mie.

Me ne sono andata il giorno in cui ho compiuto sedici anni. E ho giurato che non sarei tornata. Anche questa volta ho mantenuto fede alla promessa. E ho girato a destra, verso Stresa.

Per venire a parlare con te, Massimo Antiocchi, e già sono pentita. Perché, vedi, io sono scappata e tu sei rimasto. Non so in astratto quale sia la scelta migliore, è da un pezzo che ho smesso di chiedermelo: ognuno sceglie la sua strada, semplicemente. Errori compresi.

Ci davamo del tu, è vero, ma non eravamo amici, non lo siamo stati mai. E ancora adesso mi chiedo perché mai Letizia avesse deciso di sposare proprio te.

Annuso la tua tristezza perbene, osservo il taglio impeccabile della tua giacca, ammiro la tua fronte appena segnata di rughe e senza neppure una goccia di sudore. E un senso di nausea mi invade lo stomaco, risale fino in gola, si lega ai denti come un frutto acerbo. Cercavo schegge di verità, ero disposta anche a farmi male pur di riuscire a raccoglierle, e invece ho trovato solo briciole di ricordi, calde, appiccicose, vagamente ripugnanti.

Come due vecchi amici ritrovati, che passeggiano tranquilli sul lungolago una mattina di maggio, ci scambiamo continui sorrisi timidi e cerchiamo di non lasciare vuoti nella conversazione. Tra un convenevole e l'altro faccio il mio dovere, e ti rivolgo una serie di domande di cui conosco già la risposta. Tu non ti fai pregare. Racconti tutto, ripeti ogni dettaglio, ti interroghi a tua volta su ogni possibile punto oscuro. Ma il problema è che non ne trovi. Tutto sembra illuminato da ogni lato, talmente chiaro da sembrare finto. Un enigma impossibile.

«Non sono mai riuscito a immaginare un motivo, uno solo, per cui qualcuno potesse volerla uccidere. Mai. E ci ho pensato tanto. Per anni» esclami a un certo punto, con un piccolo singhiozzo nella voce.

Hai ragione, il punto è proprio questo. La morte di Letizia è rimasta senza un colpevole proprio perché nessuno ha saputo immaginare un movente. Un piccolo maledetto perché.

Proprio questo sto cercando. Per questo continuo ad ascoltarti, anche se ormai sono convinta di aver fatto solo l'ennesimo giro a vuoto. E tu parli, parli, parli, e mi racconti un mucchio di cose sovranamente inutili. Ma non ho la forza di interromperti. Forse continuo a sperare. Chissà in che cosa.

Adesso mi stai parlando del cane di Letizia.

«Nessuno se n'è interessato, ma sicuramente è stato ucciso perché ha tentato di difendere la sua padrona. Ciro adorava Letizia. E Letizia adorava lui. Era una delle poche fonti di screzio tra noi due. Io sapevo che lo faceva dormire nella sua camera, a volte addirittura sul letto, e avevo messo le cose in chiaro: non lo avrei permesso una volta sposati. I cani, per carità, animali meravigliosi, anch'io li amo, ma devono stare fuori di casa.»

«Sì, certo» ti assecondo, tentando invano di concludere questo inutile dialogo.

«Avevamo raggiunto un accordo, comunque. Ciro avrebbe dormito sulla veranda. La nostra casa aveva una grande veranda, con vista sul lago, era magnifica...»

«Ma tu non ci hai mai vissuto?»

«No, certo, era di Letizia... l'aveva fatta costruire suo padre.»

«E che fine ha fatto la casa?»

«Per un po' è rimasta vuota, poi ci si è trasferito il padre di Letizia, dopo che è morta sua moglie.»

«Sua moglie è morta? La madre di Letizia?»

«Sì, una tragedia dopo l'altra. Erano passati due anni, anche meno. Un incidente d'auto.»

«Qui sul lago?»

«No, pensa che cosa bizzarra, in Sicilia.»

«In Sicilia?»

«Sì, era siciliana di origini, di Salina, nelle Eolie, ma era venuta via da giovane e non aveva mai voluto tornarci. Adesso non ricordo bene, credo avesse troncato i rapporti con l'intera famiglia, anche se lì ancora ci abitava sua madre.»

«La nonna di Letizia?»

«Sì, certo, sua nonna, ma per quello che ne so io non c'era nessunissimo rapporto tra loro. Figurati che Letizia mi aveva detto che non avevano neanche intenzione di invitarla al nostro matrimonio.»

«E allora la madre di Letizia cosa è andata a fare a Salina due anni dopo?»

«Non ne ho idea. So solo che è morta in Sicilia, dalle parti di Milazzo.»

Ti fisso in silenzio, cercando di decidere cosa fare di questa informazione.

«C'è chi dice che sia stato un suicidio» concludi a bassa voce.

«Chi lo dice?»

Alzi le spalle, apri le mani, le agiti intorno come a indicare il lago, le montagne di fronte, il cielo azzurro ricamato di bianco.

«Tra l'altro l'hanno lasciata là, a Salina, invece di riportarla qui e seppellirla accanto a sua figlia. È un po' strano» aggiungi. «Non ti pare?»

Sono d'accordo con te.

# 18

«Senti Alfio, non rompere, stai sereno.»

«Sì, serenissimo, come disse il doge prima di andarsene a ramengo.»

«Alfio basta, mi hai stufato con le tue battute del cazzo. Ribadisco, mi prendo io tutta la responsabilità.»

«Senti un po', Giulietta bella, hai mai sentito parlare di Totò?»

«Eh? Ma cosa stai dicendo?»

«No, te lo chiedo perché stamattina mi hai dato del coglione quando ti ho detto che il mio film preferito è *Frankenstein Junior.* Così ho avuto la conferma dei miei peggiori sospetti: tra le varie sfighe mi è pure toccato in sorte un capo privo di senso dell'umorismo.»

«Ho espresso un giudizio personale su un film secondo me sopravvalutato. Nient'altro.»

«Non è vero, hai aggiunto che tu del cinema comico faresti volentieri a meno.»

«E allora? Avrò il diritto di dire quello che mi pare? Comunque io non do mai del coglione ai miei sottoposti. In compenso, preferirei che evitassero di chiamarmi Giulietta bella.»

«Mi scusi, capo, volevo soltanto fare una domanda: "Siamo uomini o caporali?". Non so se riconosce la citazione, è Totò!»

Sbuffo rumorosamente, ma non basta a scoraggiare Alfio, deciso ad arrivare fino in fondo.

«Ecco, io non sono un caporale. Me lo hai detto tu che ti potevo chiamare Giulia. Non ti va più bene? Nessun problema, ti chiamerò dottoressa e ti darò del lei. Però non mi dici con questo tono del cazzo: "Mi prendo io tutta la responsabilità".»

Non ho neanche più la forza di sbuffare né di litigare.

E lui ne approfitta: «Se dobbiamo fare una stronzata ok, si può fare, però per favore la responsabilità è sempre di tutti e due. E prima bisogna decidere che ne vale davvero la pena, cosa che francamente non mi pare proprio. Quindi in questo momento mi occuperei di quello di cui ci dobbiamo occupare. Che basta e avanza».

Quando Alfio decide di farti da angelo custode non c'è niente da fare, diventa un panzer, con il quale è impossibile ragionare. Stamattina gli ho raccontato della mia trasferta a Stresa, gli ho detto che voglio fare un giro in Sicilia, andare a vedere il luogo dell'incidente, magari coinvolgendo quelli della Stradale, e... apriti cielo!

Non lo posso fare, non lo devo fare, è un'assurdità, una bestialità. Voglio andare a cacciarmi nei guai per seguire una pista che non è una pista. E intanto qui il caso Musumeci sta crescendo come un soufflé, anzi come un blob, viola e viscido, come in quel vecchio film di fantascienza con Steve McQueen, e finirà con l'esploderci addosso. MM, Massimo Movimento, alias il nostro beneamato questore Matrocca è un boero ripieno di ansia e ormai non parla neanche più, miagola, mentre il prefetto Banfi abbaia e l'assessore Soneri barrisce. In mezzo a questo serraglio io rischio di fare la parte della vispa Teresa che sull'erbetta rincorrea la farfalletta... e poi si ritrova dentro la reticella con le alucce rotte e un bel provvedimento disciplinare sulla testa.

Questi i passi salienti del lunghissimo predicozzo che Alfio ha cominciato a farmi stamattina alle nove. E ancora non ha finito. Tra un interrogatorio inutile e una riunione superflua, un briefing inessenziale e una telefonata irritante, non ha mai smesso di parlare, citando proverbi e film, spot pubblicitari e canzoni. Il culmine della follia l'ha toccato quando si è messo a cantare *Je ne regrette rien* di Edith Piaf, mescolando selvaggiamente testo francese e strofe italiane: No, niente di niente, non rimpiango niente, *c'est payé, balayé, oublié, je repars à zéro,* me ne infischio del passato, coi miei ricordi ho acceso un fuoco, *rien de rien, je ne regrette rien.*

Sono stremata. L'intera giornata in questa gabbia di matti che chiamano ufficio mi uccide. Avrei voglia di una cosa soltanto: salutare tutti e andare al poligono a sparare un po'. Ma non lo posso fare. Neanche questo. L'ennesima impossibilità che va ad aggiungersi all'infinito elenco che Alfio mi ha appena sventolato sotto il naso.

Non posso partire per la Sicilia.

Non posso interrogare la gente fingendo che qualcuno mi abbia incaricato di farlo.

Non posso raccontare che sta per essere riaperta un'indagine che nessun giudice sano di mente vorrà mai autorizzare.

Non posso continuare a ignorare la povera signora Musumeci, anche se evidentemente non me ne frega nulla.

Quest'ultima constatazione è l'unica sulla quale sono assolutamente d'accordo.

«Hai proprio ragione, dell'Esmeralda Musumeci Pratti non me ne frega nulla» sbraito, cercando di spingere Alfio fuori dal mio ufficio. Senza risultato.

Alfio vuole a ogni costo farmi sapere cosa pensa del mio atteggiamento ossessivo nei confronti di un caso vecchio e freddo che non interessa a nessuno. E del mio disinteresse nei confronti di un caso attuale e caldissimo, che tutti invece vogliono risolvere di gran carriera.

«Se vuoi il mio parere, stai sbagliando su tutta la linea» dice Alfio col suo peggior tono paternalistico, quello che mi fa saltare i nervi.

E infatti decido di rincarare la dose, anche se non ce ne sarebbe alcun bisogno: «Del resto, questa qui nella vita che cosa ha fatto? A parte succhiare soldi a tutti i maschi che ha trovato sulla sua strada? Non ti dimenticare che ne ha seppelliti due di mariti».

«Vero. Tra l'altro, hai visto che coincidenza? Il primo marito, anche lui vittima di un rapimento. Quando si dice, i casi della vita.»

«Sì, stavo guardando il fascicolo quando sei arrivato. E mi è sembrata una vicenda anche un po' strana, a dirtela tutta» aggiungo, riaprendo sul computer la pagina che stavo leggendo prima dell'intrusione di Alfio. «Gaetano Musumeci, imprenditore, siciliano di Enna felicemente trapiantato a Busto Arsizio, provincia di Varese, alla fine degli anni Quaranta, scomparso il 12 aprile del 1975 insieme alla sua auto, sulla strada che ogni giorno percorreva dalla fabbrica a casa. Apparentemente rapito dall'Anonima Sequestri e mai più ritornato, nonostante il pagamento di un lauto riscatto da parte della legittima consorte, la nostra signora Esmeralda.»

«Poveretta, non una bella esperienza ritrovarsi con il marito sparito nel nulla.»

«Esatto, sparito proprio, non l'hanno mai trovato neanche morto, e nessuno che abbia mai confessato il suo rapimento.»

«Di casi insoluti sono pieni gli archivi, cos'ha di strano questo?»

«Non lo so, probabilmente niente. Mi sono solo chiesta come c'era arrivato un siciliano a Busto Arsizio e soprattutto come aveva fatto a fare così tanti soldi da ingolosire i sequestratori.»

«E lo hai scoperto?»

«Faceva coloranti per tessuti, che vendeva praticamente a tutte le fabbriche tessili tra Varese e Como, che in quegli anni erano tante.»

«Mi sembra plausibile che fosse ricco.»

«Sì, può essere. Comunque mi è venuta anche voglia di dare un'occhiata ai giornali dell'epoca. E guarda cos'ho trovato.» Mi sposto appena di lato per permettere ad Alfio di vedere lo schermo del computer.

«Ma chi è 'sta gran gnocca, la signora Musumeci?» esclama l'ispettore capo Russo, fissando con sguardo malizioso la foto in bianco e nero di una giovane donna dalla gonna decisamente corta e dalle gambe lunghe e ben tornite, messe in vista con una certa generosità. L'espressione del volto è tesa, guardinga quasi, o forse solo spaurita? Chissà, non so deciderlo.

«Gran bella donna» ribadisce Alfio.

«Una ragazza direi, aveva trent'anni all'epoca. E il marito desaparecido quasi il doppio.»

«E quindi? Mai stato vietato dalla legge andarsi a cercare una moglie più giovane.»

«Sì, soprattutto quando hai i soldi per renderla felice.»

«Ma non dicevano che i soldi non danno la felicità?»

«Ah ah ah» ridacchio. «Secondo me la signora Musumeci non sarebbe così d'accordo.»

«Comunque, adesso è una vecchietta, poverina, e chissà dove è andata a finire. Un po' di pietà!»

«Ma se non fa pietà neppure ai suoi figli, perché dovrebbe farla a me?»

«Be', sai, non è che siamo pagati per farci impietosire... ci pagano per trovare i cattivi.»

«Sì, ok, ma qui pare che anche la vittima non sia un fulgido esempio di bontà. Tant'è che nessuno si sta strappando i capelli perché è sparita. A parte l'autista, in effetti, l'unico che piange e si dispera.»

«Forse aveva ragione la sua simpatica vicina, quando ci ha detto che era una grandissima troia, parlandone da viva, naturalmente.»

«Temo che vi toccherà parlarne da morta, ormai.»

La voce di Matrocca è arrivata inaspettata. Alle spalle, come un sicario impaurito.

Mi volto e MM è lì, sulla porta.

«L'hanno ritrovata?» chiedo.

«Più o meno» mi risponde.

Il mio silenzio interrogativo lo costringe a concludere la

frase: «Hanno trovato un corpo, dicono che dovrebbe essere il suo, però...».

«È conciato così male da non riconoscerlo? Cos'è? L'han mangiato i topi, divorato gli alligatori, prosciugato i vampiri?» chiede Alfio.

«Non esattamente, è solo che la testa non c'è.»

«Cazzo!» dice Alfio.

«Già, cazzo» gli fa eco Matrocca.

Io sto zitta. Non c'è altro da aggiungere. Potrei dire che anche oggi mi sta venendo mal di testa. Ed è piuttosto vero, ma non sarebbe una gran battuta.

# 19

Sono quasi le nove di sera e il sole si è appena ritirato. Le giornate più lunghe dell'anno lo costringono a un surplus di lavoro e oggi sembrava stanco di starsene lì appeso in mezzo a questo cielo grigio. Chi non ha mai vissuto a Milano fa fatica a credere che il cielo sereno possa non essere azzurro. A Milano capita. Tutte le volte che non c'è vento, il che non è cosa rara. Non è mica una città famosa per il vento, questa.

Anch'io sono stata costretta a un surplus di lavoro, insieme ad Alfio e al sostituto Cardini, ufficialmente incaricato dell'inchiesta. Pungolati dal nostro questore in preda a un devastante attacco d'ansia, siamo partiti alle cinque di pomeriggio da via Fatebenefratelli e in mezzo al caos di macchine dell'ora di punta, con contorno assortito di isterica e sudata umanità, ci siamo precipitati fuori Milano. Direzione ovest: il nostro cadavere decapitato ci aspettava impaziente. Un viaggio di andata e ritorno nervoso e inconcludente, reso ancor più sgradevole dalla noiosa tendenza di Cardini a ripetere continuamente ogni dettaglio, come volesse mandarlo a memoria ma fosse troppo stupido per riuscirci al primo colpo.

Brava persona Cardini, niente da dire, un professionista serio e integerrimo, purtroppo privo di ogni senso dell'ironia. Pare che la sua frase preferita per anni sia stata: "Ragazzi, è il momento di fare il punto". Richiesta sensata, per carità, ma non se la ripeti come un mantra più volte al giorno. E questo in presenza di un'indagine di ordinaria amministrazione. Se per caso inciampava in una di quelle indagini che scatenano gli insani appetiti della stampa, allora era finita. Il nostro Cardini andava in ansia e la fatidica richiesta di fare il punto veniva ripetuta come un tic, a intervalli di tempo regolari e sempre più ravvicinati. Anche se nella manciata di minuti intercorsa tra un punto e l'altro non era successo un accidente di nulla.

L'anno scorso, mentre indagavamo insieme sulla giovane modella americana caduta da un attico di via Moscova, e qualcuno si era convinto che l'avessero buttata giù, anche perché era piena di coca come un uovo di Pasqua, Pierantonio Cardini si era assai agitato e non la smetteva più. Come un disco rotto, continuava a dire: «È il momento di fare il punto», «È il momento di fare il punto». Alfio si era scocciato e gli aveva risposto: «Dottore, guardi, io di punti non ne ho più, li ho esauriti tutti, però qualche virgola mi è rimasta, se si accontenta...». Lui l'aveva fissato per un istante, poi aveva girato sui tacchi e si era allontanato in fretta. Senza una parola. Per settimane Alfio si era pigramente chiesto se il giudice si fosse offeso, ma senza perderci il sonno. Poi era capitato di ritrovarci sullo stesso caso, e il sostituto Cardini non aveva perso l'occasione di sfoderare tutti i suoi tic ossessivi. Solo una cosa era cambiata: aveva ridotto il numero delle parole. Ora si limitava a dire più volte al giorno: «Ricapitoliamo, per favore?».

Alfio lo odia, e così a occhio direi che il suo affettuoso sentimento è ampiamente ricambiato. Nei miei confronti Cardini sembra invece provare una certa stima professionale, non disgiunta da una buona dose di diffidenza. Ho l'impressione che mi osservi sempre con un po' di apprensione, pensando qualcosa tipo: "Maneggiare con cautela! Alto Basso Fragile Esplosivo!".

Un'ora fa, quando lui e Alfio mi hanno riaccompagnata a

casa dopo il nostro sopralluogo, è riuscito persino a verbalizzarlo, questo strano senso di timore nei miei riguardi.

«Dottoressa, buona serata, e mi raccomando, cerchi di riposare» ha esclamato, mentre mi teneva cerimoniosamente aperta la portiera della macchina. «Sa, l'ho vista nervosa oggi.»

«Non particolarmente» gli ho risposto.

«Ah, no? Scusi, è solo che... ho avuto l'impressione... mi è sembrata un po' bellicosa.»

Che coglione! No, guarda, tu davvero bellicosa non mi hai visto mai. Questo vorrei rispondergli, e magari dirgli anche che non ha senso farsi due ore e mezza di macchina tra andata e ritorno per andare a vedere un cadavere e una scena del crimine, e praticamente non trovare più né l'uno né l'altra. E cosa avrei dovuto fare? Starmene tranquilla e dire ubbidisco al burocrate di turno?

A malincuore, decido che non mi posso permettere di rispondergli male.

«Non si preoccupi per me, buonasera dottor Cardini, ci vediamo domani.»

«Da Matrocca, alle dieci, va bene?»

Così ricapitoliamo? Strano, non lo ha detto.

Prima di infilarmi nel portone di casa, lancio un'occhiata ad Alfio. Sono sicura che sta pensando la stessa cosa.

Ma io non ho più voglia di sguardi complici, neanche con l'unico collega che davvero mi piace. Ho bisogno solo di solitudine, dopo un'intera giornata passata in ammollo in quella sorta di tinozza d'acqua sporca che chiamano vita (e lavoro) in comune. Mi precipito verso l'ascensore in preda a un'improvvisa e inconsulta speranza. Anche dopo una giornata di afa, a volte, il cielo può farsi terso, all'improvviso, poco prima di sprofondare nel buio.

Arrivo al settimo piano, apro la porta sbattendola con una certa violenza, faccio due passi verso sinistra ed eccolo, quasi non ci speravo, l'unica cosa di cui avevo davvero bisogno stasera, lui, il Rosa, incorniciato dalla finestra del mio soggiorno.

Chi non ha mai abitato a Milano non ci crede quando glielo racconti, pare impossibile, ma da Milano si vede il monte Rosa.

Certo, non tutti i giorni, occorre che ci sia vento, che l'aria sia mossa e limpida, che lo smog sia messo in fuga, e a Milano non accade spesso.

Io l'ho scoperto per caso, una mattina, un paio di mesi dopo aver traslocato in questa casa. Ero uscita sul balcone a bermi il primo caffè della giornata e i miei occhi erano inciampati in una visione strana, incomprensibile. Una montagna enorme, piena di neve, a due passi dai tetti di Milano. Il monte Rosa.

È stato amore a prima vista.

Mi piace sapere che c'è, anche quando non lo vedo per giorni e giorni, settimane, addirittura mesi, a volte. Come un guardiano silenzioso e discreto, se ne sta lì solenne, roccia viva che svetta maestosa. E tutto vede, e tutto sa, senza bisogno di parole. Una presenza che mi dà uno strano conforto nei momenti di buio, quando rabbia e paura si addensano come nuvole che nessun vento è in grado di spazzare via. Perché vivono dentro, dove l'aria non passa e gli incubi prosperano indisturbati.

Il Rosa è la mia medicina segreta. È una montagna, ma per me è fatta di aria e luce, energia.

# 20

Forse non sta piangendo, ma gli occhi sono talmente liquidi da sembrare pieni di lacrime. Comunque, un paio di volte ha tirato su col naso, rumorosamente. E che sia commosso non c'è dubbio.

In realtà, quando è entrato nel mio ufficio sembrava un po' più che commosso. Aveva l'aria sconvolta, le borse grigie e gonfie sotto gli occhi, un tremito ingovernabile nelle mani.

All'inizio, quando Abete è arrivato e mi ha detto «Il signor Lepre domanda di lei», mi sono chiesta: «E questo che cosa vuole?».

Non me lo ricordavo di averlo convocato in questura.

L'ho deciso ieri, su due piedi, spinta da un motivo del tutto illogico: ho scoperto che Giordano Lepre, autista e factotum della signora Musumeci, è nato a Carpugnino, a due passi da Gignese. Non che sia un indizio di qualcosa, però magari è un piccolo segno del destino. E così l'ho fatto chiamare da Abete e l'ho convocato per un interrogatorio. Volevo almeno vedere che faccia aveva.

Poi però mi sono scordata, nel bailamme del ritrovamento del cadavere della vecchia cara signora Musumeci.

E adesso eccolo qui, Giordano Lepre, 75 anni portati piuttosto bene, con quel pizzetto candido appeso al mento e i capelli grigio ferro tagliati corti ma ancora decisamente folti.

Strano ometto, è una buona mezz'ora che se ne sta qui, mi ha detto un mucchio di cose poco interessanti, o che già sapevo a memoria, della signora Musumeci e delle sue abitudini, e continua a parlare quasi senza prendere fiato. Come se il silenzio gli facesse paura, e avesse bisogno di riempire di parole affastellate una sull'altra anche il più piccolo spazio vuoto. Come se dovesse convincermi di qualcosa. Di che cosa, mi chiedo.

Anche dell'ingegner Pratti mi ha raccontato tante cose, abitudini e manie, una in particolare abbastanza curiosa: non gli piaceva guidare la macchina ma in compenso amava le moto, e ne possedeva una vera collezione.

«Almeno una decina, nel corso degli anni, e moto potenti, una più bella dell'altra» mi ha detto Lepre. «Perché l'ingegnere andava sempre in moto, quando era da solo, anche quando girava per i cantieri. In estate come in inverno. Le macchine non gli piacevano proprio. Però c'erano posti dove non si poteva andare in moto, e poi c'era la signora da accompagnare. Lei non ha mai guidato, aveva bisogno di un autista.»

«Quindi lei ha lavorato sempre soprattutto per la signora Esmeralda?»

«Ma no» si è affrettato a rispondere. «Certo che no, anche l'ingegnere aveva bisogno di me. C'erano molte situazioni in cui bisognava presentarsi in macchina. Era una questione di...»

«Di che cosa? Decoro?» gli ho suggerito paziente, visto che sembrava rimasto all'improvviso a corto di parole.

«Sì,» ha annuito convinto «nella sua posizione un'automobile di un certo tipo era indispensabile. Capisce?»

Sì, capisco, caro Giordano, quello che capisco di meno è perché all'improvviso sei diventato laconico. In particolare, quando ti ho chiesto come hai conosciuto l'ingegner Pratti, e soprattutto cosa facevi prima di diventare il suo autista.

Hai cominciato a rispondermi a monosillabi, ripetendo spesso «Non so» e «Non mi ricordo».

Hai continuato a dire «Non ricordo» anche quando ti ho citato Carpugnino, il posto dove sei nato, e ti ho chiesto quando te ne sei andato, e per andare dove, a fare che cosa. Insomma, che mestiere facevi prima di farti praticamente adottare dalla famiglia Musumeci-Pratti? Una domanda piuttosto semplice, ma la tua risposta è stata vaga, reticente quasi: «Lavoravo giù al lago, in un'officina, ha chiuso da un sacco di anni. Non mi ricordo il nome del proprietario. Lui conosceva l'ingegnere e me lo ha presentato. Ma sa, è passato tanto tempo» mi hai risposto con lo sguardo triste di un cagnolino abbandonato.

Quarant'anni sono tanti, è vero, però è bizzarro, finché si rimane a Milano il signor Lepre si ricorda tutto fin nei minimi dettagli, non appena si esce dalla cerchia delle mura spagnole, basta, diventa uno smemorato.

Stavo per dirgli che quella zona tra il Lago Maggiore e il Mottarone la conosco bene, ma poi ho preferito di no. Anche perché lui ormai è svogliato. Gli è passata del tutto la voglia di parlare. Sembra solo impaziente di andarsene via.

L'istinto crudele del gatto mi spingerebbe ad afferrarlo per la coda e tenerlo qui ancora un po', giusto per vedere l'effetto che fa. Ma anch'io sono stufa di parlare con lui, e poi mi aspettano. È arrivato il momento: bisogna fare il punto.

# 21

«Alla fine, cosa abbiamo in mano?»

«Un ombrello rosso, una scarpa nera, un cadavere senza testa, tanti parenti serpenti ma nessun movente.»

La mia risposta non è piaciuta al sostituto Cardini, che infatti si agita sulla sedia, guardandosi intorno con aria infelice.

«Il procuratore capo mi ha convocato per le tre, oggi pomeriggio, e stamattina mi ha fatto recapitare un fascio di giornali con un biglietto che diceva: "Complimenti, abbiamo conquistato le pagine nazionali".»

«È sempre stato un uomo di spirito il procuratore Altobelli» esclamo. Ma anche questa constatazione sembra non piacere a Cardini.

Matrocca ha l'aria di uno che ha appena succhiato la terza pasticca di Maalox della giornata, e sono solo le dieci di mattina. Si tiene una mano costantemente sullo stomaco, mentre con l'altra scaccia pigramente mosche che non ci sono.

La mia risposta non deve essere piaciuta neanche a lui, e infatti mi aggredisce subito: «Dottoressa, ma questo cadavere alla fine lo avete visto?».

«Sì» rispondo guardinga.

«È completamente bruciato?»

«No. Probabilmente chi stava tentando di dargli fuoco è

stato disturbato dalla guardia del parco e ha dovuto mollare il lavoro a metà.»

«La guardia del parco?»

«Sì, il posto dove è stato ritrovato il cadavere è all'interno del parco del Ticino, in località Pontevecchio di Magenta.»

«Un posto recintato, quindi?»

«No, non esattamente» si intromette Cardini con la voce sottile da professorino puntiglioso. «L'area del parco del Ticino è molto grande, comprende tutta una serie di comuni. Soltanto una piccola parte dell'intera area, lungo la riva del fiume, è recintata e chiusa al traffico. Il cadavere è stato trovato nel parcheggio davanti a uno degli ingressi.»

«Per la verità non era proprio dentro il parcheggio, ma tra l'area di parcheggio, che poi è semplicemente uno spiazzo sterrato, dove ci staranno sì e no una ventina di macchine, e il cancello del parco. Varcando il cancello si accede a un sentiero che immediatamente si biforca, da una parte si va al Centro Parco, dall'altra verso la riva del fiume.»

Certo che anche Alfio, quando ci si mette... Cerco di interromperlo agitando una mano e buttando lì un vago «Sì, certo, ma il punto è...».

Non serve a nulla. Alfio prosegue nel suo dettagliato riassunto da primo della classe.

«La guardia del parco,» dice, sfogliando rapido il fascio di fogli che ha in mano «Roberto Antonini, 27 anni, residente nel comune di Ossona, si stava recando a bordo della jeep di servizio all'interno del parco medesimo. Ci ha detto questo: "Sono arrivato davanti all'ingresso alle ore 4 e 20, stavo andando a fare un giro di controllo, ci sono un mucchio di bracconieri in questo periodo. Sono sceso per aprire il cancello e in quel mentre ho sentito un forte odore di bruciato, proveniente dal sentiero a sinistra del cancello medesimo. Ma non sono subito riuscito a vedere cos'era".»

«A quell'ora era ancora buio» puntualizza Cardini, non si capisce a beneficio di chi.

Alfio continua a leggere imperterrito il verbale: «"Allora

ho preso una torcia dalla jeep e ho fatto luce verso sinistra, ma ancora non si vedeva nulla. Allora ho fatto qualche passo avanti e ho puntato di nuovo la torcia davanti a me. Allora ho visto del fumo. Mi sono avvicinato ancora un po' ed è stato allora che mi sono reso conto che quella che bruciava non era immondizia, e neppure un animale. Era un fagotto grande, con una stoffa colorata, a fiori sembrava, puzzava proprio, ma io ero curioso. Allora sono arrivato vicino e con la punta di un legno ho cercato di capire cos'era. L'ho toccato, e allora il fagotto si è aperto un po', e io ho visto un piede. Cioè, ho visto una cosa che sembrava un piede. E allora mi sono spaventato, sono scappato via e vi ho chiamato".»

Mister "AlloraAllora" in effetti si deve essere spaventato un sacco, perché quando ha chiamato il 112 era già quasi arrivato a casa. E durante la telefonata è riuscito a esprimersi in modo tanto confuso che la macchina del pronto intervento dei carabinieri si è precipitata a cercare il cadavere bruciato a Ossona, invece che a Pontevecchio di Magenta. Poi hanno capito dove dovevano andare ma hanno sbagliato strada, e qualcuno, non si sa chi, è riuscito a dare anche ai RIS delle indicazioni sbagliate. Però qualcun altro finalmente, con mezza giornata di ritardo, ha fatto due più due e ha chiamato anche la questura di Milano, segnalando che avevano trovato un pezzo di carne abbrustolito che somigliava alla nostra signora scomparsa. Insomma, una serie di gag da cabarettisti tristi, quelli che si agitano tanto ma non fanno ridere neanche un po'. Alla fine, miracolo della macchina della giustizia in lento ma inesorabile movimento, in ordine sparso siamo sbarcati tutti quanti lì. Noi, i carabinieri, quelli della Scientifica, Cardini. Tutt'intorno al cadavere decapitato della signora Musumeci in Pratti.

Decapitato e bruciato. Come se ucciderla non fosse abbastanza. Come se volessero farla sparire dalla faccia della terra. Essere sicuri che nessuno più potesse riconoscerla.

Anche Letizia, mi viene in mente, non si sono limitati ad ammazzarla. Hanno deciso anche di bruciarla. Perché?

Perché bruciare un cadavere? Dopo aver fatto la fatica di spostarlo da un posto all'altro. Perché non limitarsi a lasciarlo dov'era?

Perché il luogo del delitto potrebbe indicare l'identità dell'assassino? Sì, forse.

Ma perché bruciare il corpo? Perché non seppellirlo, per esempio? O buttarlo in acqua da qualche parte, attaccato a una pietra?

Perché proprio il fuoco?

Forse non ci ho pensato abbastanza a questa cosa. Forse è questa la domanda a cui dovrei cominciare a trovare una risposta.

# 22

«Vorrei essere sicuro almeno di una cosa» strilla Matrocca, strappandomi ai miei pensieri. «Il cadavere è proprio quello della Musumeci, vero? Non ci possono essere dubbi in proposito?»

«Per essere sicuri al 100% bisogna aspettare l'analisi del DNA» gli risponde Alfio. «Però il sesso, la corporatura, l'età presunta, tutto torna, anche i vestiti. Il cadavere è stato portato a Milano e un'ora fa l'abbiamo fatto vedere alla nuora, la signora Barilli.»

«Perché non a uno dei figli?»

Domanda più interessante della media. Si merita una risposta precisa. Decido di intervenire nel dibattito.

«Dottore, come le dicevo all'inizio: parenti serpenti. Il punto secondo me è proprio questo.»

«Temo di non capire...»

«In quella famiglia si odiano tutti: i due fratelli tra di loro, la sorella con i fratelli, la figlia con la nuora... e tutti insieme odiano la madre, la suocera, insomma la nostra signora scomparsa.»

«Be', adesso non più, è ricomparsa, un pezzo almeno» si intromette Alfio.

«Già, neanche il cadavere tutto intero ci hanno fatto ritrovare, giusto per complicarci l'esistenza, come se ne avessimo bisogno.» Adesso Matrocca ha cominciato a pigolare con la voce fessa della povera vittima di turno, calato alla perfezione nel personaggio del questore con l'ulcera.

«E poi l'assessore Soneri, voi non avete idea di quanta gente conosce, e tutti telefonano, chiedono notizie. Mi stanno mettendo in croce. E finiscono col domandarmi tutti la stessa cosa: ma è vero che la povera signora è stata rapita per dare un avvertimento mafioso all'avvocato?»

«Gli dica che non è vero, che è una fandonia messa in giro dall'avvocato medesimo per fare la parte dell'eroe e presentarsi in pole position alle prossime elezioni.»

«E su che cosa basa la sua cinica convinzione, dottoressa, se posso chiedere?»

«Intuito.»

«Intuito e basta? Non è un po' poco?»

«Abbiamo fatto girare la voce tra i nostri informatori, giusto per capire se qualcuno aveva sentito qualcosa. Niente di niente.»

«E lei si fida?»

«Del mio intuito o degli informatori?»

Matrocca alza una spalla con gesto stanco e mi fissa con la fronte corrugata, senza proferire verbo.

«Parenti serpenti, è il titolo di un film di Monicelli, vero?» interviene Cardini.

«Sì...»

«L'ho visto» esclama Alfio.

«Con Paolo Panelli e Alessandro Haber» aggiunge Matrocca.

Non ci posso credere!

«Scusate, mi è venuta così questa immagine dei parenti serpenti, non c'entra niente col film. È solo per dire che i due figli maschi stanno uno in Svizzera e l'altro a Roma, sono venuti di corsa due giorni fa, hanno risposto a tre domande e sono già ripartiti, senza mostrare la minima agitazione per le sorti della sventurata genitrice. La figlia abita a Milano ma neppure si ricorda quand'è l'ultima volta che ha visto sua madre. L'unica che sembra interessarsi al dramma in atto è la nuora.»

«Scusi dottoressa, una cosa non mi torna» si inserisce Cardini. «Ci ha appena detto che i due figli stanno fuori Milano, e continua a parlare di una nuora che praticamente è l'unica che frequenta, anzi frequentava la signora Musumeci. Mi faccia capire come è possibile.»

«Forse è un po' strano, ma è così. La signora...» Guardo Alfio in attesa di aiuto, e lui non me lo nega.

«Barilli, Alba Barilli.»

«La signora Barilli» proseguo «era la moglie del figlio minore della signora Musumeci...»

«Giorgio» suggerisce Alfio.

«Giorgio, esatto, ma tre anni fa si sono separati, lui si è trasferito a Roma per lavoro e lei è rimasta a Milano, in quella che era la loro casa, insieme ai due figli, e questo appartamento è a cinque minuti a piedi da via Caboto, in via Costanza.»

«E la nostra signora Musumeci quindi faceva la nonna?»

«No, per nulla. Pare che la signora non volesse neppure che i nipoti la chiamassero nonna.»

I tre maschi mi rivolgono all'unisono uno sguardo interrogativo.

«Scusate, ma perché mi guardate così?»

«No, niente, vorremmo semplicemente capire perché la moglie divorziata di uno dei figli era l'unica della famiglia che avesse contatti con la Musumeci, al punto da essere quella che va a riconoscerla anche all'obitorio» conclude Matrocca con un'espressione quasi imbarazzata.

«Quanto all'obitorio è lei che si è offerta. Comunque non è divorziata, solo separata legalmente.»

«Quindi non è uscita dalla linea di successione» interviene Cardini.

«Esatto» puntualizza Alfio. «Il fatto che sia così sollecita non la mette al riparo da eventuali sospetti, a mio modesto avviso. Anche perché è qualcuno della famiglia che ha deciso di farla fuori. Ci scommetto.»

«E il movente? Ammesso e non concesso che abbiate ragione, nel sostenere che il delitto sia maturato in famiglia e non fuori» ribatte secco Cardini.

«Non è chiaro, purtroppo» rispondo prontamente, pur senza avere grandi certezze da esibire. «Tutti la odiavano, questo è certo, ma nessuno aveva un granché da guadagnare dalla sua morte. Del patrimonio di una volta, quello messo insieme dal defunto ingegner Pratti, ramo costruzioni anni Sessanta, tanto per capirci, soldi veri, non era rimasto poi molto. L'appartamento di via Caboto, una villetta a Sanremo, un po' di mobili e di gioielli, fine.»

«Un paio di appartamenti in zona Fiera sono stati liquidati quando è morto l'ingegnere, dodici anni fa» interviene Alfio. «Avevano anche una casa a Cortina, ma è stata venduta nel 2002.»

«Per farla breve» intervengo io «all'inizio i soldi erano proprio tanti, ma ora sono molti meno. Quindi appare un po' improbabile che i figli abbiano deciso di comune accordo di far fuori la madre per incassare in anticipo l'eredità.»

«Non si parlano da anni» aggiunge Alfio. «E comunque non sembrano avere particolari problemi di soldi. Abbiamo fatto qualche verifica. La figlia lavora per la Rai, è sposata con uno degli avvocati più ricchi di Milano, più di così. Dei due figli, quello che sta a Ginevra è manager di un'azienda farmaceutica, l'altro, quello di Roma, ha una società di produzione, televisione, pubblicità, cose così. Forse è lui quello che se la passa peggio finanziariamente, ha subito anche un protesto l'anno scorso, però sembra che si sia rimesso in carreggiata. Non hanno il vizio del gioco, e se vanno a puttane lo fanno con discrezione e senza dilapidare patrimoni.»

«Ce l'aveva la madre, il vizio del gioco» intervengo di nuovo.

«Ma allora questo è un possibile movente, o no?» esclama Matrocca.

«Francamente non lo so. Ci ho pensato, ho fatto fare anche qualche controllo, ma non è venuto fuori nulla di particolare. Lei era una giocatrice vera, ossessiva. Fin da quando era giovane. E di soldi ne ha fatti fuori tanti nel corso degli anni, ma senza mai ritrovarsi sul lastrico. Ogni tanto vendeva qualcosa, un quadro, un gioiello, un tavolino, e si rimetteva in pari. Non ha mai avuto bisogno di ricorrere a usurai, non ci risulta nessun contatto con la malavita, niente.»

«E i figli erano contenti di veder sparire la mobilia e i gioielli di famiglia?»

«Forse no, ma nessuno ci ha riferito di litigi o scenate in proposito. Né i vicini, né i domestici, nessuno. Del resto non si frequentavano molto madre e figli, quindi...»

«I figli tutti dotati di alibi a prova di bomba?»

«Sì, in generale sì, però noi abbiamo verificato dov'erano sette giorni fa, tra l'una e le cinque di pomeriggio, quando la signora è sparita. Forse dovremmo cercare di scoprire dov'erano stamattina alle quattro e mezza.»

«Tutti a casa nel loro lettuccio, ci scommetto» esclama Alfio.

«Benissimo, però magari è il caso di verificarlo.»

«Certo» mi risponde subito l'ispettore capo Russo, per una volta fin troppo zelante.

«Ma io mi chiedo,» interviene Matrocca, con una faccia sempre più sofferente «come è possibile che nel momento della scomparsa nessuno abbia visto niente? Non stava mica in un eremo isolato! Non è che vi state facendo infinocchiare? Qualcuno vi ha raccontato un mucchio di frottole e voi ci avete creduto?»

La voce del mio capo è aggressiva. Rispondo a tono. «Sì, che qualcuno ci sta raccontando un mucchio di frottole è sicuro, ma il problema è scoprire chi. In casa per tutto il pomeriggio non c'è stato nessuno. L'autista aveva portato l'auto dal meccanico. L'ho appena interrogato, sembra a posto, strafidato.»

«E il meccanico ha confermato orari e tutto» interviene

Alfio, consultando il quadernetto magico. «Anche la domestica era a fare una visita medica» aggiunge. «All'ospedale San Paolo, abbiamo controllato, e per non farsi mancare nulla era anche insieme a un'amica.»

«Il lasso di tempo vuoto va dalle dodici e mezza alle cinque» puntualizzo. «Dal momento in cui l'autista se n'è andato, seguito a ruota dalla domestica, al momento in cui la vicina, la Azalai, è andata a bussare alla porta della Musumeci e l'ha trovata aperta. Ma la cosa più probabile è che la signora sia scomparsa intorno all'ora di pranzo, tra l'una e le due, quando la portineria è chiusa. Sia quella del civico 27, dove abitava la Musumeci, sia quella del palazzo di fronte. E come se non bastasse si era messo a diluviare.»

«Via Caboto è una via corta, non è di passaggio,» si inserisce Alfio «e per strada, a quell'ora e con quel tempo infame da lupi affamati non c'era in giro nessuno. Proprio nessuno.»

«Per questo» concludo «non siamo riusciti a scoprire se la signora è uscita di casa con le sue gambe, e ha seguito i suoi rapitori di sua spontanea volontà oppure no. In casa non ci sono segni di colluttazione, a parte la lampada sul comodino accanto al letto, caduta a terra e andata in frantumi, e l'impronta della mano sul muro.»

«Il sangue che abbiamo trovato è della signora Musumeci e l'impronta è sua, come avevamo immaginato da subito» interviene Alfio. «Però forse ha fatto tutto da sola, con la lampada dico, perché segni di altre persone non ce ne sono. E nessun segno di scasso a porte e finestre.»

«Sì, ma il fatto che abbia perso una scarpa dovrebbe far pensare esattamente a una colluttazione» ribadisce Matrocca.

«Mah,» prendo tempo «questo è ancora da dimostrare. La portinaia di via Caboto ha visto una scarpa che *potrebbe* essere della signora Musumeci, ma non è sicura. Anche la domestica dice che sì, forse, ma la signora aveva decine di scarpe, e sandali e stivali, insomma nessuna certezza neanche su questo fronte.»

«Dottoressa, ma possibile che neanche la scarpa siete riusciti a trovare?»

«Dottore,» interviene subito a gamba tesa Alfio «guardi che cercare una scarpa in una città è un po' come cercare un ago in un pagliaio. Non parliamo poi di far passare un ricco per la cruna dell'ago. Lì si arriva addirittura alla *mission impossible*.»

Ecco perfetto, Alfio ha perso un'altra occasione per starsene zitto, ed evitare di farsi nemici di cui non avrebbe il minimo bisogno. Mentre Matrocca fa l'ennesima smorfia e non risponde, il sostituto Cardini scatta in piedi come una molla, dipinta in volto la stessa espressione scandalizzata e offesa di uno che ha appena infilato la punta delle sue costose scarpe inglesi dentro una merda di cane, enorme e ancora calda.

«Le battute in questo momento non ci servono» abbaia isterico.

Tocca a me cercare di fare da paciere. «Ha perfettamente ragione, dottore» esclamo, sfoderando il mio tono più ragionevole. «Però guardi, il punto non è trovare la scarpa che era rimasta in strada, ma eventualmente farsi venire in mente dove potrebbe essere andata a finire l'altra, quella rimasta attaccata al piede della signora quando è sparita.»

«E abbiamo qualche idea in proposito?» mi incalza Cardini.

«Direi di no, però...»

«Sentite, datemi retta» interviene Alfio interrompendomi di slancio. «Tutta 'sta storia delle scarpe, mo basta, tanto non ci si cava nulla. Ci scommetto quello che volete. Anche perché, scusate tanto, il cadavere mezzo bruciato che abbiamo trovato era scalzo, e nelle immediate vicinanze di scarpe non c'era manco l'ombra. Neppure una pantofolina. L'avranno buttata chissà dove. Ammesso e non concesso che quella scarpa lì sia la compagna dell'altra, di quella che se ne stava tutta sola in via Caboto sotto la pioggia, e che adesso potrebbe essere ovunque.»

«Anche in discarica? Incenerita? Distrutta dall'intervento dei solerti operatori ecologici della città di Milano?» interviene pomposo Matrocca.

«Questo è improbabile, in realtà» rispondo tranquilla. «Abbiamo interrogato i due dipendenti AMSA che hanno fatto il giro da via Caboto il giorno della scomparsa.»

«Ah, li avete interrogati?! Strano, non risulta nel fascicolo.» La voce di Cardini risuona subito antipatica, mentre per darsi un tono si avvicina rigido alla finestra.

«Ho parlato con loro al telefono il giorno dopo, e visto che non ricordavano di aver visto qualcosa di strano...»

«Avrebbe dovuto comunque convocarli qui, dottoressa, in modo da raccogliere ufficialmente la loro deposizione» mi interrompe il giudice. «Lo sa, preferisco che le procedure siano sempre rispettate nel modo più scrupoloso.»

«Io invece, lo sa, preferisco risolvere i casi.»

La mia ultima frase forse se l'aspettava, tant'è che l'accoglie voltandomi le spalle, tutto concentrato a scrutare lo stipite della finestra.

«Abbiate pazienza, io di preferenze non ne ho» interviene Matrocca. «Mi va bene tutto, purché si riesca a chiudere al più presto questo caso, che vi assicuro sul mio stomaco sta avendo conseguenze deleterie. Devastanti addirittura.» Per essere sicuro che l'effetto melodrammatico non passi inosservato, il commissario accompagna le parole con un gesto piuttosto eloquente: le due mani con le dita intrecciate premute con forza sullo sterno, come se avesse appena ricevuto una pallottola in pieno petto.

Proprio nello stesso istante il telefonino di Matrocca, appoggiato sulla scrivania, comincia a lanciare un trillo assordante. Lui sussulta, getta un'occhiata al display, sospira: «È il prefetto. Ormai chiama soltanto sul cellulare, vuole essere sicuro che nessuno possa accampare scuse per non rispondere».

Fa una smorfia, alza le spalle, allunga il mento in direzione della porta. Il messaggio è inequivocabile: la riunione è finita, andate in pace.

# 23

«Ci siamo dimenticati di dire a Matrocca dell'ombrello rosso.»

«Scusa?»

Guardo Alfio come se gli fossero spuntate di colpo le antennine verdi da marziano. E lui sghignazza.

«L'hai tirato fuori tu, poi l'hai dimenticato e non ne hai più parlato.»

«Perché non ci serve a nulla, quello stupido ombrellino rosso.»

«Sì, però quello almeno lo abbiamo trovato» ribadisce Alfio.

«Hai voluto a tutti i costi fartelo dare dalla custode del palazzo di fronte, che aveva deciso di tenerselo, ma potevi pure lasciarglielo in regalo.»

«E invece no. Repertato come prova, è giù in cantina, l'ho registrato di persona.»

«Ah, sì? E come mai tutto questo zelo?»

«Non lo so in realtà... o meglio sì, la portinaia del palazzo di fronte era ancora più odiosa di quella che hai interrogato tu. Una vera stronza. E l'ombrello non me lo voleva proprio dare... ho dovuto insistere. E allora io apposta, tiè, così impara.»

«Va bene, ottimo, abbiamo l'ombrello rosso ritrovato in via Caboto. Peccato che non c'entri nulla con la signora Musumeci.»

«In realtà non ne siamo sicuri.»

«Non ne posso più, Alfio, credimi» esclamo, sbuffando esasperata. «È come per quella maledetta scarpa! Tutti che dicono: sì, forse, potrebbe essere la sua scarpa, però anche no. E l'ombrello lo stesso: sì, magari, forse sì, forse no, ne aveva tanti di ombrelli... e che cazzo! Insomma, lo abbiamo trovato, bene, però non ci serve a nulla.»

«Ok, e invece cos'è che ci serve?»

«Non lo so più. Qualche idea geniale, forse. Nell'attesa, ho pensato di andare a risentire l'antiquario.»

«Chi, quello che si incamerava a poco prezzo i tesori della famiglia Musumeci-Pratti?»

«Sì.»

«Sospettiamo di lui?»

«In questo momento non ho sospetti su nessuno.»

«E se si fosse suicidata?»

«Tagliandosi la testa?»

«Perché no?»

«Alfio, che ti sei fatto ieri sera?»

«Una biondina ad alto tasso erotico!»

«Scusa?»

«Hai presente l'aiutante di Giordani?»

«Ma chi, l'addetta all'obitorio?»

«Non l'abbiamo mica fatto in mezzo ai cadaveri.»

«Guarda, lo so che muori dalla voglia di dirmelo, dove e come l'avete fatto, ma io non lo voglio sapere.»

«Peccato!»

«E ora ho da fare. Me ne vado.»

«Non vengo con te?»

«Ma sei diventato il mio cagnolino? Non hai altro da fare?»

«È che mi piace fare coppia con te, mi diverto di più.»

«Alfio, ma che cazzo hai oggi?»

«In che senso?»

«Indovina.»

Ha un bel sorriso, Alfio. Un po' indisponente ma bello. Però non ho voglia di stare qui a guardarlo.

Mi alzo in piedi.

«Ciao Alfio, io vado dall'antiquario. Tu invece ti vai a fare un giro di ricognizione e senti un po' come butta là fuori, se qualcuno dei nostri amici ha sentito qualcosa di una vecchietta bruciata e di un assessore minacciato.»

«Ma tu sei convinta di no, che Soneri si stia facendo soltanto pubblicità a spese della suocera morta.»

«E resto convinta, però Matrocca e Cardini ci tengono a non lasciare niente di intentato, come dicono loro.»

«Matrocca e Cardini all'attacco... wow, che figata! Con questi due a farci da guida gli faremo un culo così ai cattivi.»

Alfio riesce a strapparmi un sorriso. Proprio nello stesso istante, il telefono sulla mia scrivania comincia a squillare.

La tentazione di andarmene senza rispondere è forte. Ma dovrei riuscire a filare via senza farmi beccare da Abete. Impossibile.

«Dottoressa, dottoressa, risponda per favore» urla Abete ancora prima di varcare la porta del mio ufficio. Guai in arrivo. Me lo sento. Nella sua voce colgo il tremito tipico del travet spaventato.

«È l'avvocato SSSSoneri» grida.

Cazzo! È il mio unico pensiero mentre tiro su il ricevitore.

La voce che sento dall'altra parte però è femminile. Gelida come la ricordavo.

«Buongiorno, dottoressa, devo dirle una cosa importante.»

«Sì, buongiorno, con chi parlo?»

«Sono Clara Soneri.»

Mi concedo una lieve esitazione, facile da giustificare, giusto il tempo di tirare due bei respiri.

«Buongiorno, mi scusi, mi avevano detto che era suo marito al telefono.»

«Sì, certo, ha chiamato lui il questore, ci teneva a salutarlo di persona, lo stima molto...»

Chissà perché i puntini di sospensione mi danno l'idea che siano stati messi lì apposta, giusto per sottolineare il fatto che la stessa stima non può essere riservata a me.

Pazienza, ce ne faremo una ragione.

«Mi dica, signora, la ascolto con la massima attenzione.»

Chissà se è abbastanza intelligente da cogliere il sottile guscio di ironia in cui le ho incartato la frase. Tutto sommato credo di no.

«È successa una cosa di estrema gravità.»

«La ascolto.»

«La ex moglie di mio fratello Giorgio, ha presente?»

Certo, l'inconfondibile Rosa Argento, e chi se la scorda?

«Non so se lei è al corrente,» prosegue «io e la signora Barilli ci siamo incrociate in via Caboto ieri.»

«Sì, mi è stato riferito che avete avuto un piccolo diverbio.»

«Le hanno riferito male, dottoressa, molto male! È stata quella donna ad aggredirmi, in un modo disgustoso. Una cosa che del resto non stupisce, in una persona del genere. Io volevo soltanto rendermi conto delle condizioni della casa di mia madre.»

Tra un punto esclamativo e un altro butto lì un paio di sì, anche se non so bene a cosa diavolo sto dicendo sì.

«Comunque questo, a lei, immagino che non interessi granché.»

Forse la signora è meno stupida di quello che sembra.

«Sì, in effetti.»

Questo "sì" ha già più senso, ma in ogni caso non so cos'altro dire, se non aspettare, sperando che prima o poi la signora si decida ad arrivare al punto.

«È una ladra!»

Ecco, forse ci siamo.

«Mia cognata è una ladra.»

«Che cosa avrebbe rubato?»

«Una collana di valore, anche affettivo, nella nostra famiglia da un secolo, anzi di più, era della bisnonna di mio padre. E ieri gliel'ho vista al collo. Mia cognata se n'è appropriata. È una cosa inaudita.»

«Capisco. E non potrebbe esserle stata regalata?»

«Assolutamente no, è impossibile, l'ha rubata.»

«Bisognerebbe dimostrarlo.»

«Infatti è per quello che volevo entrare in casa della mamma, ma il poliziotto di guardia me lo ha impedito.»

«Stavano facendo ulteriori rilievi i colleghi della Scientifica.»

«Sì, ma poi avete sigillato di nuovo tutto.»

«È la prassi, signora Soneri.»

«Sì, ma che io, sua figlia, non possa entrare in casa è assurdo. Anche per il funerale, abbiamo bisogno dei suoi abiti.»

«Signora, mi perdoni, ma per il momento il problema non è così urgente, mi creda. Per il funerale bisognerà aspettare ancora un pochino.»

«Questa situazione, lo abbiamo già fatto presente a chi di dovere, è insostenibile. Io *devo* entrare in casa, devo verificare che cos'altro è sparito, e ieri mi è stato impedito.»

Chissà come farai mai a verificare, penso, visto che sono anni che praticamente non ci metti piede in casa di tua madre.

«Anche la cassetta di sicurezza va controllata. Sono andata in banca e inspiegabilmente non me la vogliono aprire» aggiunge la signora Soneri.

«Non ci vedo niente di inspiegabile» rispondo secca, e intanto la poca pazienza rimasta gocciola via inesorabile. «Mi sembra evidente che tutto questo si potrà fare solo nel momento in cui lei sarà dichiarata legittima erede di sua madre, insieme ai suoi fratelli naturalmente.»

«Cosa vuol dire?»

«Quello che ho detto. Sua madre non è ancora stata nemmeno dichiarata morta.»

«Ma è stata riconosciuta.»

«Sì, da sua cognata, appunto.»
«Be', almeno questo è certamente in grado di farlo.»
«Anche senza la testa?»
Non volevo dirlo. Non dovevo dirlo, ma a questo punto comincio a essere esasperata.
La signora Soneri se ne accorge e parte subito all'attacco. Non aspettava altro.
«Come si permette di fare battute ironiche su una simile tragedia??!!»
«Io non mi permetto proprio niente, sto solo tentando di fare il mio lavoro. Se lei me lo consente. E quindi ora devo lasciarla.»
Davanti alla prospettiva di farsi chiudere il telefono in faccia senza diritto di replica, la signora perde del tutto le staffe, e il tono gelido lascia il posto a una voce da gallina strozzata.
«Ma lei *non* può *non* fare niente!»
Conto fino a tre, e non basta. Avrei dovuto contare almeno fino a cento. Infatti, il tono e il contenuto della mia risposta sono certa che a Matrocca non piacerebbero per nulla.
«Signora, guardi, io non sto capendo assolutamente cosa diavolo vuole da me. Faccia una bella cosa: richiami il questore e lo spieghi a lui.»
«Io voglio che arresti mia cognata.»
«E per cosa? Il furto della collana?»
«No, per omicidio. È evidente che è stata lei. Probabilmente sono scomparsi tutti i gioielli che c'erano in casa, e magari anche quelli nella cassetta in banca.»
«In banca lo scopriremo non appena avremo l'autorizzazione ad aprire la cassetta. In casa di sua madre, a un primo controllo, pare che non manchi nulla.»
«Chi lo dice?»
«La domestica di sua madre e... sua cognata.»
«Appunto!»
«Appunto cosa? Pensa che le due siano in combutta? Devo arrestarle entrambe?»

«Io questo non lo so, lo dovete sapere voi.»

«Esatto, lo dovremmo sapere noi. La saluto, signora Soneri, sarà mia premura tenerla informata di ogni ulteriore sviluppo. Arrivederci.»

E sbatto giù il telefono. So che non dovrei. Anche Cardini sarà scontento, è sicuro. Ma se avessi continuato la conversazione sarebbe stato peggio, perché non posso mettermi a insultare pesantemente la moglie dell'assessore al Bilancio della Regione Lombardia.

No. Non posso. O forse sì? Così magari mi cacciano via da Milano. Non era quello che volevo?

«Che palle» sbotto.

«Che palle» mi fa eco Alfio, che ha seguito gran parte della conversazione in viva voce.

«Forse su una cosa ha ragione. Dobbiamo farci dare l'autorizzazione ad aprire la cassetta di sicurezza. E vedere un po' cosa c'è dentro.»

«Allora che facciamo?»

«Tu vai da Cardini e lo convinci che è venuto il momento di aprire la cassetta.»

«Ok, tu vai dall'antiquario?»

«No. Ci vai tu dopo aver parlato con Cardini. Io vado a trovare Rosa Argento.»

«Pensi che davvero possa averla fatta fuori lei, la suocera?»

«No, però mi piacerebbe tanto, così chiudiamo questo caso del cazzo e ci dedichiamo finalmente ad altro.»

# 24

«La collana me l'ha data mio marito un anno fa.»

«Il suo ex marito, vuole dire.»

«Non abbiamo ancora divorziato.»

«Come mai non lo avete ancora fatto?»

«C'è bisogno di un motivo?»

«Non so, me lo dica lei. Pensate sia meglio per i vostri figli?»

«I miei figli se ne fregano. Non gli cambia nulla. Tanto il loro padre non lo vedevano neanche quando eravamo sposati a tutti gli effetti, e in teoria vivevamo pure insieme. Io ho preteso la separazione legale perché volevo che fosse un giudice a dirgli che mi doveva dare dei soldi, almeno per i ragazzi. Ma in realtà non è servito a niente. Neanche questo.»

«Mi sta dicendo che suo marito non si è mai occupato dei figli?»

«Più che altro le sto dicendo che mio marito non ha, e non ha mai avuto, il becco di un quattrino. Quindi... come si dice? Sangue da una rapa? Impossibile cavarlo, non le pare?»

Rosa Argento ridacchia compiaciuta, come se avesse estratto dal cappello chissà quale mirabile battuta.

«Quindi la collana?» la incalzo.

«Me l'ha data lui, come parziale risarcimento dei soldi che mi doveva.»

«Ma lei lo sapeva che era di sua madre?»

«Certo, me lo aveva detto. E comunque non era la prima volta.»

«Che le pagava gli alimenti con un gioiello?»

«Che sua madre lo aiutava a stare in piedi.»

«Ma suo marito che cosa fa?»

«In questo periodo non lo so.»

«E in passato?»

«Mah, di tutto. Voleva fare l'attore, ha fatto l'Accademia del Teatro Regio a Torino, aveva messo in piedi una compagnia, ma poi hanno litigato tutti. Poi una società di doppiaggio, da cui è nata una società di produzione cinematografica, piccola, con cui non ha combinato un tubo. Per un periodo, insieme a un socio, ha avuto un'agenzia di pubblicità. Ma è fallita. L'ultima impresa è stata la società di comunicazione, con un amico giornalista: contenuti per internet, cinema, sport, era tutto gasato, ma dopo un anno era finita anche quella.»

«E sua madre lo ha sempre sostenuto?»

«Mantenuto vuol dire?»

Mi limito ad alzare le spalle serafica, dare giudizi sulla scarsa attitudine per gli affari, e forse per il lavoro tout court, di Giorgio Musumeci non rientra nei miei compiti, e neppure nei miei interessi.

«Comunque sì, lei lo ha sempre fatto, ma di nascosto. Non voleva che gli altri figli lo sapessero. Sua figlia soprattutto, quella vipera biforcuta!»

Annuisco convinta e comprensiva, ma non aggiungo neanche una sillaba.

«Per caso vuole vedere la collana?» mi chiede dopo un attimo di esitazione.

«Sì, in effetti, mi farebbe piacere, vedo che oggi non la indossa.»

«No, oggi no» replica con un sorrisetto vagamente di sfida, come se all'improvviso sulla mia faccia si fosse sovrapposta a tradimento l'espressione grifagna della signora Soneri. E con un saltello agilissimo, nonostante la stazza piuttosto imponente, si tira in piedi e si dirige verso la porta dietro la quale si cela, presumibilmente, quella che gli architetti chiamano zona notte.

Rosa Argento anche oggi ha tenuto fede al suo personaggio e indossa un abbigliamento del tutto adatto al nomignolo che le ho rifilato. Però al posto dell'argento c'è un effetto tutto bianco abbagliante: jeans candidi e aderenti, canottiera bianca, camicia bianca di raso, lunga sui fianchi e intarsiata di pizzo rosa. Lo stesso rosa confetto che fa capolino nel ricamo del giacchino corto di lanetta e lurex e nella collana, un articolo di bigiotteria che sembra uscito da una vetrina di cineserie da dieci euro al chilo, oltre che nelle scarpe, tacco dodici rigorosamente a spillo con in più cinturino di brillanti.

Tutto il bianco e il rosa che questa donna si mette addosso, tutti i santi giorni posso ben presumere, probabilmente io non l'ho fatto entrare nei miei armadi in una vita intera. Nemmeno il giorno del mio matrimonio ero vestita di bianco. E naturalmente non avevo i tacchi a spillo.

Mai portati nella vita, i tacchi alti, eppure da qualche anno mi capita ogni tanto di fissare con uno strano senso di invidia le donne che caracollano felici e disinvolte su questi trampoli appuntiti e fragili.

Forse sto diventando vecchia. Guardo i tacchi a spillo della nuora dell'ormai scomparsa signora Musumeci e mi chiedo: cosa cambia nel tuo sguardo, se il perimetro del mondo e i contorni delle cose li disegni con uno stiletto capace di uccidere qualcuno, se fossi capace di piantarlo nel punto giusto?

Rosa Argento torna verso di me stringendo in mano un cofanetto nero, grande quanto un album di fotografie da matrimonio. Lo appoggia sul tavolo dal ripiano in vetro con esagerata lentezza, come seguendo una sorta di cerimoniale. Noto che il vetro è perfettamente pulito, trasparente, nemmeno un alone. Tutto è in perfetto ordine in questo soggiorno.

Curiosamente, questa bizzarra ragazza invecchiata male,

con le pieghe del collo che cominciano a rilassarsi e a calare inesorabili verso il solco scuro tra i seni, bruciato dal sole o da qualche lampada abbronzante regolata male, vive in una casa che non le somiglia.

Sobrio, elegantemente borghese, privo di colori e di orpelli, questo appartamento tono su tono somiglia più a un'eredità del passato che a un investimento sul futuro, sul proprio futuro. C'è un unico particolare dissonante: le dodici rose azzurre a gambo lungo, anch'esso azzurro, infilate dentro l'enorme vaso di cristallo appollaiato sul tavolo.

Le rose dipinte con lo spray, poverine, mi fanno pena. E poi, quanto sono kitsch! Saranno un regalo di uno spasimante che adora le quarantenni vestite da Candy Candy? Oppure è Rosa Argento che ha deciso di regalarsele da sola? Non sarebbe affatto strano. Ho appena letto da qualche parte che la maggior parte degli acquisti di fiori sono fatti da donne, non da uomini. È un regalo perfetto per quasi ogni evenienza e quasi ogni donna, così affermava la ricerca di mercato in cui mi sono imbattuta, ma quasi ogni uomo tende a evitare accuratamente di regalare fiori. L'ennesima prova di quanto sia difficile la convivenza tra i sessi all'interno dello stesso mondo. Per non parlare della stessa casa!

Il cerimoniale di apertura del prezioso cofanetto intanto volge al termine. Ed ecco, Rosa Argento si sporge verso di me e, con un ampio movimento della mano destra, solleva il coperchio rivestito all'interno di velluto rosso. Manca poco che aggiunga un inchino da prestigiatore fallito.

Io dei gioielli ho sempre fatto a meno, e di solito non mi impressionano neanche tanto. Ma questa collana irradia tanta luce come neanche il vaso di Pandora. È una meraviglia di oro e turchesi.

Rosa Argento coglie il mio sguardo ammirato e non può fare a meno di gongolare: «È bella, vero?».

«Accidenti, sì» esclamo mio malgrado. «Complimenti» aggiungo, come fossimo a una festa di battesimo o di compleanno. Ma subito mi riprendo, non sono venuta qui per scambiare convenevoli pomeridiani sorseggiando tè al gelsomino e Coca-Cola light.

«Mi ha detto che questa collana le è stata data come una sorta di cambio merce, al posto dei soldi che le doveva il suo ex marito, ma evidentemente lei non ne ha bisogno, visto che non l'ha venduta per realizzarne il valore.»

«Per carità, un gioiello così sarebbe un peccato mortale venderlo» mi dice cinguettando radiosa.

La domanda successiva mi sorge spontanea: «Mi scusi se glielo chiedo, lei cosa fa nella vita?».

«Intende come lavoro?»

«Sì.»

«Niente, a parte riscuotere gli affitti.»

«Possiede altri appartamenti?»

«Questo palazzo lo ha costruito mio padre, insieme a un socio, alla fine degli anni Sessanta. Sono due palazzi gemelli, col giardino in mezzo, lo ha notato entrando, no?»

«Certo» rispondo, pensando che entrando avevo più che altro notato le piastrelline che ricoprivano la facciata, come molti altri palazzi del quartiere, una specie di marchio di fabbrica.

«Mio padre e il socio si erano tenuti un palazzo a testa. E quando i miei sono morti, nel 2000, in un incidente d'auto, pensi che iella, morti sul colpo, avevano sessant'anni, mia madre neanche, io e mia sorella abbiamo ereditato. E abbiamo diviso a metà. Sono sei piani, dodici appartamenti» conclude, scuotendo le spalle come fossero alucce.

«Avrà il suo bel daffare a riscuotere tutti questi affitti.» Che frase scema mi è venuta fuori. Giustamente lei non mi risponde.

Mi fissa con uno sguardo placido, da mucca al pascolo. Poi, con un gesto secco e preciso, abbassa il coperchio del cofanetto e fa scattare la chiusura. Il significato del movimento è chiaro: "Questa collana è mia e guai a chi la tocca".

Cosa ne penserà la signora Soneri quando lo verrà a sapere? Ho il sospetto che non sarà molto felice.

# 25

«Dottoressa!»

È la voce di Abete. Io tiro dritto come se non avessi sentito, né la parola né il punto esclamativo.

«Dottoressa!»

Sì, sta chiamando me, non c'è dubbio, ma allungo il passo.

«Dottoressa!» La voce di Abete ormai è troppo vicina per poterla ignorare.

«Dottoressa, mi ascolti.»

«Sì, Abete, la ascolto.»

«Sta andando nel suo ufficio?»

«E dove dovrei andare?»

«Volevo solo dirle che non lo troverà vuoto.»

«In che senso, Abete, lo hanno subaffittato a qualcun altro intanto che io non c'ero? Così diamo una mano a risolvere il problema dei tagli ai fondi per la polizia?»

Abete sbarra gli occhi perplesso. Accidenti a me, ma perché mi ostino a fare battute ironiche che questo non capisce mai?

«Scherzavo, Abete» sono costretta a dire. «Quindi c'è qualcuno nel mio ufficio?»

«Sì» risponde Abete, annuendo freneticamente.

«Bene, e chi è? Chi si è messo nel mio ufficio?»

«Il dottor Matrocca.»

«Il questore? È diventato matto?»

«Non credo» risponde tutto serio l'agente scelto Rinaldo Abete. «È solo che... è stata indetta una riunione.»

«Nel mio ufficio.»

«Sì.»

Ormai alla porta della mia stanza mancano solo un paio di metri. È inutile continuare a interrogare Abete, meglio verificare di persona chi diavolo c'è nel mio ufficio.

Adelio Saporiti è il primo che vedo, appollaiato sul bracciolo della mia poltrona. Basta questo a incupire il mio umore già precario e grigiastro.

Ludovica Neves è appoggiata al davanzale della finestra, e anche lei non rientra tra le mie visioni preferite. Secondo Alfio a starmi sulle palle, fondamentalmente, sono le sue tette extrasize sempre in bella vista, come un'aragosta al cenone di Capodanno. Un po' sì, lo ammetto, ma in realtà mi sta più sulle palle la sua aria da ambiziosa stronzetta, pronta a tutto pur di far carriera, per il momento sgomitando come viceispettore alla Omicidi, domani chissà, potrebbe arrivare ovunque. Per lei Alfio ha coniato un nomignolo perfetto: Ludo-Ludo-nano-nano, riferendosi alla sua bassa statura, ma soprattutto alla sua propensione a ripetere ogni cosa almeno due volte, un infallibile sistema per tergiversare in attesa che qualcun altro faccia la prima mossa. Mai esporsi per primi, è contrario alla sua religione.

Matrocca lo vedo solo dopo aver varcato la porta. È appiccicato alla parete destra e sta furiosamente scrivendo sulla lavagna.

Sparerei volentieri a tutti e tre, e invece mi limito a dire «Buongiorno», una leggera sfumatura di astio nella voce. Ciò che non posso dire aleggia nell'aria come fumo stantio: *che cazzo ci fate nel mio ufficio?*

Alla mia muta domanda segue una pronta e verbalizzata risposta: «Mi serviva una lavagna e nel mio ufficio non c'è. Lei, dottoressa, non c'era, l'ho fatta cercare ma non rispondeva al cellulare, ho pensato che non tornasse. E mi serviva una lavagna».

Mi viene voglia di rispondergli che la sua è davvero una risposta del cazzo. Ma sto zitta. Ultimamente sono diventata una donna davvero taciturna. Quasi quasi faccio un bel voto di silenzio, e in cambio di questo dono offerto agli dei chiedo una bella grazia, magari scoprire il nome dell'assassino di Letizia.

Scuoto la testa, le spalle, una mano. Ok, ok, nessun problema, ci mancherebbe. Sei tu il capo, no? Sei tu che decidi dove cazzo fare le riunioni. O no?

Alfio è seduto comodo, sprofondato nella solita poltroncina rossa. Mi guarda con un'intensità per lui inusuale. Forse è l'unico a immaginare, almeno un po', quello che mi passa per la testa, e infatti ha un'aria piuttosto preoccupata.

Nel frattempo, Matrocca mi ha voltato le spalle e continua a tracciare linee, frecce e sgorbi con il pennarello nero a punta spessa sulla lavagna bianca dai bordi ingrigiti dall'uso.

Ha una scrittura impossibile da decifrare. Nessuno di noi ha mai capito perché diavolo si ostini a disegnare schemi che nessuno comprende, e che lui stesso non riesce a mettere a fuoco, e continua a correggere, fino a non capirci nulla, lui per primo. E infatti siamo già a questo punto.

Al centro della ragnatela, l'unica parola comprensibile è Soneri, scritta in stampatello. A raggiera, tutt'intorno, ci sono i nomi di tre società variamente intrecciate con gli affari della 'ndrangheta a Milano. O almeno così sembra, visto che il questore scandisce a voce alta nomi vari, noti e ignoti, ripetendo ossessivamente la parola 'ndrangheta, come fosse un mantra, e intanto scrive come un ossesso. Speriamo che tra le due attività ci sia una forma qualsiasi di collegamento logico.

«Tommasi e Zanette sono già lì» esclama Matrocca, voltandosi fulmineo verso di me.

«Lì dove?» chiedo.

«In via A-go-sti-no-de-pre-tis» scandisce. E intanto scrive, forse lo stesso nome, forse un altro. Impossibile dirlo.

Sono incerta se chiedere o meno che diavolo ci fanno in questa via a me sconosciuta. Matrocca gentilmente mi cava d'impaccio: «È in via Depretis, alle case popolari dell'Aler, che abita la madre di Pierangelo Giannutri».

«Detto Pierino minchiadura» interviene Alfio.

Ok grazie, finalmente sto capendo qualcosa, l'informativa dei colleghi dell'Antimafia l'ho vista anch'io, anche se non mi era sembrata così interessante. Il nostro Pierino è un noto killer della 'ndrangheta, benissimo, e pare che si sia trasferito per un po' dalla mammina che abita a Milano, alla Barona, quartiere dalla fama più triste di quel che merita.

Comunque sono solo voci, sono due anni che nessuno lo vede, questo Giannutri, e nessuno sa più che faccia abbia, nel frattempo potrebbe pure essersi fatto operare ed essere diventato una donna. E anche se fosse a Milano, chi ce lo dice che c'entra davvero qualcosa con la nostra signora Musumeci?

La risposta mi arriva in stereo. Prima con la voce stentorea di Matrocca: «La pista della 'ndrangheta è quella da seguire. Sicuro. Del resto, non ne abbiamo altre». Poi con quella flautata di Ludo-ludo: «Non si preoccupi, dottore, se Giannutri è a Milano noi lo troviamo. Sicuro».

Bene ragazzi, beati voi che avete delle sicurezze. Vi invidio. Quasi.

Il questore continua a parlare. Tono di voce sempre più isterico, occhi spiritati, ordini dispensati a destra e a manca, in barba anche alle leggi fisiche più banali, tipo quella che impedisce il dono dell'ubiquità a noi poveri mortali. Insomma, nel più puro stile Matrocca furioso.

Io dopo un minuto o due smetto di seguire le parole del mio beneamato capo. Non ce la faccio. E poi a che serve? Tanto ci sta pensando lui a organizzare il lavoro della mia squadra per i prossimi dieci giorni, o magari anche dieci anni. Sta facendo tutto lui. Perfetto. Speriamo solo che alla fine non mi chieda di ripetere quello che ha detto.

In realtà, la domanda che a un certo punto mi rivolge

è persino più insidiosa: «Lei, dottoressa, su quale di questi fronti vuole dare man forte? Naturalmente lascio a lei la decisione, dove ritiene, mi tenga solo al corrente. Naturalmente».

«Sì, certo, non dubiti» rispondo, evitando con cura di usare l'avverbio "naturalmente", di solito già fin troppo inflazionato nelle riunioni indette dal nostro questore. «Ma ora ho un appuntamento, alle sei, devo andare» concludo sbrigativa, alzandomi in piedi di scatto, come se mi avesse punto qualcosa.

«Ma...» Matrocca manifesta tutta la sua perplessità strabuzzando gli occhi, in modo piuttosto ridicolo.

Decido di non dirgli una bugia, ma nemmeno la verità. «È una pista che sto seguendo, è importante, le farò sapere al più presto.»

Acchiappo il giubbotto di pelle e infilo la porta. Sento gli occhi di tutti appiccicati alla nuca. Una sensazione sgradevole, è vero, ma non importa. A volte è la fuga l'unica strategia vincente. Non ce n'è altre.

# 26

Scovarlo non è stato facile. Il professor Macchioni sembrava scomparso nel nulla, dopo lo scandalo che una ventina di anni fa lo aveva costretto a fare tabula rasa di tutte le sue numerose (e lucrose) iniziative per tossicodipendenti.

Nella seconda metà degli anni Ottanta il nome di questo medico originario di Livorno, fin da bambino felicemente trapiantato a Torino e specializzato in psichiatria, era diventato sinonimo di miracolose guarigioni da ogni forma di dipendenza.

La prima comunità l'aveva aperta nel 1986 a Santo Stefano Belbo, proprio in mezzo tra le colline dei tartufi e quelle del moscato, ma aveva dovuto precipitosamente chiuderla dopo che la figlia minorenne di un maresciallo della guardia di finanza ci aveva quasi lasciato la pelle per un cocktail di farmaci inutili e purissima polvere d'oppio. Nel 1988 ci aveva riprovato e, forte dell'esperienza precedente, che lo aveva condotto a un passo dal disastro ma non gli aveva tolto la voglia di turlupinare il prossimo, aveva deciso di andare con i piedi di piombo da un punto di vista farmacologico, ma in compenso di suonare la grancassa mediatica, giocando senza scrupoli sul desiderio di qualunque genitore di salvare un figlio tossico. Era così riuscito a individuare la formula magica del successo e della ricchezza, composta in egual misura di speranze e tranquillanti, con in più un pizzico di coercizione e una dose massiccia di protezioni politiche.

Nel corso del primo anno di azione era riuscito a conquistare la fiducia della moglie di un famoso avvocato romano e di un potente assessore del Comune di Milano, aveva salvato dalla dipendenza il figlio di un ministro e la nipote di un sottosegretario, aveva aperto una clinica sul lago di Garda e una comunità in Umbria, aveva rilasciato interviste a tutti i quotidiani nazionali e alla maggior parte dei periodici più venduti, ed era diventato ospite fisso di almeno un paio di trasmissioni televisive di prima serata. Dal secondo anno in poi la strada era stata tutta in discesa, tra un encomio solenne e uno scroscio di denaro sonante. Sponsor privati e sovvenzioni statali, applausi a scena aperta e lacrime di commozione, un mix micidiale di interesse e malafede.

L'epoca delle vacche grasse era durata anni, nonostante ogni tanto si levasse qualche voce dissonante e antipatica, a dire cose che nessuno voleva sentire, né i politici né le famiglie dei tossicodipendenti, e tanto meno i giornalisti a caccia di scoop: per esempio che la lotta contro la droga non puoi pensare di vincerla come fosse una guerra lampo, fatta di proclami e repentine incursioni in territorio nemico. È una battaglia quotidiana, lenta, faticosa, tutt'altro che spettacolare, dove tanti muoiono e qualcuno sopravvive, alcuni riescono a cambiare e altri rimangono tossici per tutta la vita. E nessuno ha mai veramente scoperto perché, e che cosa alla fine distingua davvero i sommersi dai salvati.

Per sconfiggere la piaga della droga questo e altro, ragliavano in quegli anni i sindaci di tutte le città italiane, spalleggiati da deputati e senatori di ogni bandiera e colore, ben consapevoli di quanti voti si potessero facilmente ramazzare alimentando l'illusione che bastasse una bacchetta magica per eliminare da piazze, strade e parchi tutti i tossici, le siringhe e la microcriminalità.

Negli anni Novanta l'impero antidroga del professor Macchioni si era esteso e ramificato in tutta Italia, piantando solide radici anche sulla sponda lombarda del Lago Maggiore. Proprio tra Luino e Laveno, Francesco Macchioni aveva addirittura stabilito il suo quartier generale, aprendo a Ispra la sua quarta clinica specializzata nella lotta contro ogni forma di dipendenza e creando a villa Guadagni, nel comune di Laveno, una piccola comunità di sostegno riservata esclusivamente a tossici di buonissima famiglia, capaci di sborsare rette milionarie in cambio della promessa di miracoli a go-go e assoluta discrezione. Miracoli che del resto erano garantiti anche dalla presenza in loco di un piccolo ma agguerrito gruppo di sacerdoti, chiamati a difendere l'ortodossia cattolica ma anche e soprattutto gli interessi temporali della curia di Varese.

Il ritrovamento nel parco di villa Guadagni, una calda notte di giugno del 1996, del cadavere di Letizia Giorgi non aveva minimamente messo in crisi il lucroso business del professor Macchioni. Era stato facile sostenere che solo il caso avesse portato quell'ingombrante fagotto carbonizzato sotto i platani secolari che circondavano la villa.

Non altrettanto facilmente se l'era cavata nel dicembre 1998, quando nella lussuosa clinica di Ispra era accaduto un altro increscioso "incidente", questa volta impossibile da far passare sotto silenzio. Il figlio di un notabile democristiano, venuto fin da Palermo per cercare di liberarsi dalla schiavitù della droga, aveva pensato bene di suicidarsi buttandosi da una finestra, ma prima di porre fine alla sua vita disgraziata aveva avuto la malaugurata idea di violentare e sgozzare una giovane tossica anche lei ricoverata nella clinica, e sfortunatamente anche lei figlia di un pezzo grosso, un imprenditore italo-svizzero, tutt'altro che ben disposto nei riguardi di chi cercava di vendergli la frottola tranquillizzante del caso e della fatalità, come esclusivi responsabili della morte atroce della sua unica erede.

L'abile professore era riuscito a scaricare gran parte della responsabilità sul dottor Aldobrando Aldobrandini, un poveraccio, a dispetto del nome altisonante, che gli faceva da uomo-ombra da anni e nel momento del bisogno non si era tirato indietro. Il suo sacrificio – era finito persino in galera per qualche mese – non era bastato a salvare l'onorata società Macchioni S.r.l. Gli sponsor, sia pubblici che privati, si erano rapidamente volatilizzati, insieme a tutti i pazienti delle famiglie più ricche. Le denunce erano cominciate a fioccare, e il professore si era ben presto ritrovato accusato un po' di tutto, dalle molestie sessuali (sostenute da un'infermiera) alla violenza privata (un paziente lo aveva accusato di avergli rotto un braccio mentre tentava di impedirgli di lasciare la clinica), dall'abuso di titolo medico (pare che non si fosse mai specializzato in psichiatria) alla frode fiscale. Del resto, è cosa nota: la gente ci prende sempre un gusto matto ad ammazzare gli uomini già morti.

Francesco Macchioni aveva comunque dato prova anche in quell'occasione della sua tempra di uomo e di imprenditore, riuscendo a rintuzzare prodigiosamente (eh, sì, a volte i miracoli accadono davvero) ogni accusa e a non farsi neanche un giorno di prigione. Però non aveva potuto impedire che il suo bell'impero cadesse a pezzi.

L'ultima a chiudere i battenti, nel 1999, fu la comunità Sole di Scansano, che si estendeva per decine di ettari tra le colline brulle della Maremma e il mare, allargandosi a cerchi concentrici intorno a un meraviglioso casale del Seicento, che secondo i detrattori altro non era che un carcere extra-lusso per rampolli di buona famiglia diventati troppo imbarazzanti per mamma e papà. Ammazzarli non si poteva, ma metterli in condizione di non nuocere sì.

Dimostrando ancora una volta la sua abilità, il professor Macchioni riuscì a vendere tutto al miglior offerente e a sparire nel nulla con svariati miliardi (ancora in lire) in tasca.

Tutte queste informazioni me le ha gentilmente fornite Alex, educatore professionista da anni in pianta stabile nel carcere di San Vittore. La persona più sconsideratamente ottimista che abbia mai incontrato. Secondo i miei standard dovrebbe essere un cretino, o avere meno di quindici anni. Né una cosa né l'altra, forse è per questo che siamo diventati amici.

# 27

L'avevo conosciuto quando ancora stavo in questura a Bologna e mi avevano mandato a parlare con un testimone parcheggiato in attesa di processo in una cella di San Vittore.

Ero arrivata a Milano alle nove di mattina, puntuale e zelante come solo una giovane poliziotta può essere. E sul portone del carcere, quando avevo presentato il mio tesserino, era comparso Alex: una gran massa di capelli ricci già avviati a diventare grigi, una dozzina di braccialetti di cotone colorato attorcigliati intorno al polso sinistro, gli occhi larghi e chiari di un ragazzo degli anni Settanta, convinto che ogni tanto, magari non proprio tutti i giorni, si può provare a salvare qualcuno, sapendo che forse non ci riuscirai, ma vale lo stesso la pena di provarci. Perché il cielo è sempre più blu, come recita una canzone di Rino Gaetano che Alex si diverte un sacco a cantare, e invariabilmente a stonare.

Alex mi aveva detto che il mio testimone era morto, impiccato a una grata, e che era un ragazzino, troppo giovane e troppo fragile, troppe pressioni, non ce l'aveva fatta. Poi mi aveva offerto un caffè, insieme a una sigaretta e a un sorriso.

Mi aveva chiesto: «È la prima volta che ti muore un testimone?». E alla mia risposta affermativa mi aveva detto: «Non fare quella faccia, non è colpa tua. Tu stai solo cercando di fare il tuo mestiere. È solo che lupi e agnelli se ne stanno tutti mescolati in questo porco mondo, e non sempre è facile distinguerli. E quando prendi un povero agnellino e gli metti la maschera da lupo è facile che succeda un patatrac».

Un patatrac? Ma come parlava quello? Era simpatico, doveva avere al massimo una decina d'anni più di me, però parlava con uno strano tono da vecchio saggio, e usava espressioni davvero bizzarre, tipo "patatrac".

«Era un tossico, vero?» gli avevo chiesto.

«Sì» aveva risposto. «E con loro è sempre un po' difficile.»

«E questo spiega tutto?» avevo ribattuto con un tono leggermente aggressivo che lui aveva subito colto, anche se in quel momento non poteva indovinarne l'origine.

«Non c'è niente, mai, capace di spiegare tutto» mi aveva risposto paziente. «Rimangono sempre dei vuoti, cose che non riesci a interpretare, altre che non puoi capire. A volte è colpa tua, sei tu che sei ottuso e non capisci, altre volte è il mondo che è stronzo, tu ce la metti tutta ma non serve a niente. Però, sai cosa? L'importante è provarci.»

Quella mattina al bar tabacchi di piazza Filangieri, davanti all'ingresso del carcere di San Vittore, mi sarei messa a piangere o a sparare, talmente ero incazzata. E invece ero rimasta lì ad ascoltare Alex che mi raccontava i suoi venticinque anni in compagnia di tossici e disperati vari, tra comunità, centri diurni e prigioni. Era la prima volta che incrociavo un uomo così entusiasta di infilare le mani nella merda che avvolge il mondo, tutti i giorni, facendosi poche illusioni ma deciso a non gettare la spugna, mai. Mi aveva colpito, e così due anni fa, quando mi hanno trasferito a Milano, lui è stata l'unica persona che mi è venuto in mente di sentire. Il mio primo amico a Milano. Almeno da quando ci sono tornata per fare la poliziotta. Gli amici di prima non contano, li ho persi tutti per strada e non ho mai avuto voglia di tornare indietro a cercarli.

# 28

Scovarlo non è stato facile, ma Alex sapeva a chi chiedere. Come al solito. E dopo neanche una settimana mi ha telefonato, con la sua solita voce entusiasta e fin troppo ottimista.

«È tornato a Milano, te lo avevo detto o no? Io le cose me le sento. Ho fiuto io.»

«Sei tu, Alex, che dovresti fare il poliziotto, te lo dico sempre. Però te lo scordi che facciamo a cambio, io in carcere con i tuoi tossici non ci vado ma neanche...» gli rispondo ridacchiando.

Una volta si rabbuiava quando gli dicevo "i tuoi tossici", usando un tono volutamente da sbirro stronzo, e mi diceva sempre che se avessi cercato di capire sarebbe stato meglio. Meglio per me. Ma non ho mai avuto voglia di dargli retta.

Meno che mai in questi giorni. Mi interessa soltanto trovare qualche traccia che mi porti all'assassino di Letizia, non interrogarmi sulle ragioni che possono spingere qualcuno ad abusare di una sostanza piuttosto che di un'altra.

Il professor Macchioni forse può aiutarmi, anche se non sembra molto intenzionato a farlo. Al telefono è stato cortese ma sbrigativo, e ha cercato di rimbalzarmi con una rapida serie di scuse. Ma io ho tenuto duro, e alla fine ha ceduto lui.

«Va bene, l'aspetto, venga verso le sei, non più tardi,» ha abbaiato sgradevole «perché dopo ho un appuntamento importante. Il citofono è quello della Società di Isoenergetica Psicosomatica.»

Mentre suono uno dei quattro citofoni schierati sul fianco destro del portoncino rosso al civico 2 di via Bernardino Telesio, a due passi dal lusso antico di piazza Tommaseo, mi chiedo oziosamente cosa diavolo sia la isoenergetica psicosomatica e a cosa mai possa servire. Soprattutto mi domando cosa ne penserebbe un filosofo del Cinquecento come Telesio, uno di quelli che si sono fatti un culo così per sconfiggere le nebbie della metafisica aristotelica. Chissà cosa penserebbe di questo pseudo scienziato, da sempre principalmente esperto nell'arte di sfruttare il bisogno e l'ignoranza altrui per riempirsi di denaro le tasche.

Io ne penso tutto il male possibile, per quello che vale. E dopo aver varcato il sontuoso portoncino rosso, aver salito una rampa di scale ed essermi infilata nella porta di destra, come da istruzioni, ne penso se possibile ancora peggio, in questo open space bianco abbagliante, grande quanto una palestra e praticamente privo di mobili. Due divani bianchi, lunghi e bassi, sono addossati alla parete più corta, mentre il pavimento di legno, anch'esso dipinto di bianco, è disseminato di piccoli cuscini colorati e rotondi, che spiccano come bottoni ma non sembrano altrettanto utili.

Macchioni mi aspetta tutto sorridente nel centro della sala, a piedi nudi e con addosso una specie di saio azzurro. Sembra una versione invecchiata e imbolsita di Kabir Bedi ai tempi del *Corsaro Nero*. Ha gli occhi grandi, scurissimi, sottolineati dall'eyeliner nero. Qualcuno potrebbe definirli magnetici, ma su di me non hanno particolare effetto. Se potessi gli sparerei dritto in fronte, proprio in mezzo a quegli occhi da esotico eroe della Malesia che a settant'anni suonati pensa ancora di poter sfoggiare come arma di seduzione. E la cosa che più mi fa arrabbiare è che sono convinta che su parecchie donne possa funzionare, senza fatica.

Forse le sue autentiche capacità di medico sono sempre state largamente al di sotto delle sue millantate doti di guaritore, ma un notevole intuito il nostro Macchioni lo deve possedere. E infatti capisce subito che non gli conviene cercare di sedurmi, né con gli occhi né con la isoenergetica psicosomatica. Smette di sorridere e muove rapidamente un paio di passi verso di me.

«Immagino che lei non abbia voglia di togliersi le scarpe, ai poliziotti di solito non piace, forse temono di perdere parte del loro potere. Allora è meglio se ci accomodiamo di qua.»

Io lo guardo fisso e non perdo tempo a rispondergli, mentre lui gesticola verso destra e mi indica una porta bianca, seminascosta dietro una tenda altrettanto candida.

Dopo averla spalancata con un gesto piuttosto teatrale, si tira da parte per lasciarmi entrare in un'ampia stanza arredata in modo più convenzionale, con un grande tavolo ovale circondato da poltroncine nere dallo schienale alto.

Mi invita a sedere e va ad appollaiarsi sul basso davanzale della finestra, incrociando i piedi nudi dalle caviglie eleganti. Personalmente li trovo più sexy degli occhi bistrati di nero, ma io non faccio testo quando si tratta di gusti medi femminili.

«Dottoressa...»

«Sì.»

«Mi scusi, temo di non ricordare il suo nome.»

«Ferro.»

«Sì, certo, come le dicevo al telefono io non mi occupo più di tossicodipendenza da molto tempo.»

«Vent'anni.»

«Sì, be', adesso non ricordo con esattezza.»

«Non se lo ricorda? Eppure non mi pare che abbia abbandonato questo campo gradualmente, anzi.»

«Non capisco in che modo questo possa interessarle, oggi.»

Il tono di voce di Macchioni si è alzato e mi sembra venato di irritazione. Decido di far finta di niente. Non so neanche bene perché sono qui e non ho la più pallida idea di che cosa sto cercando. E mi sa che da questo campione dell'antidroga abilmente trasformato in un guru tutto azzurro ci sia poco da cavare. Però sono arrivata fino a qui, proviamoci.

«Come le dicevo al telefono stiamo indagando su quel delitto avvenuto a villa Guadagni proprio nel periodo in cui anche lei era lì.»

«Sì, ma...»

«Non se lo ricorda?»

«Certo che me lo ricordo, non capita tutti i giorni che uscendo a fare due passi nel parco uno si trovi davanti un cadavere bruciato.»

«Era stato proprio lei a trovarlo?»

«No, non esattamente, lo trovò una delle mie pazienti andando a fare una passeggiata all'alba, giù verso il lago. Diede l'allarme e subito accorremmo tutti.»

«E chi era la sua paziente?»

«Il nome?»

«Sì, il nome, le sto chiedendo.»

«Loredana.»

«Loredana e...?»

Sospira, gli occhi si agitano impazienti.

«Non credo proprio di ricordarmelo.»

«Mi sta prendendo in giro?» sbotto.

«Ma no, cosa le viene in mente? È solo che sono passati diversi anni, e io all'epoca, parliamo degli anni Novanta, curai migliaia di persone.»

«Migliaia?»

«Sì, se contiamo tutto, voglio dire, non solo le cliniche o i gruppi che conducevo personalmente, ma anche le strutture dove operavano i miei allievi, altri medici che io stesso avevo formato.»

«Ma di villa Guadagni se ne occupava direttamente lei, vero?»

«Sì, certo, e fra l'altro lì non erano in tanti, un gruppo di venti, venticinque persone, non di più. Li seguivo tutti io, personalmente, ma una delle regole era che non ci si presentava mai col cognome, solo col nome. Quando li accoglievo il loro cognome lo venivo a sapere, ovvio, ma poi non lo si usava e quindi...»

«Non rimaneva in mente» concludo io.

«Esatto» mi guarda e allarga le braccia, con un sorriso che sembra voler chiedere scusa.

«Quindi lei non si ricorda i cognomi di nessuno di quelli che erano a villa Guadagni quando venne trovato il cadavere bruciato nel parco?»

«Temo di no, mi ricordo molte delle facce, le loro storie, ho un'ottima memoria per questo, ma i nomi, sinceramente, con tutto il tempo che è passato...» E di nuovo mi scocca un sorriso che sembra persino sincero.

Mi viene voglia di cancellarglielo subito dalla faccia.

«Ma che fine hanno fatto le tante persone che sono passate nei suoi centri, l'ha mai saputo?»

«Che fine hanno fatto in che senso?» chiede, subito sulla difensiva. Il sorriso è sparito.

«Be', per esempio hanno smesso di farsi?»

«Tutti smettevano, la mia terapia era molto efficace.»

«Sì, certo, e poi ricominciavano.»

«Alcuni» ribatte prontamente. «Poteva accadere, a distanza di tempo. Non lo nego, le eccezioni ci possono essere, in casi particolarmente difficili, ma questo non inficia certo la validità della terapia, anche se alcuni hanno voluto prendere dei casi sporadici e usarli per...»

«Guardi,» lo interrompo secca «non sono qui ad accusarla di nulla, anche perché mi pare che ci abbiano già provato ad addebitarle tutta una serie di reati, ma con ben scarso risultato.»

«Forse perché io, nonostante quello che pensano i miei detrattori, ho fatto solo del bene alla gente che ho curato.»

«Per esempio, facendogli ingurgitare litri e litri di acqua e sale? Oppure costringendoli per gran parte della giornata a lavori umilianti e ossessivi, oltre che assolutamente inutili?»

«I principi dell'ergoterapia sono ampiamente condivisi da

chiunque si sia occupato di tossicodipendenze» scatta subito, punto sul vivo.

Io cerco di bloccarlo, ma è troppo tardi. Accidenti a me, avrei potuto risparmiarmela la battuta sui metodi che avevano reso famoso il professor Macchioni.

«Immagino poi che voglia alludere alle pratiche di purificazione attraverso la pulizia del colon» esclama con la bocca piegata in una smorfia sprezzante. «Forse lei non è al corrente, ma si tratta di pratiche che vantano una grande tradizione. La moderna idrocolonterapia trova le sue basi nella medicina ayurvedica, e si tratta di una pratica ampiamente nota anche in altre tradizioni mediche antiche, da quella cinese a quella egizia.»

Alzo una mano in segno di resa.

«Dottore, mi scusi, non sono venuta qui per discutere delle sue tecniche. Non voglio farle perdere altro tempo.»

Finalmente si zittisce, ma non rinuncia a regalarmi uno sguardo in bilico tra l'orgoglio ferito e il puro disprezzo.

Incasso in silenzio e intanto mi alzo in piedi, pronta a girare sui tacchi e togliere il disturbo.

Anche lui si alza in piedi ma, invece di spingermi verso la porta, come mi sarei aspettata, mi scocca un'occhiata incuriosita e mi chiede: «Ma per quale motivo lei vuole rintracciare, dopo tutti questi anni, i miei ospiti a villa Guadagni? Pensa che qualcuno possa avere a che fare con quel delitto?».

«No, non è quella la nostra ipotesi. Semplicemente qualcuno potrebbe aver notato qualcosa. Stiamo cercando di riannodare qualche filo, non è mai facile riaprire un caso a distanza di anni.»

Esita un attimo, poi decide che forse può farmi un regalo, una piccola informazione. Probabilmente pensa che la cosa non gli costa nulla, e in fondo una poliziotta che ti deve qualcosa può sempre essere utile. E così mi elargisce un sorrisone ed esclama: «Ma lo sa che forse un nome glielo posso dare?».

«Ah, sì?» rispondo senza particolare entusiasmo.

«Sì» ribadisce, con tono quasi trionfale. «Sì, sì, Vittorio Pacini.»

«Vittorio Pacini? Complimenti per la memoria improvvisamente ritrovata.»

«È solo una fortunata coincidenza. Di lui mi ricordavo benissimo, era stato a lungo mio paziente nella clinica di Ispra, poi per più di un anno a villa Guadagni. Una persona che ti rimane in mente, veniva da una famiglia di industriali di Novara, però i cognomi, come le dicevo...»

«E questo come mai se lo ricorda?» lo interrompo impaziente.

«Perché ho appena letto una sua intervista. Adesso scrive libri ecologisti, sull'imparare a stare meglio con se stessi camminando in montagna.»

«Interessante...»

Sono sicura che la sfumatura di ironia nella mia voce era evidente, ma lui ha fatto finta di nulla.

«L'ultimo suo libro si intitola *Tornare a casa* e sta avendo molto successo. Racconta in gran parte la sua storia, i suoi viaggi in giro per il mondo, la sua ricerca spirituale e il suo approdo finale.»

«Cioè? Adesso cosa fa?»

«Vive sul Mottarone, in una baita isolata, e fa ombrelli. La sua famiglia è originaria di Gignese, che è proprio lì da quelle parti.»

«Sì, lo so» lo interrompo, forse in modo più brutale del necessario. «Conosco molto bene quella zona.»

«E sa anche che Gignese era famosa per i suoi artigiani che facevano ombrelli e li vendevano in tutta la Lombardia e il Piemonte?»

«Certo. C'è anche un Museo dell'Ombrello.»

Adesso tocca a lui guardarmi con aria piuttosto sorpresa.

«Mi sembra molto preparata sull'argomento. Come mai?»

Non ho voglia di rispondergli. Mi limito a lanciargli un sorriso a mo' di ringraziamento, mentre mi avvio verso la porta. Già quasi sulla soglia, decido di soddisfare un'ultima curiosità.

«Dopo tutti questi anni lo ha riconosciuto subito, solo da una foto sul giornale?»

«Ha presente la saetta che ha sulla fronte Harry Potter?» mi risponde ridendo. «Vittorio ha una cicatrice a forma di saetta in mezzo a una guancia.»

# 29

La saetta sulla guancia è proprio identica a quella di Harry Potter, anche se Vittorio Pacini non deve essersela procurata combattendo contro un mago cattivo.

Non è stato difficile scoprire dove abitava. In paese lo sanno tutti. Di eremiti che vivono sul Mottarone e scrivono libri non ce ne sono molti. La cosa più difficile, per me, è stata varcare il muro invisibile che circonda Gignese e arrivare fin davanti alla chiesa. Sono entrata nel bar che si affaccia sulla strada principale e alla mia domanda hanno risposto subito in tre. Quello più intraprendente, con una panciona sporgente da obeso incurabile e in mano un bel caffè caldo corretto grappa alle nove di mattina, mi ha anche detto: «Devo scriverlo anch'io un libro, lei è già la terza giornalista che arriva per intervistare il Pacini, e una più bella dell'altra».

Ho incassato il complimento con un sorriso e mi sono fiondata fuori. Mi hanno detto di seguire la strada per arrivare all'albergo Alpino e poi prendere a destra. Non è stato difficile orientarmi. Li conosco molto bene i sentieri che collegano il lago alla montagna, da Stresa al Mottarone, passando appunto da Alpino, a piedi o con la funivia. Me li ricordo molto bene. Purtroppo.

E ora eccomi davanti a Vittorio Pacini. Gli ho appena spiegato perché sono qui, ma la cosa non sembra fargli un grande effetto. Mi guarda con moderata curiosità, una piega gentile stampata sulla bocca, le mani con le dita incrociate appoggiate mollemente in grembo. I capelli sono lisci, lunghi, striati di grigio, legati in una coda di cavallo, e gli occhi sono talmente chiari da sembrare privi di colore. La prima domanda che mi viene da fargli non c'entra nulla con il motivo per cui mi sono trascinata fin qui.

«Ma lei vive qui tutto l'anno?»

«Sì, da solo» mi risponde con un sorriso da topo saggio. «E in paese ci vado il meno possibile. Quando arriva il freddo, e la neve, spariscono tutti. Quelli che vogliono andare su a sciare fanno l'altra strada. Di qua non passa più nessuno. Invece d'estate un po' di gente che va su e giù c'è, anche se la maggior parte non ha voglia di farsi tutto il sentiero a piedi salendo da Stresa. Preferiscono venire su fino ad Alpino con la funivia.»

«Sì, lo so, è lunga, se parti dal lago è una camminata impegnativa, ci metti almeno quattro ore, quattro ore e mezza, per arrivare fin su in cima.»

«Lo sa? Le è capitato di farla?»

«Più di una volta. Ma non mi ricordo neanche più, era tanto tempo fa.»

La curiosità nei suoi occhi è aumentata di parecchio, ma evita di fare domande, forse è un uomo intelligente. Nonostante sia un tossico.

Se Alex sentisse i miei pensieri in questo momento mi farebbe un cazziatone. Però anche lui ormai ammette che gli alcolisti anonimi in fondo non hanno tutti i torti, a dire che puoi smettere di farti, di alcol o di eroina poco cambia, ma guarire davvero mai. Tossico una volta, tossico per sempre. Detto così pare brutto, ma la vita è così, non è mica una bella passeggiata in un profumato giardino di rose. Forse bisognerebbe rassegnarsi e basta, e smetterla di coltivare illusioni.

O forse non avrei dovuto venire qui, e basta. Anch'io mi ero illusa, pensavo di essere guarita. Ma ci sono cose da cui non si guarisce mai.

«Lei da quando non fa più uso di droghe?»

Che domanda del cazzo! Perché? Come mi è venuto in mente di chiedergli una cosa del genere?

Meno male che forse lui è davvero intelligente, e tra tutte le possibili risposte sceglie quella giusta, impeccabile: «Era tanto tempo fa, non me lo ricordo neanche più».

E non aggiunge nessuno sguardo di sfida, semplicemente aspetta e mi fissa tranquillo. Oppure non è tranquillo per nulla, ma in compenso finge bene.

«È stato grazie al professor Macchioni?»

Si mette a ridere. Negli occhi la saggezza lascia il posto all'ironia.

«Ma lei su cosa sta indagando? Sulle malefatte di Macchioni o su quella povera ragazza bruciata?»

Alzo le spalle e aspetto, guardandolo tranquilla. Più o meno. Mi tocca aspettare cinque minuti buoni, prima che decida di rispondermi.

«È stato grazie a don Massbinger e alla sua comunità che ho smesso. Mi ha fatto capire che stavo scappando, da tutta una vita, e che era ora di smettere, e trovare qualcosa verso cui andare.»

«Don Mas... è un prete?»

«Più o meno. Un prete eretico, qualche secolo fa lo avrebbero bruciato vivo senza troppi riguardi, per fortuna ora hanno smesso. Per anni gli alti papaveri della Chiesa hanno fatto addirittura finta di niente, poi l'hanno gentilmente invitato ad accomodarsi all'uscita, e lui ha aperto questa comunità in Austria, in mezzo alle montagne, dove ha sempre curato tutti, tossici, alcolisti, disturbati vari, pazzoidi, barboni. Chiunque sta male può andare lì e ritrovare la sua direzione.»

«E quale sarebbe la ricetta magica?»

«Nessuna ricetta magica, solo un'idea: quella della freccia. *Der Pfeil,* in tedesco. Devi essere come una freccia, andare verso il bersaglio. Avere una direzione.»

«Andare e non scappare?»

«Esatto» mi risponde sorridendo.

«E la sua direzione l'ha trovata negli ombrelli?»

La mia domanda lo fa ridere. Per un attimo la corteccia liscia del suo volto si increspa di rughe sottili. Sembra all'improvviso più vecchio, ma negli occhi rimane una luce gioiosa, quasi infantile. Uno strano contrasto che non so come interpretare. Anche perché non riesco a capire quanti anni possa avere.

Continua per un po' a ridacchiare sommessamente, come se avessi appena fatto una battuta buffissima, poi finalmente mi risponde: «Da queste parti tutti facevano ombrelli, ma immagino che questo lei lo sappia. Questa baita era di mio nonno, viveva qua, andava a caccia, faceva ombrelli. Io ho deciso che dovevo tornare a casa. Il resto è venuto da sé».

«Come il titolo del suo libro.»

«Esatto, la vedo preparata.»

«Anche i poliziotti leggono» rispondo subito, piccata. «Be', insomma, dipende, mica tutti» sono però costretta a concludere, pensando a una serie di colleghi analfabeti o quasi.

Lui fa una strana smorfia, comprensiva e buffa, e all'improvviso viene da ridere anche a me. Non so perché.

Penso che questo ombrellaio matto e il suo prete eretico forse non hanno tutti i torti. Anch'io sono un'esperta in fughe, e senza neanche bisogno di sostanze chimiche. E, dopo una vita che corro, almeno una cosa l'ho capita: scappare non vuol dire andare da qualche parte. Anzi.

Interessante argomento, ma non è per questo che mi sono arrampicata fin quassù. Forse neanche per bere la tazza di tè verde che sto sorseggiando, ma rifiutarla mi è parso troppo scortese. Persino per una poliziotta.

Per preparare il tè si è alzato e mi ha dato le spalle, infilandosi in una specie di cucinino che si intravede dietro una tenda. Ne ho approfittato per guardarmi intorno, in questa stanza larga e luminosa, aperta su una grande veranda, a sua volta affacciata su un paesaggio incantevole di boschi e di acqua. Non me lo ricordavo più quanto fosse bello questo spicchio di montagna sospeso tra un lago e l'altro.

Sulla veranda sono schierati in fila una decina di ombrelli. Piccoli e grandi, aperti e chiusi, tutti colorati. Intuisco che il perimetro del laboratorio deve essere quello. Mi viene da chiedermi quale sia l'esatto perimetro della tua vita, quando scegli di vivere in questo modo, da solo, in un posto così.

Vorrei chiederlo a lui, ma non so come fare, visto che non conduco un talk show televisivo (e dovrei invece condurre indagini su casi di omicidio, meglio se con l'autorizzazione di un giudice), ma lui mi previene riportandomi alla realtà, e cominciando a snocciolarmi le informazioni che gli ho chiesto.

Si ricorda benissimo di Letizia Giorgi, non si ricorda i nomi dei suoi compagni di soggiorno a villa Guadagni. O meglio: i nomi sì, i cognomi no, non si usavano. No, non si ricorda di nessun movimento sospetto, né quella notte, né prima, né dopo; no, pensa che la morte di Letizia Giorgi non sia collegata con la comunità del professor Macchioni; sì, pensa che sia un ciarlatano; no, pensa che non sia colpevole di tutte le cose di cui l'hanno poi accusato.

«Però...» esita, lanciandomi uno sguardo perplesso. «Le posso chiedere una cosa io?»

«Certo.»

«Perché proprio adesso vi siete rimessi a indagare su quella povera ragazza?»

Vorrei potergli dire la verità. Sono convinta che se gli raccontassi i miei sogni lo capirebbe senza fatica, forse meglio di Alfio, perché ho deciso di riaprire le indagini. Anche se nessuno lo sa, anche se nessuno sarebbe d'accordo e mi darebbe il permesso di farlo. Se io lo chiedessi questo permesso, naturalmente.

Sì, forse potrei dirgli la verità ma preferisco non farlo, anche se i suoi racconti mi sono piaciuti. E persino il tè verde – che di solito detesto cordialmente – mi è sembrato più buono del solito.

Prima di andarmene, gli lascio il mio numero di telefono. E gli butto lì un po' svogliata la solita frase: «Se le viene in mente qualcosa...».

Lui non risponde, non ringrazia, prende il biglietto da visita e lo appoggia sul tavolo, intanto mi guarda. Non mi sorride, mi guarda e basta. Una luce indecifrabile nello sguardo, una piega dolce sulle labbra, più carnose di quello che ti aspetti da una faccia così lunga e magra.

Un pensiero pigro, sornione come un gatto: e se questo strano eremita si facesse venire la voglia di telefonarmi?

Una domanda che non prevede risposte. È già un successo vederla muoversi lenta e attraversarmi la mente, come fosse una stanza vuota, piena di rimbombi. Per la prima volta dopo anni, sì, un successo, anche se molti non lo definirebbero tale.

# 30

Il Museo dell'Ombrello è stato costruito a immagine e somiglianza del suo contenuto. Se lo guardi dall'alto, dalle gradinate della chiesa parrocchiale di San Maurizio, vedi distintamente tre grandi ombrelli aperti, accostati l'uno all'altro.

Dal basso, quando ci arrivi davanti, a venirti incontro sono sette gradini grigi e una vetrata azzurrognola incastrata dentro una facciata di piastrelle rosse.

Cemento e vetro, intorno una campagna che conosco fin troppo bene. E non mi piace.

Ma la colpa non è della campagna, è solo dei fantasmi. Io non vivo più qui da tanto tempo, anche mia nonna se n'è andata per sempre, ma i fantasmi sono ancora tutti qui. Del resto, dove potrebbero mai andare? Forse è ingiusto fargliene una colpa.

Sono io che dovrei stare alla larga da questi posti. E basta. Invece ultimamente sembra che non passi giorno senza che io trovi qualche buon motivo per venire da queste parti.

E ora anche gli ombrelli. Non lo so perché ho deciso di fermarmi al Museo dell'Ombrello di Gignese. Esisteva già quando abitavo qui, ci si passa davanti per forza, entrando e uscendo dal paese, ma da ragazzina non mi aveva nemmeno mai sfiorato l'idea di entrare a farci un giro.

Perché oggi sì? Non saprei. Pura curiosità? O sono state

le parole dell'ombrellaio matto acquattato lassù nei boschi? Con quella sua aria saggia e serena, che ti fa venire voglia di sederti e riposarti, almeno per un po', intanto che ti chiedi se davvero è possibile trovare una casa dove tornare.

Cemento e vetro fuori, metallo e vetro dentro. Un interno fatto di vetrinette eleganti, ordinate, discrete. E di una quantità impressionante di ombrelli, da sole e da pioggia, grandi e minuscoli, bianchi, neri e colorati. È sorprendente questo museo.

Mi aggiro tra le vetrine come in uno strano teatrino delle meraviglie. Un teatrino ottocentesco, in gran parte, popolato soprattutto di ombrellini per tenersi al riparo dal sole. Ombrellini démodé, che oggi nessuno usa più. Ma una volta erano semplicemente indispensabili, e già questo pensiero conferisce loro una bizzarra capacità di resilienza. La possibilità di continuare a esserci, nonostante tutto, testardamente presenti, elegantemente galleggianti sulla superficie calma del tempo.

Cupole di seta dai colori cangianti ed eteree pagode di pizzo, declinate in tutte le possibili varianti del bianco e del rosa, tra sfumature di avorio e petali color crema, con incursioni nei territori brillanti del verde e del rosso, preferibilmente fiammeggiante.

In un paio di vetrine domina il nero, sotto forma di merletto e ricamo, e l'effetto è smagliante; perché sì, è vero, il lutto lo si doveva rispettare, non c'era scelta, ma alla moda non si poteva rinunciare.

Le impugnature sono incredibili, un tripudio di materiali che nemmeno riesco a decifrare. Leggo i cartelli e scopro che sono fatte di porcellana e madreperla, di legno, di argento, di corno e di osso, ma anche di avorio.

Mi cade l'occhio su un manico di legno chiaro, frassino forse, con in cima un bambino attaccato mani e piedi, il faccino buffo da putto. Nella stessa vetrina un manico lungo e sottile, d'argento, e in cima una scimmia pensosa. Ma ci sono anche un bambino piangente all'interno di una strana forma a spirale e una specie di scettro in legno intarsiato; più in là una bizzarra testa di lepre con le lunghe orecchie di avorio.

Le teste di animali sono un'infinità: un cane di legno scuro dal muso lungo e mansueto, un'aquila d'argento dal becco adunco, un gufo dagli occhi tondi e luminosi, preziosi forse, un serpente di avorio, un pappagallo di porcellana dipinta, un becco di tucano intagliato in un legno nero e lucido, ebano forse.

Ma non è finita. C'è anche una lunghissima asta dai colori cangianti che somiglia a un'eterea bacchetta magica, sicuramente di madreperla, e a farle compagnia un'affusolata mano di legno rossiccio che tiene in alto una fiaccola, simile a quella della Statua della Libertà. Lì accanto c'è pure il disegno preparatorio, caso mai qualcuno faticasse a capire da dove viene l'ispirazione.

E ancora piume, frange, perle e foglie d'oro, e nastri e bottoni e plissettature. Un'orgia di colori e forme, inutili e preziose. Come questo momento tutto mio, in cui non sto lavorando e non devo rispondere a nessuno di come impiego il tempo. Nemmeno a me stessa. E posso stare qui senza fare niente, con la mente sospesa e le mani in tasca, senza cercare, senza pensare. E semplicemente gironzolare in un piccolo museo silenzioso e colorato, al riparo dal mondo.

Però il telefono nella tasca della giacca da qualche istante ha cominciato a ronzare, discreto ma insistente. Forse è il caso di rispondere, e sentire cosa vuole il mondo.

# 31

Il numero è sconosciuto, la voce anche, ma forse non del tutto. Un istante prima di sentire il suo nome, mi viene in mente la baita tra i boschi, sulla strada del Mottarone.

«Sono Vittorio Pacini, la disturbo?»

«No, tutt'altro. Non ci crederà, sono ancora qua in zona. Mi sono fermata a...»

Mi blocco a metà della frase. Perché mai dovrebbe interessargli dove sono in questo momento? Non è già abbastanza stupido che mi sia fermata al Museo dell'Ombrello di Gignese? Devo anche raccontarlo a uno sconosciuto, che fra l'altro ho appena interrogato?

«Le è tornato in mente qualcosa?» concludo sbrigativa.

«Sì, forse, in realtà è probabile che sia una sciocchezza inutile. Non vorrei farle perdere tempo.»

«Lo lasci decidere a me, se è tempo perso. La ascolto.»

«Del fidanzato di quella ragazza non avete mai sospettato?»

«Perché me lo chiede?»

«Perché...»

«Coraggio, mi dica, non lo vado mica ad arrestare appena chiudo la telefonata. A meno che non mi dica che lo ha visto quella notte in mezzo al parco della villa con una tanica di benzina in mano e un accendino.»

«Questo no. Però l'ho visto qualche mese dopo. Io ero uscito da villa Guadagni proprio una settimana dopo, ma non avevo voglia di tornare a vivere a Novara, a casa dei miei, e mi ero trasferito nella casa che avevamo sul lago, a Baveno. Ha presente dov'è?»

Mi limito a sbuffare.

«Ha ragione, mi scusi, continuo a non voler capire che lei questi posti li conosce come le sue tasche.»

Non dico nulla. Lui prosegue, una leggera nota di imbarazzo nella voce.

«Una sera, quella stessa estate, a Stresa, in una birreria, lo abbiamo visto. Io lo conoscevo di vista, ma non sapevo niente di lui, era stato qualcun altro a dirmi che era il fidanzato della morta, quella bruciata. E avevamo notato tutti che stava insieme a una bionda, di quelle tutte gelide ma con scollatura abissale, tacchi vertiginosi, insomma in offerta speciale. Si può immaginare i commenti, soprattutto perché uno della compagnia, che era di Stresa e li conosceva bene tutti e due, era sicurissimo che quei due si frequentassero anche prima.»

Mi dispiace chiudere la telefonata e salutare Vittorio Pacini, Gignese e i suoi ombrelli, ma adesso ho fretta. Finalmente, ho una direzione ben precisa. Come una freccia parto in direzione di Stresa.

# 32

La farmacia Antiocchi è ancora lì, con la sua aria antica e perbene, ma io sono un po' meno bendisposta nei riguardi del suo proprietario.

Entro a passo svelto, lo adocchio dietro al bancone e gli faccio cenno con la testa. Poi giro sui tacchi, esco e vado a piazzarmi davanti alla vetrina più grande, proprio a fianco della porta.

Lo vedo salutare una cliente, scambiare due parole con la moglie, la bionda gelida ma forse non troppo. Poi sparisce un attimo dalla mia vista. Quando riemerge è senza camice bianco. Un attimo ed è lì davanti a me.

«Ciao, non mi aspettavo...» dice con voce gentile, quasi cerimoniosa. E un sorriso smagliante ma un po' finto.

Non lo lascio finire. Parto subito all'attacco.

«Posso sapere perché non me lo hai detto?»

«Che cosa?»

«Che avevi cominciato a frequentare la tua futura moglie quando Letizia era ancora viva e vegeta.»

Abbassa gli occhi, mi guarda con un'espressione all'improvviso colpevole. Però non dice niente, le labbra sigillate.

«Allora, perché non me lo hai detto?»

«Ma noi ci conoscevamo e basta, non ci frequentavamo ancora» borbotta tenendo gli occhi bassi.

«A me risulta il contrario, come mai? Maldicenze di paese?» La mia voce è volutamente aspra, la sua ha un tono pigolante da bimbetto vergognoso.

«Possiamo spostarci da qui? Ti prego» mi dice in un sussurro, mentre una signora alta e secca ci passa accanto e si infila in farmacia, dopo averci lanciato una lunga occhiata curiosa.

Mi avvio a passo svelto in direzione del lungolago, e lui mi viene dietro. Sbuchiamo proprio davanti all'imbarcadero e senza una parola mi incammino verso sinistra. Lui continua a seguirmi in perfetto silenzio. Gli concedo ancora qualche secondo, prima di azzannarlo alla gola.

«Avrei potuto farti prelevare nel tuo negozio, o a casa tua, e farti portare direttamente in questura. Così magari avresti capito che era meglio rispondere alle domande. Ed evitare di prendermi per il culo. Perché sai, noi non siamo due vecchi amici che si fanno una rimpatriata, c'è di mezzo un omicidio. O te lo sei scordato?»

Sembra che gli stia crollando la faccia. Ha il mento che trema, gli occhi che paiono sul punto di schizzare lacrime. Ma non mi fa pena. Voglio sapere che cosa mi sta nascondendo. E basta.

«Era lei che non si voleva più sposare.»

Me lo dice con un filo di voce e non sono sicura di aver capito. Glielo faccio ripetere.

«Non voleva più sposarmi. Aveva un altro.»

«Te lo aveva detto lei?»

«Sì, aveva conosciuto un altro, all'università, ed era in crisi, non sapeva più cosa fare. Però non si voleva più sposare. Con me.» Le ultime due parole sono rimaste appese a un singhiozzo, come a un chiodo storto, arrugginito dal tempo e dalla pioggia.

«Lei non voleva più sposarsi e tu non lo hai detto a nessuno?» lo incalzo.

«No, come facevo?» sussurra, sbattendo gli occhi spaventato.

«Come facevi cosa?» lo aggredisco.

«Se lo facevo, magari poi qualcuno sospettava di me.»

Vorrei picchiarlo. Vorrei urlare. Non posso fare né una cosa né l'altra. Mi impongo un bel respiro profondo, devo stare calma se voglio tirare fuori qualcosa da questa testa di cazzo.

«E così te ne sei stato zitto, hai nascosto un indizio che poteva essere importante.»

«Io non ho pensato che...»

«Chi era questo ragazzo che aveva conosciuto?»

«Non lo so.»

«Non te lo ha detto?»

«No.»

«No, niente? Neanche un accenno? Un nome? Era uno della facoltà, uno di filosofia?»

«Forse sì.»

«Come? Cosa vuol dire "forse sì"?»

«Lei non ne volle parlare. E il nome non me lo disse.»

«Ma tu glielo avevi chiesto?»

«Sì, però lei mi rispose che non contava, che la cosa era tra me e lei, e basta.»

«Chi altro sapeva di questa cosa?»

«Non so.»

«Come non so?» Ho alzato di nuovo la voce. Lui ha sbattuto di nuovo gli occhioni spaventati. Che coglione!

«Mi disse che ne avrebbe parlato lei con i suoi, per... insomma per fargli sapere che il matrimonio lo mandavamo a monte. Mancavano tre mesi, si sarebbero arrabbiati, anche i miei...»

«I tuoi non sapevano nulla di questa cosa?»

«No, no, era lei che doveva parlarne con i suoi genitori, e poi farlo sapere ai miei, e...»

«Insomma, doveva fare tutto lei, mentre tu te ne stavi lì come una bella statuina.»

«Era lei che lo aveva deciso» ribatte, abbandonando finalmente il tono querulo da bambino castigato ingiustamente.

«Lo aveva deciso lei» ripete, come se questo giustificasse tutto.

«Ma tu eri contento, avevi già un'altra.»

«No, non è vero, comunque non era per Antonella.»

«E allora per cosa?» lo incalzo. «Tu eri contento, ammettilo.»

«Sì, forse è stata una liberazione» esclama infine, abbassando la voce.

«Una liberazione?»

«C'eravamo messi insieme che lei stava iniziando il liceo, e io lo stavo finendo. Era bello allora, bellissimo. Eravamo due ragazzini. Poi sono passati gli anni, tanti, sempre insieme, lei ogni tanto mi diceva che le sarebbe piaciuto trasferirsi a Milano, io le dicevo che era matta, litigavamo un po' e poi tutto tornava come prima. Ci volevamo bene, sì, ma non lo so se volevamo davvero sposarci, però ci siamo trovati con la casa già fatta, e tutti erano felici, e anche noi...»

«Anche voi eravate felici?»

«Non lo so. Non lo so più» mi risponde con una voce all'improvviso aspra. «Quello che so è che alla fine la decisione l'aveva presa lei, e magari a me non dispiaceva, però non sapevo proprio come fare a dirlo a mia madre, a mio padre. E Letizia mi aveva promesso che ci avrebbe pensato lei.»

«Quando te lo aveva promesso?»

«Quando io dovevo partire per quel congresso. Dovevo stare via una settimana, a Edimburgo. E lei mi aveva detto: ci penso io, per quando torni è fatta.»

«E invece quando sei tornato lei era morta.»

«Già.»

«Una liberazione, comunque.»

«No, ma cosa dici?»

«Ma cristo, ti rendi conto che di questa cosa dovevi parlare? E ne dovevi parlare allora. Adesso è tutto più difficile.»

«Mi dispiace.»

«Ma perché diavolo non hai detto nulla? Davvero non lo capisco, avevi anche un alibi di ferro. Eri lontano duemila chilometri.»

«Io non lo so.»

«Cos'hai pensato, come ti è venuto in mente di stare zitto su una cosa tanto importante?»

Massimo Antiocchi, cinquantadue anni, titolare dell'omonima antica farmacia di Stresa, mi guarda con gli occhi pieni di lacrime. Adesso comincia a farmi davvero pena. Ma non riesco a fermarmi.

«Cos'hai pensato, me lo dici? Avrai pensato a qualcosa per fare una cazzata del genere.»

«Qualcosa? Sì, penso di sì, ma non me lo ricordo più.»

# 33

Torno a Milano con le pive nel sacco e la testa piena di pensieri contorti. È metà pomeriggio e il sole è ancora alto. Vado piano, come al solito, dietro a me un bolide col muso scemo di un SUV mi lampeggia istericamente. Io lo ignoro.

Torno piano verso Milano e penso.

Penso che Massimo Antiocchi non può aver ucciso e bruciato Letizia. Certo, *potrebbe* averlo fatto, ma io sono sicura di no. Non è un assassino.

Penso all'altro ragazzo che avrebbe conosciuto Letizia. E cerco di immaginare un volto, di estrarre qualcosa dal labirinto dei ricordi. Avevamo preparato due esami insieme, quella primavera, passando insieme un mucchio di tempo, io, Letizia e Paola. Parlavamo un sacco, e non solo di filosofia. Se avesse conosciuto qualcuno di nuovo l'avremmo saputo, ce lo avrebbe detto se avesse deciso di non sposarsi più, se si fosse innamorata di un altro. O no?

Io c'ero, ero lì, eravamo amiche, mi dovrei ricordare di tutto. Perché invece non mi ricordo nulla? Lampi e guizzi, spruzzi di memoria. Qualcosa ogni tanto torna a galla, ma tutto il resto si perde. E come fai a recuperare qualcosa che neppure sai se c'è davvero?

Mi torna in mente la madre di Letizia. Una donna piccola e formosa, sempre sorridente. Mi ricordo il viso rotondo e la voce sottile, da ragazzina. Se mi capitava di telefonare a casa e mi rispondeva sua madre, quasi sempre la scambiavo per Letizia: avevano la stessa voce. E quando era capitato che andassimo a Laigueglia fuori stagione, per preparare un esame lontano da amici e distrazioni, sua madre ci aveva fatto trovare il frigorifero pieno di cose buone. Come un regalo inaspettato, una scoperta commovente. A casa mia non si usava, il frigorifero non lo riempiva mai nessuno.

Da un angolo della memoria spunta fuori anche il padre di Letizia. Mi ricordo un viaggio in macchina, andavamo a Laigueglia e ci serviva una stufa. Io e Letizia dovevamo fermarci a studiare ed era quasi primavera, ma faceva ancora freddo. Avevamo una valigia a testa e due zaini pieni di libri. E l'appartamento era al secondo piano, in cima a una scala scomoda, un po' ripida, con i gradini alti e le pedate irregolari. Era stato il padre di Letizia a trasportare bagagli e libri su al secondo piano. Era un uomo mingherlino, nemmeno tanto alto. Mi aveva stupito vederlo partire su per le scale con valigie e zaini in spalla, e la stufetta in mano. Che strani, i ricordi. Mi tornano in mente le sue braccia muscolose, forti, ma del suo viso non ricordo nulla, come svanito dietro una coltre di nebbia.

Devo andare in Sicilia, devo capire come è morta la madre di Letizia.

Ma non posso partire, non con questo cadavere decapitato che ammorba i sogni di tutti. Tutti tranne i miei.

Imbocco l'autostrada e schiaccio l'acceleratore. In direzione Milano poche macchine e parecchi camion. Contro ogni abitudine, non vado pianissimo. Il tachimetro sfiora i 130. Ho fretta di arrivare. Devo risolvere questo cazzo di caso prima possibile. Solo dopo potrò prendermi qualche giorno tutto per me. E andare in Sicilia.

Guido verso Milano e penso.

Mi torna in mente una notte di tanti anni fa. Tre ventenni

ubriachi su una Mini Minor. In piazza De Angeli, a Milano, un cartello di divieto di accesso avverte che i binari del tram non ci sono più. Lavori in corso. Al posto dei binari c'è un buco, una voragine dove prontamente ci infiliamo. Ma che importa? A vent'anni pensi di essere immortale, come può spaventarti uno stupido buco in mezzo a un incrocio? Una delle tante finte piazze di Milano. Le chiamano piazze, ma in realtà sono crocicchi di strade.

Dalla Mini Minor scendiamo in tre: Letizia, Marco e io. C'è una quarta persona sul sedile dietro, semisvenuta, talmente ubriaca da reagire al botto con una risatina isterica, e niente altro. Non mi ricordo chi è. Non vedo il suo volto. Potrebbe essere Paola. Sento che mugola e ride. Anche noi tre ridiamo, come davanti a una storiella comica. Letizia ride. Ride e si mette seduta per terra, con la schiena appoggiata al cavalletto bianco e rosso che segnala i lavori in corso. Tira fuori una sigaretta, l'accende e continua a ridere, tanto che quasi si strangola. Io penso che è scema, che siamo in una situazione di merda, che non c'è niente da ridere. Poi mi siedo anch'io per terra, accendo una sigaretta e comincio a sbuffare fumo e risate.

Marco ci guarda, in piedi accanto alla macchina, con una bottiglia di vodka in mano. Tracanna un sorso e dice qualcosa, ma io non lo capisco. Non me lo ricordo. Forse mi stava dicendo "Quanto sei bella, Giulia, sei bellissima! Quanto mi piaci!". Me lo ripeteva in continuazione, soprattutto quando era ubriaco. E poi mi diceva che voleva stare con me, solo con me. E di solito io gli rispondevo "Sei carino, ma non ti voglio così vicino, puzzi". Quando andavamo a ballare insieme, al Plastic di viale Umbria, puzzava di alcol, ma spesso anche di sudore, e aveva un naso lungo e affilato che mi faceva un po' ribrezzo. Letizia lo trovava bello, continuava a dirmelo, ma non può essere lui il misterioso ragazzo milanese.

Guido verso Milano, più veloce del solito. Sto tornando a casa, o forse sto scappando, come al solito. Nelle orecchie risento la risata di Letizia. Perché a vent'anni si è stupidi davvero... però a vent'anni è ancora tutto intero, cantava Guccini.

E anche questo non è vero. Per me era già andato tutto in pezzi, e da tempo. Però alla fine io sono sopravvissuta, e Letizia no.

# 34

Arrivo in questura come una furia. Sono le cinque e mezza e tutti sembrano già pronti a tagliare la corda. Percorro il corridoio che porta al mio ufficio urlando: «Riunione. Tutti. Subito».

Passo davanti ad Abete, e lui subito si mette sull'attenti. È così preciso nel suo gesto assurdo che sembra averlo provato tutto il giorno.

Alfio si affaccia sulla porta del locale pomposamente chiamato "ristoro", in realtà uno sgabuzzino triste. Ha un bicchierino di caffè nella mano destra e una sigaretta spenta nella sinistra. Mi guarda perplesso. Sono sicura che lo sa che non è un buon momento per fare battute. Infatti esita, ma poi non rinuncia: è più forte di lui.

«Subito subito, corri corri, ma che? C'è un incendio? E allora chiamate i pompieri.»

Decido di ignorarlo e di rivolgermi soltanto ad Abete.

«Per favore, ho fretta, raduni tutti quelli che trova. Nel mio ufficio, tra dieci minuti.»

Alfio detesta essere ignorato e torna alla carica.

«Sono già qui, pronto prontissimo, sull'attenti, impettito come un granatiere, pronto a seguirti ovunque.»

«Alfio,» sbuffo «non è necessario che ti metti impettito,

puoi pure seguirmi strisciando, se ti viene meglio, basta che ti muovi.»

Rassicurato dal fatto che abbia risposto alla sua battuta, Alfio si scola il caffè, butta nel bidone il bicchierino vuoto e mi segue docile, dopo aver rinfoderato la sigaretta.

Anche Tommasi e Zanette alzano le chiappe e si avviano verso il mio ufficio. In fronte sembrano aver dipinto un grosso punto interrogativo.

Ludovica Neves sta uscendo dal bagno con il trucco rifatto di fresco e mi lancia un'occhiata preoccupata. Le leggo negli occhi che sta pensando di farmi notare che è tutto il giorno che loro sgobbano e mi cercano, mentre io non mi prendo neanche il disturbo di rispondere al telefono. Per fortuna, è abbastanza intelligente da capire che non è il caso di farlo. Si limita a stringere le labbra in un sorriso che vorrebbe essere volitivo, ma sembra solo stitico.

All'appello manca solo Adelio Saporiti.

«È a casa in malattia, ha fatto pervenire regolare certificato medico» mi informa Abete inseguendomi lungo il corridoio.

«Il dottor Matrocca la sta cercando da questa mattina» aggiunge.

«Allora vada a dirgli che mi ha trovato.»

«Purtroppo, ha dovuto uscire presto oggi. Un grave problema di famiglia, ma mi ha detto di chiamarlo sul cellulare, non appena l'avessi vista.»

«Ma chi? Io o lei?»

«Cosa? Chi?»

«È lei che lo deve chiamare o sono io che lo devo fare? Non ho capito.»

«Neppure io, dottoressa.»

«Allora ci pensi lei, Abete, e gli dica che siamo in riunione.»

«Gli farà venire un orgasmo il saperci tutti qui riuniti» esclama Alfio varcando la porta del mio ufficio e dirigendosi verso la "sua" poltroncina rossa.

Parto all'attacco ancora prima che abbiano il tempo di pressarsi tutti dentro la mia stanza: «Allora, abbiamo finalmente qualche novità?».

«Sì, qualcuna, ma niente di decisivo» risponde pronto Zanette.

«Molto rumore per nulla,» chiosa Alfio «poca trippa per gatti, oppure se preferisci tanto fumo e poco arrosto. A te la scelta.»

«Quello che preferisco» ruggisco, scegliendo il tono più antipatico possibile «è che ognuno di voi mi faccia un preciso riassunto della giornata, grazie.»

Alle otto meno un quarto siamo ancora tutti lì. Loro si stanno innervosendo, io mi sto annoiando.

Tommasi ha appena concluso la descrizione del suo lungo e inutile appostamento davanti alla casa della mammina cara del killer della 'ndrangheta, e Zanette annuisce con vigore, aggiungendo: «Tempo sprecato, infatti, e stamattina abbiamo fatto anche il solito giro per vedere se da qualche gola profonda potesse magari uscire qualcosa, ma niente».

Il resoconto della giornata della Neves, in compagnia di un giovane agente della DIA, visto che a lei è stato affidato il compito di tenere i contatti con i colleghi della Direzione Investigativa Antimafia, non è stato molto più avvincente.

Probabile che Alfio si stia annoiando ancora più di me. Ha persino rinunciato a fare battute. Succede di rado, ed è un gran brutto segno.

Decido di concludere.

«Quindi avevo ragione io» esclamo. «Quello che mi state raccontando conferma la mia idea che la 'ndrangheta fosse una falsa pista, che doveva servire solo alla beatificazione dell'assessore Soneri.»

«Santo subito» ringhia Alfio. Meno male, vuol dire che non è in catalessi come temevo.

«Può darsi,» interviene Tommasi «però altre piste non sono venute fuori.»

«Allora diamoci da fare e troviamone almeno una che ci porti da qualche parte» ribadisco. «E ricordatevi che prima di tutto abbiamo bisogno di un movente. La ragione vera per cui stiamo continuando a girare in tondo senza combinare nulla di buono è che non siamo riusciti a farci venire in mente un movente sensato. Senza quello, o l'assassino arriva e bussa alla porta, e poi dice eccomi qua, arrestatemi subito, oppure...»

«Ciccia» conclude Alfio con un assurdo tono di trionfo.

«Dunque, il movente. Ripartiamo da zero, setacciamo di nuovo la casa, la famiglia, i vicini. Tutto quello che vi pare, però trovatemi un movente. Il figlio minore, per esempio, ho scoperto che viveva da anni alle spalle della cara mammetta, che a volte gli regalava qualcosa, a volte lo riforniva direttamente cash.»

«E i soldi di solito arrivavano dall'antiquario Bertolotti, in cambio di qualche preziosa carabattola di famiglia» interviene Alfio. «Sono andato io a interrogarlo, ma pare che la signora Musumeci non si facesse vedere da un pezzo.»

«Facciamoci venire in mente qualcosa d'altro, usiamo un po' di fantasia, proviamo a partire con il piede sinistro invece che col destro, giusto per cambiare» incalzo i miei sottoposti, volutamente antipatica e persino un po' indisponente.

«Quindi cosa facciamo?» chiede Tommasi, quasi intimidito ma pur sempre zelante, il naso lanciato in avanti come un vero cane da tartufi. «Secondo Matrocca anche domani dovremmo continuare a...»

«No, lascia stare. Tu e Zanette vi concentrate sui figli. Mi riportate qui il figliol prodigo, e mi trovate anche l'altro fratello, quello che sta a Ginevra. E lo convincete a fare una gita a Milano. Che gli piaccia o meno. Quando andiamo in banca e ci facciamo aprire la cassetta di sicurezza, li voglio guardare tutti in faccia, anche la signora Soneri.»

«Ricontrolliamo anche gli alibi di tutti, domestici compresi?» chiede Alfio.

«Sì, certo, però per favore non pensiamo solo agli alibi. Cerchiamo piuttosto di capire il perché. La domanda vera non è: dov'era l'autista mentre la signora spariva? Ma piuttosto: che motivo poteva avere per farla sparire? Ammesso che ce l'avesse un motivo, naturalmente...»

# 35

«Dove corri?»

La voce di Alfio mi insegue sulle scale. Mi costringe a rallentare.

Mi fermo ad aspettarlo sull'ultimo gradino.

«Dove stai andando con quel passo da granatiere? Hai le palle girate?»

«No, non più del solito.»

«Vieni a mangiare un boccone da Assam?»

«No, vado in piscina.»

«Ancora?»

«Ci vado tutte le settimane, rassegnati.»

«È che proprio non capisco.»

«E cosa c'è da capire?»

«Perché non vuoi venire in palestra?»

«Con te e tutti i colleghi? No grazie.»

«Puoi anche andare in una palestra dove non ti conosce nessuno, se proprio ci tieni.»

«E se io preferissi comunque la piscina?»

«Ma non è vero, è questo il punto!»

«Alfio, mollami, ti prego. Cos'è questa crociata contro l'acqua? Che senso ha?»

«È che l'acqua non mi piace. E non piace neanche a te. Non è forse vero?»

«Sbagliato! Non ho mai detto che non mi piace. Io ho paura dell'acqua. È un'altra cosa.»

«Ah be', allora, se ti sembra più sensato così...» ribatte Alfio con un sorrisetto deficiente, che un po' mi manda in bestia e un po' mi fa ridere.

«Non ho bisogno che sia sensato. L'acqua mi fa paura, e basta, non c'è altro da dire. Magari in una vita precedente sono morta annegata, chi lo sa.»

«Ah, perché adesso ci mettiamo anche a credere in queste baggianate, non bastasse una vita di merda ci tocca beccarcene anche più d'una.»

«Magari la prossima è meglio, che ne sai?» replico soave.

Alfio non mi risponde. Si limita ad alzare le spalle, lanciandomi un buffo sguardo di sfida che lo fa somigliare a un cattivo da cartone animato.

«Comunque, l'importante è imparare a tenerla a bada la paura, ed è quello che faccio» concludo con un tono più serioso di quello che vorrei.

«Andando in piscina?» Alfio questa sera sembra proprio non volersi arrendere. «Guarda, io ci provo, ma non mi posso dare pace.»

«Alfio, ma sei davvero un rompicoglioni.»

«Presente!»

«Ma cosa mi è venuto in mente di raccontarti questa storia dell'acqua? Lo vedi? Questa è la dimostrazione di come tra colleghi bisognerebbe sempre rimanere abbottonati, zitti e muti, perché qualunque cosa dici può essere usata contro di te, peggio che in tribunale.»

Alfio si zittisce. Mi fissa con le labbra socchiuse, un po' sporgenti.

«Scherzo» dico, subito pentita.

«Come ti viene in mente che vada in giro a raccontare i fatti tuoi?» ribatte lui, offeso.

«E dai, Alfio, scherzavo» aggiungo col sorriso più radioso che posso. «Di te mi fido, altrimenti non ti avrei mai raccontato nulla. Lo sai.»

Poi gli volto le spalle e mi avvio verso il portone.

«A domani, Alfio.»

Lui capisce e si ferma. Finalmente. Mi lascia andare, a malincuore.

«Passa una buona serata, Giulia.»

Non gli rispondo. Mi limito a fargli ciao ciao con la mano. Senza voltarmi.

Ne ho abbastanza di parole.

Della piscina mi piace il silenzio, l'azzurro trasparente dell'acqua, l'odore del cloro. Mi piace il fatto che si fraternizzi poco. In vasca non puoi parlare, fuori ci stai il meno possibile, giusto il tempo per svestirti, vestirti, lavarti, asciugarti. Può capitare che qualcuno ti rivolga la parola, ma è facile far finta di non aver sentito.

La odio la gente che si mette a fare conversazione a bordo vasca. L'acqua invece la temo, penso che un giorno potrebbe inghiottirmi, come una palude di sabbie mobili, un blob venuto da una remota galassia e deciso a colonizzare la Terra e i suoi abitanti. Per questo non ho mai imparato a adagiarmi nell'acqua e lasciarmi cullare.

In acqua ho imparato a correre, come inseguita da uno squalo maligno, a macinare vasche su vasche, una bracciata dopo l'altra, non ho mai imparato a indugiare, a sognare, ad ascoltare il mare e il suo silenzio profondo, a dormire sulla sua superficie riscaldata dal sole.

Non ho mai imparato a fidarmi.

# 36

Arrivo in piscina di corsa. Non lo so nemmeno perché vado così di fretta. Forse perché il buio si avvicina. Anche le giornate più lunghe dell'anno non sono capaci di scacciare la notte, ma solo di rimandarla.

Gene solleva gli occhi dal libro che sta leggendo e mi lancia un'occhiata sorridente: «Giulia ciao, temevo non venissi più. Datti una mossa che tra neanche un'ora si chiude. Poi ti va una pizza in via Solari?».

«Sì, faccio in fretta, aspettami.»

«Per forza, sennò chi chiude, principessa?»

Genoveffa detta Gene mi chiama principessa. Fin dalla prima volta che ci siamo andate a fare una birra insieme dopo la piscina. Fatico a capire come le sia venuto in mente. La prima volta che lo ha fatto le ho chiesto ragione di una scelta tanto bizzarra. Lei mi ha guardato fissa per qualche secondo, poi mi ha domandato: «Vuoi che ti chiami vicequestore?».

«Ma sei matta?»

«E allora perché non principessa?»

Mi ha spiazzato. Non sono stata capace di darle una risposta sensata, e lei ha continuato imperterrita a chiamarmi con questo assurdo nomignolo da fiaba.

Lei è la ragazza del "perché no". È la sua frase preferita,

quella che spiega tutto il suo andirivieni, tra un'università e una scuola di teatro, un uomo e un altro, una città e quella dopo. Se qualcuno dovesse mettere le didascalie al film della sua vita potrebbe limitarsi a scrivere: "perché no?".

Una volta mi ha raccontato un film di Rohmer, *Le notti della luna piena*, dicendomi che lei si era sempre identificata nella protagonista, una ragazza che aveva due case, due vite, due fidanzati e faticosamente cercava di tenerli insieme, non riuscendoci affatto.

«Rohmer? Sì, il nome mi dice qualcosa, ma non mi ricordo se ho mai visto un suo film» le avevo risposto, suscitando una reazione di esagerato stupore.

«Ma dai, non ci credo, non è possibile!» E mi aveva sciorinato una lista infinita di titoli, praticamente tutta la filmografia di Eric Rohmer. E senza guardare su internet con lo smartphone! Perché lei te li sa dire tutti a memoria i titoli dei film dei registi che le piacciono. E a ogni titolo appiccica almeno una scena, descrivendola nei dettagli, e non ci vuole credere che tu possa non averla mai vista. O, ancora peggio, che tu l'abbia visto quel film, tutto intero, ma te lo sia dimenticato.

Per quanto mi riguarda la più probabile è la seconda ipotesi, perché da ragazza al cinema ci andavo, come tutti. E mi piaceva, anche se ogni tanto mi sembrava di buttare via del tempo. E così ho cominciato a rallentare, ad andarci sempre meno al cinema, fino a smettere del tutto. Come fosse un vizio adolescenziale, che crescendo disimpari.

Comunque, mi hanno sempre dato molta più soddisfazione i libri. Il cinema credo di averlo sempre guardato con un briciolo di sufficienza, forse addirittura di diffidenza. Proprio poche settimane fa ho ritrovato un passo della *Montagna incantata* di Thomas Mann, una descrizione dell'esperienza dell'andare al cinematografo, come allora si diceva, ben poco lusinghiera. Parlava di "aria viziata", di "una nebbia confusa nel cervello", di "occhi doloranti" e "vita spezzettata". E soprattutto di ciò che segue la parola fine, quando la sala si illumina e non c'è nessuno da applaudire: «Il silenzio della folla dopo l'illusione aveva qualcosa di snervato, di ripugnante». Le ho subito fatte leggere a Gene queste righe, ma la signorina PerchéNo non si è affatto scomposta, limitandosi a scuotere le spalle con aria sorniona.

Gene si mantiene stando sette ore al giorno alla reception di questa piccola piscina dalle grandi finestre, affacciate su uno sputo verde che finge di essere un parco, con i suoi alberi solitari, qualche panchina e un pezzo di prato triste per cani inutilmente allegri. Ha scelto il turno pomeridiano-serale, dalle due alle dieci, perché al mattino fa animazione teatrale nelle scuole. In questo periodo. Quando l'ho conosciuta, un anno fa, stava girando un film. Era l'attrice protagonista, ma purtroppo aveva appena deciso di mollare il fidanzato, nonché regista del film in questione. Un cortometraggio, mi aveva spiegato, quindi non valeva la pena di tenersi nel letto un rompicoglioni per apparire sullo schermo non più di sette minuti. Come darle torto?

Gene e io siamo diventate amiche piano piano, al rallentatore. Regalandoci ogni tanto un boccone di confidenze, ma senza esagerare. Lei, la signorina PerchéNo, sembra più espansiva di me, ma in realtà è solo più abile nello spargere fumo colorato e decorare mele marce trasformandole in rutilanti palle di Natale (non è un'ardita metafora, l'ha fatto sul serio lo scorso Natale, per i bambini che fanno teatro con lei, e il risultato era assurdo e meraviglioso).

La sera in cui ho scoperto che lavorava da un anno in una piscina e non si era mai fatta una nuotata, perché detesta la promiscuità, l'acqua in comune, ho sbarrato gli occhi e le ho chiesto: «Ma ti sembra logico?».

E lei mi ha risposto tranquilla: «Certo! Perché, tu entreresti in una vasca da bagno con uno sconosciuto?».

Logica stringente, per quanto non del tutto convincente.

Io le ho detto «Ma tu sei tutta matta!» e lei mezz'ora dopo mi ha restituito il favore, con le stesse identiche parole, quando le ho detto che ho paura dell'acqua, e proprio questo è il motivo principale per cui vado in piscina.

La nostra amicizia è nata così. Senza promesse di amore eterno, in via Solari, davanti a un boccale di birra e una pizza.

In fondo, perché no?

# 37

Nella nostra pizzeria, in via Solari, c'è poca gente a quest'ora, di giovedì sera. La pizza è croccante, larga, sempre la stessa per tutte e due. Ormai il cameriere simpatico ed egiziano non ci porta neppure la lista, non si scomoda a prendere il nostro ordine. Arriva tranquillo con due birre medie, e poco dopo due pizze alla parmigiana, una con mozzarella di bufala, la mia, l'altra mozzarella normale, ma doppia.

Le birre le abbiamo già quasi finite, le pizze sono appena arrivate sul tavolo. Gene addenta la sua e contemporaneamente si mette a parlare. Quasi si strangola. Ne approfitto per dirle «Mangiamo, va'», e non rispondere alla sua domanda. Ma lei è un osso duro, non si lascia sviare facilmente.

«Allora, la vecchietta... che notizie?»

«Perché ti interessa tanto? E poi lo sai, non dovrei parlarne...»

«Sì certo, dite sempre così, e allora chi ci parla con i giornalisti, che sanno sempre tutto?»

«Non io di sicuro» rispondo subito.

«Già, tu sei la donna del silenzio, labbra cucite e sguardo remoto. Come un'eroina sulla prua di una nave, diretta verso un continente lontano, dall'altra parte dell'oceano tumultuoso. Sola. Infelice. Ostinata. Fino alla morte.»

Le ultime parole Gene le ha pronunciate con un crescente tono melodrammatico, che mi strappa un sorriso.

«Ma cosa dici? Come cazzo ti vengono in mente queste immagini?»

«Guardandoti.»

Il mio sorriso si trasforma in una risata, ma questo non basta a incrinare la decisione di non parlare dei casi che sto seguendo. Non stasera. Non perché ci sia da custodire chissà quale segreto, semplicemente perché oggi non ne ho voglia. Voglio solo starmene zitta, gustarmi le mie melanzane fritte appoggiate sul loro lettuccio di mozzarella e pomodoro, e per un po' smettere di pensare. A Letizia e al suo cadavere bruciato, al suo vecchio fidanzato vigliacco e ai boschi di Gignese, alla vecchietta decapitata e ai suoi figli che la odiavano, forse perché il suo vizio del gioco stava spolpando la loro eredità.

Una settimana fa ne avevo parlato con Gene, una sera qui in pizzeria, e lei mi aveva fatto notare che parlare di vizio del gioco era un modo vecchio e sbagliato di descrivere quello che ormai tutti definiscono una forma di dipendenza. Insomma, mi aveva fatto una specie di lezioncina sul politically correct. Chiunque altro seduto su quella sedia sarebbe stato fatto a pezzi e divorato, senza remore di sorta. Lei no, perché anche quando mi rompe le palle non smette di guardarmi con una strana dolcezza da sorellina minore, che finisce sempre con l'intenerirmi. Oltretutto, capita che abbia ragione. Più spesso di quanto vorrei ammettere.

Mancano cinque minuti alle undici e la pizzeria è già vuota. Decidiamo di togliere il disturbo anche noi, non è serata di grandi chiacchiere e birra a litri. Appena varcata la soglia e appoggiata la punta di una scarpa sul marciapiede, Gene si accende una sigaretta, subito imitata dal ragazzo egiziano che si sta fiondando a prendere la bicicletta attaccata al lampione. Mentre aspira avida il fumo, dice sghignazzando: «Siamo tutti tossici, che ci vuoi fare?».

Faccio una smorfia e non rispondo.

Lei si sente in dovere di aggiungere: «Tutti tranne te, ovvio». Ma io continuo a non rispondere. Non per disprezzo. È solo che non so cosa dire. Le nostre strade, comunque, stanno per dividersi.

Gene si avvia verso destra, per imboccare via California e sfrecciare in bicicletta verso casa, io torno indietro a prendere via Montevideo, per tornarmene verso Porta Genova, e andarmene anch'io a casa.

Ci salutiamo con due baci frettolosi sulle guance, come se avessimo all'improvviso una gran premura di andarcene in direzioni opposte. A volte capita. Forse è rimasta delusa dalla mia scarsa voglia di parlare, questa sera. Forse è solo questo venticello fresco che strappa qualche brivido ma non riesce a cancellare la cappa pesante di umidità tropicale che da qualche giorno avvolge la città. Siamo a metà maggio, l'estate non è lontana, ma Milano langue indecisa e priva di passioni, persino incapace di cambiare stagione.

Cammino sotto gli alberi di via Solari, a passo svelto, la testa galleggiante in una strana nebbia. Mi sembra che qualcuno mi stia seguendo. Un corteo di fantasmi. I soliti. Sono giorni che mi girano intorno. Muti. Giorni e giorni che faccio finta di non vederli.

# 38

Oggi anche i colleghi sembrano girarmi intorno come fantasmi silenziosi. Forse perché temono le mie sfuriate, o solo perché non hanno niente da dire.

È da stamattina che ce ne stiamo tutti in ammollo in questa specie di tinozza piena di acqua fetida, immobili al centro di un'indagine che non va da nessuna parte. È da stamattina che ci stiamo dando tutti un gran da fare, chi al computer, chi al telefono, chi andando su e giù tra il primo e il terzo piano, tra l'archivio e gli uffici. Un gran movimento, in apparenza, ma nessun passo avanti, per quello ci vorrebbe un'idea, una direzione, che al momento non c'è.

Ciliegina sulla torta, per concludere in bellezza la settimana, il questore Matrocca ha deciso di convocare una riunione per le tre di pomeriggio, e alle due e quarantacinque è riuscito a farmi sapere tramite una concitata telefonata che lui stava correndo dal prefetto per un'emergenza non ben specificata, e naturalmente mi affidava la guida della riunione.

«Poi la chiamerò per avere un aggiornamento» ha concluso.

Ma quale aggiornamento? Di che cosa stiamo parlando?

Non potendo darmi alla fuga, ovvero fare l'unica cosa sensata vista la situazione, mi sono presentata puntuale in sala riunioni e ho aperto le danze con una semplice domanda: «Per favore, qualcuno è in grado di spiegarmi perché diavolo non l'hanno sciolta nell'acido la signora Musumeci?».

Naturalmente, non mi ha risposto nessuno. Anche se tutti, chi più chi meno, sembrano convinti che la signora Musumeci sia rimasta vittima di una vendetta trasversale ai danni del genero assessore. È un'ipotesi cretina, che ci ha solo fatto perdere un mucchio di tempo, ma tutti sembrano affezionati all'idea.

Tommasi e Zanette hanno appena finito di ribadirmi che gli ulteriori controlli incrociati su parenti, vicini e conoscenti non hanno dato alcun risultato. Tutti hanno splendidi alibi e nessun particolare movente.

«E la domestica peruviana sembra la reincarnazione di madre Teresa di Calcutta, tanto è gentile, devota e generosa» chiosa Alfio.

«Per quanto riguarda l'apertura della cassetta di sicurezza? Novità?» ringhio.

Tocca ad Alfio rassicurarmi al volo: «Lunedì mattina alle dieci, è già fissato, e abbiamo convocato tutti. Il giudice Cardini sarà in prima fila».

«A proposito di Cardini, ci ho appena parlato» interviene Ludovica Neves. «Si scusa per non aver potuto unirsi a noi. Si scusa davvero. E mi ha ribadito la sua convinzione che sia preferibile non abbandonare gli appostamenti in via Depretis, dalla madre del Giannutri. Meglio non abbandonarli. Anche perché si tratta dell'unica pista che abbiamo. L'unica. Anche secondo il dottor Matrocca.»

Ecco, appunto, la nostra inossidabile Ludo-ludo-nano-nano anche oggi ha deciso di far onore al suo nomignolo. Forse qualcuno prima o poi dovrebbe farglielo sapere. Magari farebbe lo sforzo di contenersi, e sarebbe un gran sollievo per tutti.

Forse anche per Tommasi e Zanette. Chissà! Parlano poco e non si lamentano mai, impossibile sapere che cosa pensano davvero degli altri. Magari sono entrambi segretamente innamorati di Ludovica e detestano cordialmente il vicequestore Giulia Ferro. Chi lo sa!? Io li apprezzo, sono contenta di averli in squadra. Scrupolosi, efficienti, a volte persino ubbidienti. Nel senso che fanno quello che gli si dice, e di solito usano addirittura il cervello per farlo. Quasi un miracolo, di questi tempi in questura.

È a loro che mi rivolgo, ripetendo paziente la mia domanda iniziale: «La nostra signora Musumeci potevano scioglierla nell'acido se la volevano far sparire. Come mai non l'hanno fatto, secondo voi?».

«Ci stai dicendo che sei convinta che Pierino minchiadura non c'entri una minchia, come dice il nome stesso?» interviene Alfio.

«Esatto! Lui non ci avrebbe fatto trovare neanche un'unghia, figuriamoci il corpo tutto intero.»

«Però della testa non è stata rinvenuta la minima traccia» ribadisce Alfio con un tono bizzarro, a metà strada tra arida constatazione scientifica e divertito sberleffo.

«Ma allora vuol dire che dobbiamo ripartire da zero?» interviene Zanette. La testa bassa, la voce anche, gli occhi che sfuggono di lato. Quando parla con me sembra sempre un topo con la coda imprigionata tra le fauci del gatto.

«Più o meno sì,» rispondo «lavorando sull'ipotesi che potremmo non avere a che fare con dei professionisti del crimine.»

«Comunque qualcuno abbastanza competente da portare a termine un sequestro.» La voce adesso è quella di Tommasi. Il tono è preciso, leggermente burocratico, come la scelta dei vocaboli.

«E se non l'avessero portata via? Se l'avessero ammazzata in casa?» butto lì, con aria quasi indifferente, come a saggiare le reazioni dei miei interlocutori. Che non si fanno attendere.

«Impossibile» mi risponde Tommasi, forse un po' troppo in fretta.

«E perché mai dovrebbe essere impossibile?» replico io, forse un po' aggressiva.

«Prima di tutto, non è stato trovato alcun segno di violenza nell'appartamento. E poi non ci sono stati rumori, nessuno ha sentito voci, grida, niente. Tutti i testimoni concordano. Insomma, eravamo tutti d'accordo, mi pare.»

«Su cosa eravamo d'accordo?» incalzo.

«Sul fatto che la signora doveva essere stata attratta fuori casa con uno stratagemma, e poi sequestrata da qualcuno, in strada, lì nei pressi o magari da un'altra parte, ma di certo non dentro l'appartamento. Su questo non ci sono mai stati dubbi.»

«Sì, appunto, nessun dubbio ma in compenso anche nessun risultato. Allora forse è venuto il momento di farselo venire qualche dubbio.»

«Come sarebbe entrato l'assassino?» interviene Alfio, tono di voce conciliante, sorriso smagliante.

«Perché non banalmente dal portone? Mica è Fort Knox quel palazzo! Non ci sono guardie armate a sorvegliare chi entra e chi esce.»

«Be', come le definiresti le due portinaie, includendo anche quella del palazzo di fronte?»

«D'accordo, le due portinaie sembrano molto attente, ma forse sono solo ossessive e un po' stupide. Inoltre gli ingressi sono due, visto che c'è anche quello di servizio che porta direttamente nel cortile posteriore, quello dove ci sono i garage. Siamo proprio sicuri che uno non possa essere entrato senza farsi notare, approfittando di un momento di disattenzione della virago alla guardiola? Hai presente? Uno vestito bene, che entra senza correre, e magari senza avere l'aria del ladro e dell'assassino.»

«Quindi dovremmo pensare a un ladro occasionale che si introduce in casa, viene sorpreso, uccide la signora, e sottrae il cadavere allo scopo di occultarlo?» commenta Tommasi.

«Ma no, figuriamoci,» interviene Alfio «entri per rubare, combini un casino, ti trovi col cadavere sul tappeto e invece di arraffare quello che puoi, anche solo due pezzi di argento dalla credenza, e scappare via, ti carichi in spalla la vecchiaccia morta e te la porti giù per le scale? Questo non è plausibile proprio!»

«Comunque, nell'appartamento non è stato rubato nulla» dice timidamente Zanette.

«Sì, certo, è quello che ci hanno detto. Che nessuno ha rubato niente, che non c'era praticamente nulla da rubare. E noi ci abbiamo creduto. Forse è stato proprio questo il primo errore, quello che ci ha fregato l'intera indagine.»

«E perché non dovevamo crederci, scusa?» esclama Alfio.

«Perché non è vero, semplice.»

«E tu come lo sai?»

«Perché ho scoperto che la signora Musumeci aveva incassato 120.000 euro proprio il giorno prima di sparire nel nulla.»

«Incassato da chi?»

«Dall'antiquario, quello in corso Venezia, ci sono stata stamattina, prima di venire qui.»

«E perché non me lo hai detto?»

«Perché mi avresti detto che lo avevi già interrogato tu, ed era tutto a posto e confermato.»

«E cazzo, se avevi dei sospetti me lo dovevi dire, ci tornavo io da quel pezzo di merda e lo inchiodavo.»

«Non avevo un sospetto preciso, solo un'idea vaga. L'unica cosa di cui ero, e *sono*, sicura è che siamo andati avanti per una settimana a berci un mucchio di frottole, come acqua di fonte a garganella. Quindi mi sono stufata di farmi prendere per il culo e ho deciso di provare a dire a qualcuno dei nostri testimoni: "Non ti credo!". E vedere che cosa succede. Ho iniziato dall'antiquario Bertolotti per caso, però appena l'ho visto mi è stato sulle palle, quindi ho deciso di andarci pesante.»

«E cioè, l'hai menato?»

«No, sono solo entrata e, davanti alla danarosa cliente che stava intrattenendo, gli ho detto: "L'ha ammazzata lei la signora Musumeci?".»

Alfio comincia a ridere sguaiatamente. Tommasi e Zanette si limitano a un sorriso incerto.

«Prima che potesse riprendersi, ho rincarato la dose: "Magari l'ha ammazzata per recuperare i contanti che le aveva dato il giorno prima?". Il Bertolotti è diventato verde, ha accompagnato di corsa alla porta l'esimia cliente, inebetita e leggermente inalberata, e mi si è tuffato addosso come un mastino. Giusto in tempo per beccarsi il mio tesserino dritto in mezzo alle fauci spalancate. Poi ha cominciato a fare la parte dell'offeso, tipo sono un cittadino onesto, vi ho già detto tutto, adesso chiamo il mio avvocato. Io l'ho bloccato e ho deciso di bluffare. Senza ritegno. "Senta, io so che lei ha mentito al mio collega, quando ha detto che la signora Musumeci erano almeno tre mesi che non la vedeva. So che la signora Musumeci le ha venduto qualcosa poco prima di scomparire, e morire. L'ha saputo, vero, che la stiamo ritrovando a pezzetti sparsi tra città e hinterland? Allora, io ho bisogno di sapere che cosa ha comprato dalla signora, quando, e quanti soldi le ha dato. E ho bisogno di saperlo ora. Se non vuole trovarsi immischiato in un'accusa di omicidio".»

«Se avevi questa faccia incazzosa, scommetto che ha funzionato subito.»

«Ha funzionato sì. Mi ha detto di aver comprato da lei una coppia di vasi di Sèvres e un quadro, un Giaquinto.»

«Questo quando?»

«Il martedì pomeriggio, il giorno prima di sparire.»

«E in cambio ha consegnato alla nostra signora 120.000 euro?»

«Esatto.»

«In contanti scommetto!?»

«Sì, il nostro Bertolotti non ama altre forme di pagamento, me lo ha detto papale papale. Dovremmo fargli conoscere il tuo amico della Tributaria, come si chiama?»

«Lucio si chiama, e ci puoi contare che lo chiamo appena esco da quella porta... 'sto pezzo di merda di antiquario!»

«Avremmo dovuto rinvenirli nella cassaforte in camera da letto tutti questi soldi» interviene Tommasi.

«E invece era vuota» rispondo.

«Quasi» puntualizza Alfio. «C'erano dentro una collana di perle e qualche anello, poca roba.»

«Facciamo un passo indietro. Chi sapeva di questa cassaforte?» chiedo, conoscendo già la risposta.

«Praticamente tutti,» mi risponde Zanette, con una buffa esitazione nella voce «tranne la nuora, la signora Barilli. Lei ha negato di esserne a conoscenza.»

«Ma nessuno conosceva la combinazione per aprirla, e infatti abbiamo dovuto farla scassinare, giusto?»

«Giusto» mi rispondono in coro.

«Ok ragazzi, forse è venuto il momento di appurare se è vero che proprio nessuno sapeva come aprirla quella benedetta cassaforte.»

«D'accordissimo» esclama Alfio. «E soprattutto capire chi poteva sapere che dentro c'erano così tanti soldi proprio quel giorno lì.»

«Sì, ma così torniamo all'idea che sia coinvolto qualcuno della famiglia, e per un motivo o per l'altro abbiamo scartato tutti i nominativi» interviene Tommasi.

«E si vede che abbiamo fatto una cazzata! Quindi, cerchiamo di rimediare. Sono stufa di alibi a prova di bomba, trovatemi uno stronzo qualsiasi che l'alibi non ce l'ha.»

«Eggià, basta con questi tripli alibi carpiati con avvitamento, supercazzola e scappellamento a destra...»

«Sì Alfio, ok, basta, non è giornata.»

«Veramente era una citazione colta, *Amici miei*, Monicelli, scusa se è poco.»

«Alfio!»

«Comandi.»

Adesso anche Alfio è scattato in piedi. Sono l'unica seduta e la scenetta ha un che di surreale. Potrei lasciarmi andare a una sfuriata, non sarebbe la prima volta, ma decido di lasciar perdere.

Quasi sottovoce concludo la mia arringa: «Allora, ricontrolliamo tutti, intesi? Dobbiamo trovare qualcosa che non torna, o qualcuno che ci ha raccontato una palla».

Tommasi e Zanette si precipitano verso la porta, Alfio li segue, ma non rinuncia all'ultima battuta: «*Ok boys*, tutti a caccia di Pinocchio, e speriamo che gli sia cresciuto il naso, così si fa meno fatica a sgamarlo».

# 39

Alla fine di una giornata che mi è sembrata eterna, ripetitiva e inconcludente come poche altre, finalmente metto piede a casa mia. Talmente stanca da non avere nemmeno voglia di andare a sfamarmi in uno dei tanti locali del quartiere. Potrei farmi una pasta. Forse c'è una pizza surgelata in freezer. Speriamo! Ora controllo.

Mentre appendo il giubbotto, mi casca l'occhio su un libro rimasto appoggiato sul tavolino in ingresso. Da sotto la copertina sporge uno scontrino della lavanderia. L'ho infilato lì apposta per ricordarmelo. Invano. Sarà lì da almeno un mese. Ma che cosa ti costa – mi dico –, perché non ti ricordi mai di andare in lavanderia?

Sarà il nervosismo della giornata, ma mi scopro in vena di domande antipatiche, di quelle che purtroppo, vivendo da sola, posso rivolgere solo a me stessa. Per esempio: quand'è l'ultima volta che hai fatto le pulizie?

Potrei far venire di nuovo Erwin, penso, il simpatico filippino che mi ha consigliato il custode. Ma non mi piace averlo in giro per casa. Però passare ore a pulire e spazzare mi piace ancora meno. Il risultato è che nemmeno mi ricordo quando è stato il lieto evento. Dieci giorni fa, venti? Ero di riposo, in teoria un'intera giornata a mia disposizione, per dedicarmi ad amene letture e meritato relax. Come se io ci riuscissi mai a rilassarmi davvero!

Mi ero messa a leggere ma non riuscivo a concentrarmi, alla fine avevo deciso che fare le pulizie poteva essere un buon modo per dare un senso utile a una giornata nata infelice.

E così avevo iniziato a spruzzare detersivi sui sanitari e a lavare vetri, spingere divani e spostare libri, spolverare persino. Un tour de force assurdo, concentrato, furioso, alla fine del quale avevo comunque ottenuto il mio scopo: la casa era più pulita, io molto meno nervosa, insomma due piccioni con una fava.

Peccato che una casa, anche semidisabitata e quasi vuota come la mia, non si riesce a immobilizzarla in una determinata posizione: da un giorno all'altro cambia, da un'ora all'altra, si impolvera, si sciupa, invecchia. Proprio come gli esseri umani.

Nella luce radente del tramonto, anche il mio bellissimo tavolo da pranzo oggi sembra un po' affaticato, sepolto sotto uno strato di polvere. Da quando abito qui è stato l'unico vero acquisto che mi sono concessa. Un acquisto folle, incongruo, che tutti (be', i pochi amici che hanno messo piede in questa casa) guardano con perplessità e di solito commentano con battute stupefatte, a volte surreali.

Alfio è rimasto letteralmente a bocca aperta, la prima volta che lo ha visto, e mi ha chiesto: «Hai deciso di cambiare abitudini?».

«In che senso?»

«Non so, sposarti, fare almeno quattro figli, accogliere in casa qualche parente in difficoltà, un gruppo di migranti, mettere in piedi una mensa...»

«No, non credo.»

«E allora che te ne fai di un tavolo per otto?»

«Si chiama Cartesio questo tavolo... non so se te l'ho mai detto, è uno dei miei filosofi preferiti.»

«E per questo l'hai comprato?» mi ha risposto Alfio sgranando gli occhi.

«Forse.»

In realtà non lo so mica perché l'ho comprato, spendendo

una cifra irragionevole e occupando una buona porzione del soggiorno con un oggetto del tutto assurdo nella casa di una single che in casa mangia ben di rado, quasi mai in compagnia.

È che lo trovo bello, semplicemente. Mi piace la sua linea scarna, l'impeccabile rigore delle sue proporzioni, la lastra sottile di vetro e ceramica che si allunga nello spazio, leggera, trattenuta dal peso del metallo lucido del piedistallo centrale, in equilibrio instabile tra pieno e vuoto, superfluo e necessario.

Una piccola pazzia. Non la peggiore che abbia fatto nella mia vita.

# 40

Un'altra giornata è scivolata via e di passi avanti nemmeno l'ombra.

Parole, parole, parole, un'infinita sequenza di virgole e punti, esclamazioni e interrogazioni, frasi sospese e proposizioni complesse, e registrazioni e verbalizzazioni, una gran fatica, una vera montagna di sforzi coordinati che non ha partorito nemmeno un topolino dotato di senso. Niente.

Giusto l'apertura della cassetta di sicurezza si è rivelata uno spettacolo di qualche interesse. Non dal punto di vista del raggiungimento di un qualunque risultato, naturalmente! Sarebbe stato troppo bello.

Però, mettere insieme tutti gli attori ha prodotto una sorta di psicodramma piuttosto avvincente.

La prima a sbilanciarsi, come da copione, è stata la signora Soneri. Non appena la cassetta è stata aperta, alla presenza di un funzionario bancario dal sorriso mite, vagamente imbarazzato, la figlia minore della signora Musumeci è diventata prima pallida e poi feroce, in rapida successione. Con voce tagliente, di almeno due toni più alta del necessario, viste le ristrette dimensioni della stanza dove si stava svolgendo la mesta cerimonia, ha scandito esattamente le parole che mi aspettavo da lei: «Ecco, tutte le mie peggiori previsioni si stanno avverando. Sono giorni che lo dico, che lo ripeto, ma nessuno mi vuole dare retta. La mamma è stata derubata».

Sull'ultima frase la voce si è alzata di qualche altro decibel, inerpicandosi come su una montagna da scalare. Gli occhi, naturalmente, sono rimasti fissi su di me. Sul volto un'espressione che mi è sembrata un misto di disprezzo e disappunto, però forse, a ben guardare, poteva anche essere odio puro. Come se la ladra fossi io.

Vero è che la presunta colpevole, l'incauta Rosa Argento, non è stata convocata. Per meri motivi burocratici, non figurando tra gli eredi diretti, anche se io avevo cercato di inserirla nella lista degli invitati, perché sarei stata ben felice di assistere da una poltrona di prima fila allo scontro titanico tra le due "figlie", quella vera e quella acquisita. Entrambe impegnate a ripetere senza sosta: "Sono io la figlia buona". Quindi l'altra non può che essere cattiva! Peccato che sia quasi impossibile decidere chi delle due dica la verità.

«Lo vedete tutti,» ha proseguito Clara Soneri, con uno studiato accento drammatico «la cassetta è praticamente vuota. Vuota! Vi rendete finalmente conto, spero!? L'irreparabile è successo... e adesso, cosa pensate di fare adesso?»

Pronunciando quest'ultima frase a effetto, ha smesso di tenere gli occhi fissi su di me. Finalmente, stava cominciando a infastidirmi.

Ha lanciato uno sguardo circolare e incandescente, abbracciando in un unico tentativo di incenerimento tutte le altre persone presenti nella stanza: in senso orario, il giudice Cardini, che sembrava una sfinge, il già citato funzionario bancario con sorriso mesto incorporato, l'ineffabile avvocato Del Grande, da qualche decennio custode fedele degli interessi della famiglia Musumeci-Pratti, i due figli maschi della signora Esmeralda.

Questi ultimi sembravano impegnati in un curioso gioco di ruolo. Se ne stavano vicini vicini, le spalle che si toccavano, la schiena dritta, lo sguardo opaco da granatieri a guardia della stanza del tesoro. Erano arrivati nel sotterraneo della banca a distanza di pochi secondi e subito si erano disposti uno accanto all'altro, come due gemelli condannati a recitare la stessa parte in commedia: identica la postura, identico l'abbigliamento, formale ma non troppo, giacca elegante, pantalone intonato, cravatta solo per uno dei due, quello più alto. Identica la smorfia all'ingiù delle labbra, l'espressione distaccata, un'ombra di educatissima noia in fondo agli occhi sfuggenti.

Però fisicamente non si somigliano per nulla, Giorgio Musumeci e suo fratello Alessandro. Hanno solo cinque anni di differenza ma uno sembra quasi il padre dell'altro. Giorgio ha esattamente la mia età e un fisico esile da ragazzino, un'impressione accentuata dal bel viso lungo illuminato dagli occhi azzurri, un gran ciuffo di capelli biondi appoggiato sulla fronte priva di rughe. Alessandro è grande e grosso, pesante, nella faccia gonfia il destino gli ha piantato due occhi bovini e scuri, perfettamente in linea con la pelle olivastra. I capelli neri sono striati di grigio, divorati da una stempiatura evidente, ormai inarrestabile. Ha cinquant'anni, ma ne dimostra almeno dieci in più.

A differenza della sorellastra Clara, i fratelli Musumeci hanno assistito al rito con sobria serietà, senza quasi dire una parola, come fosse un funerale, invece che una semplice operazione bancaria.

Giorgio non ha praticamente aperto bocca, continuando a tenere lo sguardo fisso nel vuoto, come se le provocazioni della signora Soneri non lo riguardassero in alcun modo. Nemmeno l'ha guardata in faccia, mentre lei continuava ad agitarsi chiedendo invano che qualcuno – chi? – facesse qualcosa per impedire un evento già accaduto e ormai irreversibile.

Alessandro si è limitato a ribadire con un curioso tono di voce, talmente piatto da sembrare quello di un robot: «Io me lo aspettavo di trovare ben poco nella cassetta di sicurezza. Non capisco cosa ci sia da stupirsi. Nostra madre aveva sempre un grande bisogno di soldi, lo sappiamo tutti molto bene».

Solo a quel punto è intervenuto l'avvocato Del Grande, per ribadire che la signora Soneri avrebbe provveduto a stilare e a far avere al giudice un elenco dettagliato di tutti i gioielli di famiglia che risultavano mancanti all'appello.

Cardini, costretto a prendere la parola, si è limitato a dirsi entusiasta di ricevere quell'elenco e qualunque informazione la signora Soneri potesse ritenere utile.

Il momento dei saluti è arrivato piuttosto in fretta, e si è consumato in un rapido giro di strette di mano. E nemmeno un sorriso.

Non mi aspettavo niente di diverso dai tre eredi della signora Musumeci. Hanno solo confermato ciò che tutti e tre, in separata sede, avevano già detto e ripetuto: nessun rapporto tra di noi.

Certo, vederli tutti insieme in uno spazio ristretto come quello di una stanza nel sotterraneo di una banca, faceva un po' impressione. La distanza, anche fisica, tra di loro era sconcertante. E di certo non facevano nulla per negarla. Del resto, perché avrebbero dovuto? Anche in quel triste frangente non sembravano avere alcun obiettivo comune da perseguire.

Sono arrivata a casa da poco e all'orizzonte c'è ancora uno scampolo di sole. Ma il monte Rosa non si vede, nemmeno si intuisce, come se lì, davanti alla mia finestra, non si fosse nemmeno mai sognato di passare.

Il cielo è chiuso, la mia testa anche. L'indagine invece no, ma non va da nessuna parte. *Sentieri interrotti*, li chiamava Heidegger, a me più che altro sembrano ottusi, opachi, questi viottoli ciechi in cui continuiamo a infilarci.

La polizia brancola nel buio. Come al solito, direbbe qualcuno. E a me viene subito la voglia di smentire questo stupido pregiudizio. Forse è proprio questa la molla che mi spinge avanti, quella che mi impedisce di lasciar perdere, di aspettare semplicemente che un caso diventi abbastanza vecchio da non interessare più a nessuno. Nemmeno ai parenti più prossimi.

Non me ne importava nulla della signora Musumeci, all'inizio, un caso come tanti. Più rognoso di altri per la presenza di un genero politicamente ingombrante, ma alla fine niente di che, pura routine. E allora perché questa sera non riesco a smettere di pensarci? Cos'è scattato? Il mio solito meccanismo ossessivo, quello che mi impedisce di piantare paletti e distinguere tra lavoro e vita privata? Già, sì, avercela una vita privata da difendere con pali, paletti e cancellate!

Fisso un punto lontano, in fondo al cielo ormai rimasto senza luce, in bilico tra il blu della notte e il rosso che ancora racconta il tramonto, il giorno appena finito. Continuo a pensare alla signora Musumeci e ai suoi tre figli, così diversi e così simili, tutti platealmente indifferenti alla morte di colei che li ha messi al mondo.

Mi mette di colpo tristezza questa constatazione, come se la solitudine – per i vivi come per i morti – fosse un prezzo troppo grande da pagare. Per chiunque.

# 41

«Ma 'sta cazzo di cassetta allora era proprio vuota?» chiede Alfio, col tono un po' curioso e un po' colpevole.

Doveva esserci anche lui, poi all'ultimo momento ha pensato bene di trovarsi un'altra cosa da fare. Una decisione che non mi ha stupito. Ormai conosco abbastanza bene l'ispettore capo Russo: qualunque impegno che preveda un contenuto burocratico di qualche genere, anche minimo, gli scatena all'istante istinti di fuga incontrollati. Però poi si sente in colpa.

«E allora che cosa se la teneva a fare la vecchietta?» mi incalza Alfio.

«Guarda che non era affatto vuota, c'erano parecchi documenti. Nulla che ci interessi, credo, comunque ci verrà gentilmente fornita copia di tutto. E poi c'erano anche dei gioielli.»

«Ma dai? Allora non era riuscita a venderseli tutti?»

«Evidentemente no, dovevano essere proprio tanti una volta.»

«Poverina, non ha fatto in tempo a giocarseli tutti!» sghignazza Alfio senza ritegno.

«Comunque, secondo la Soneri, sono tanti quelli che mancano all'appello, e ovviamente sono i più preziosi.»

«Sì, quelli che l'amorevole figlia avrebbe tanto voluto ereditare...»

«Già, e preparati Alfio, oggi pomeriggio, al massimo domani la vedremo arrivare con l'elenco dettagliato, pronta a presentare denuncia contro la cognata. Me lo ha promesso. Mi ha salutato dicendomi: "Dottoressa, ci vediamo prestissimo".»

«E che cazzo, una fantastica prospettiva, non vedo l'ora!»

«Figurati io...»

«Ma invece i fratellini, niente, tranquilli come pascià? Come se avessero ammazzato la madre di qualcun altro?»

«Sì, in effetti sembra proprio che non gli freghi nulla. Anche il figlio più giovane, quello che in tutti questi anni non ha mai smesso di contare sull'aiuto di mammà, non l'ho visto minimamente agitato. Molto meno della Soneri, che a occhio e croce credo proprio non abbia bisogno dell'eredità per sopravvivere.»

«E il fratello maggiore?»

«Forse è un altro che dei soldi se ne frega. Anche lui non si è agitato per nulla. Ha fatto solo un piccolo commento, dicendo che gli sembrava già un miracolo che sua madre non si fosse ipotecata anche la casa.»

«In effetti. Ma poi siamo sicuri, nessuna ipoteca?»

«Assolutamente, abbiamo già controllato. Da questo punto di vista gli eredi possono stare tranquilli.»

«Finché non li arrestiamo per omicidio!»

«Mi pare una buona idea, Alfio, soprattutto la signora Soneri mi darebbe una gran soddisfazione arrestarla, ma non mi viene in mente nessun motivo per farlo. Purtroppo.»

«Bene, che si fa? Come la sfanghiamo questa giornata?»

«Tu non so, io ho convocato di nuovo la Rosa Argento, dovrebbe essere qui a momenti.»

«E perché?»

«Ci ha raccontato una palla.»

«E tu come lo sai?»

«Deduzione.»

«Sono tutt'orecchi» esclama Alfio, strabuzzando gli occhi in un modo buffo che di solito mi fa ridere. Oggi no.

«Punto numero uno: tutti ci hanno detto e ridetto che la signora Musumeci era la donna più abitudinaria del mondo. Giusto?»

«Giusto.»

«Quindi il mercoledì pomeriggio dal parrucchiere, e alla sera bridge. Erano anni. E il venerdì o il sabato al casinò. Non proprio tutti i weekend, ma quasi. Una donna precisa, puntualissima, eppure ho appena scoperto che l'appuntamento che aveva quel giorno dal parrucchiere non lo aveva disdetto.»

«E come lo hai scoperto?»

«Telefonando al parrucchiere mezz'ora fa.»

«Sono sicuri?»

«Sicurissimi, proprio perché la signora non sgarrava mai neanche di cinque minuti: arrivava alle tre in punto e voleva trovare la ragazza già pronta sulla porta, ad aspettarla con la vestaglietta in mano. Quindi se lo ricordano molto bene, perché erano lì tutti in attesa e la signora non si è palesata.»

«Panico e shock!»

«Pensa che il proprietario mi ha detto, tutto serio: "Guardi, noi ce lo sentivamo che era successo qualcosa. Era capitato solo una volta, quando si era rotta un piede, l'anno scorso. E comunque aveva telefonato, e io stesso avevo dovuto andare da lei a casa, quella sera stessa, per sistemarle i capelli".»

«Precisa davvero la nostra madame» ironizza Alfio.

«Sì, e avvertiva sempre con largo anticipo, se non poteva il mercoledì anticipava al martedì, non avrebbe mai saltato l'appuntamento: il mercoledì sera aveva il bridge.»

«Uhm, lo sapevano proprio tutti del bridge del mercoledì sera.»

«Più che altro la signora era talmente abitudinaria che era impossibile ignorarlo.»

«Giusto, ma in tutto questo quella gran gnocca della Rosa Argento cosa c'entra?»

«C'entra, perché ci ha detto che non è passata mercoledì mattina perché l'appuntamento dal parrucchiere era stato rimandato. Però non è vero, la signora non lo aveva disdetto. E se non lo aveva disdetto ci può essere solo un motivo...»

«Che lei era fermamente intenzionata ad andarci, come era fermamente intenzionata ad andare a giocare a bridge alla sera.»

«E qualcuno glielo ha impedito.»

«L'assassino.»

«O l'assassina.»

«Sospetti di Rosa Argento, ma dai?» sghignazza Alfio.

«Seriamente no, non credo che l'abbia ammazzata lei. Però resta il fatto che ci ha raccontato una frottola, lo darei per certo, a questo punto. Quindi sono curiosa di sapere perché.»

# 42

«Buongiorno, signora Barilli. Si accomodi. Mi scusi se l'ho fatta venire di nuovo qui. Ma ho bisogno di mettere a fuoco alcuni particolari.»

Rosa Argento è vestita di rosa anche oggi. Rosa shocking le scarpe tacco dodici, rosa cipria la giacca. Bella, tagliata bene, sembra di ottimo tessuto; a parte il colore e i brillantini sui polsini me la potrei mettere pure io. Il resto è bianco, come l'altro giorno. Bianca la canottiera, bianca la borsa, bianca la cintura, bianchi i pantaloni. Peccato, mi piaceva di più l'argento.

Non sembra del tutto tranquilla. Ma neppure troppo agitata. Siede composta, mi guarda con un'arietta placida da casalinga curiosa che potrebbe trarre in inganno, però si sta tormentando le unghie. Continua a sfregarle sui polpastrelli, prima di una mano e poi dell'altra, come se stesse controllando l'esistenza o meno di qualche scheggia, di quelle che tirano i fili delle calze e delle maglie di seta. Unghie lunghissime, perfette, di un color rosso-violetto davvero notevole. Almeno sulla scelta dello smalto siamo perfettamente allineate, questo me lo metterei senza pensarci due volte. Se solo mi fossi scelta un mestiere dove può avere senso farsi crescere le unghie e dipingerle di rosso.

«Mercoledì scorso, lei doveva essere dalla signora Musumeci per l'una, come al solito, invece non si è presentata. Come mai?»

«Ve l'ho già detto, l'appuntamento dal parrucchiere era stato rinviato.»

«Ma l'appuntamento dal parrucchiere era alle tre.»

«Sì, però noi andavamo sempre in un ristorante lì vicino a mangiare una cosa insieme, prima del parrucchiere.»

«Quindi, rinviato il parrucchiere rinviato anche il pranzo?»

«Sì, che c'è di strano?»

«Nulla. Volevo solo capire come mai. Chi lo aveva deciso?»

«La mamma mi aveva chiesto di rinviarlo, perché quel giorno non poteva.»

«Rinviarlo a quando?»

«Non so, venerdì credo.»

«Venerdì?»

«Sì.»

«Perché sua suocera non poteva?»

«Ma come posso saperlo?» Ha risposto troppo di corsa. E lo sguardo che mi lancia a questo punto è parecchio meno placido.

«Non glielo ha chiesto?»

«No. Sì... non ricordo.» Sbuffa. «In questo momento, non me lo ricordo.»

«Non si ricorda di averglielo chiesto, o non si ricorda la risposta?»

«Non lo so. Non mi ricordo niente.»

«Bizzarro.»

«Come scusi?»

«No, dico, bizzarro, tenendo conto che sono passate nemmeno due settimane.»

«Non mi sembra così rilevante.»

«Dice?»

«Francamente no. E poi sono cose che vi ho già detto. Non capisco perché sono stata di nuovo importunata.» Stringe le labbra e mi lancia uno sguardo di sfida.

«Forse perché la sua ex suocera l'abbiamo nel frattempo ritrovata a pezzettini, e anche un po' bruciata?»

Le labbra le mantiene strette, ma la luce di sfida si è già spenta.

«Ma io cosa c'entro?» pigola, il tono di voce parecchio più basso.

«Magari niente, ma ho bisogno che lei si sforzi di ricordare qualche particolare in più di quella giornata.»

Annuisce. Deglutisce. Aspetta diligente, gli occhi appena abbassati, come una studentessa timida interrogata alla cattedra su una materia un po' ostica.

«Allora, ricominciamo, ha chiamato lei il parrucchiere per disdire il vostro appuntamento?»

Esita un attimo, ho la sensazione che vorrebbe tanto rifilarmi un altro "non so, non ricordo"; poi ci ripensa e: «No, non ho chiamato io, è stata Esmeralda ad avvertirli».

«Ne è sicura?»

«Sì, certo, o meglio, così mi aveva detto, che avrebbe telefonato lei al parrucchiere.»

«E invece non lo ha fatto.»

«Come fa a dirlo?»

«Lo dice il vostro parrucchiere. Non ha ricevuto alcuna telefonata, né da parte sua, né da parte della signora Musumeci.»

«Magari si confondono le ragazze» esclama, scuotendo nervosamente spalle e braccia.

«Ho parlato con loro poco fa, non mi sono sembrate affatto confuse, le ragazze, e neppure il titolare. Di certo molto meno di lei, signora Barilli.»

«Ma perché mi sta facendo tutte queste domande?» sbotta. «Che cosa le importa? E poi questo tono così indisponente, vorrei che mi dicesse perché.»

«Perché lei non mi sta dicendo la verità.»

«Ma cosa dice?»

«Quello che le ho appena detto. Dal parrucchiere non ricordano di aver ricevuto alcuna telefonata.»

«Si saranno confusi.»

«Strano confondersi quando si tratta di due clienti che vengono tutte le settimane, sempre insieme, sempre allo stesso giorno, sempre alla stessa ora.»

Vorrei sbuffare, ma mi trattengo. Mi sto innervosendo, e non va bene. Decido di imprimere una piccola svolta a questo stupido interrogatorio.

«Senta, smettiamo di girarci intorno. Io non le credo, va bene?»

«Perché non mi crede? Le sto dicendo tutto quello che so.»

«Ecco, è proprio a questo che non credo. Lei mi sta nascondendo qualcosa.»

Faccio una pausa, breve, giusto il tempo di aspettare una risposta che non arriva.

«Non credo neanche che lei c'entri con l'omicidio di sua suocera,» proseguo «però se proprio ci tiene a farsi arrestare lo stesso, non ha che da dirmelo.»

«Ma cosa dice, è pazza... e i miei figli?»

«Sì, appunto, i suoi figli. Vale la pena di rischiare anche sulla loro pelle, per arraffare due gioielli in più?»

«Cosa sta dicendo?»

Ho sparato alla cieca, guardando le sue zampine tozze piene di anelli, però mi sa che ci ho preso. Su quanti gioielli sarà riuscita a mettere le mani in questi anni, facendo da dama di compagnia all'ex suocera?

«A lei i gioielli piacciono, vero?»

«Sì, e allora? A lei no, dottoressa?»

«No, non molto» rispondo, agitandole davanti agli occhi la mia mano destra, nuda.

«Non è un reato.»

«In linea di principio no, tutto dipende da qual è la provenienza dei gioielli in questione.»

«Mi sta dando della ladra?»

«No, assolutamente. Voglio solo capire che cosa è successo in casa della signora Musumeci il giorno in cui è sparita.»

«E io come posso saperlo?» esclama. Aggressiva e un po' spaventata. «Come posso risponderle se non capisco nemmeno cosa vuole da me» conclude, ormai petulante.

«Se proprio non capisce, ora le spiego un paio di cose. Punto uno: la famosa cassaforte nella camera da letto della signora Musumeci l'abbiamo trovata chiusa e praticamente vuota, se si escludono alcuni gioielli non di particolare valore. Lei ha sostenuto di non sapere neanche che esistesse, giusto?»

«Sì, certo, non lo sapevo proprio.»

«Non posso provare il contrario, però certo che è un po' strano, voi eravate così intime.»

Di nuovo scuote le spalle, le braccia, poi si sfrega le mani, con energia, come se all'improvviso avesse freddo. Non dice nulla.

«Fra l'altro, abbiamo scoperto che la signora aveva l'abitudine di tenere i gioielli delle grandi occasioni in banca, nella cassetta di sicurezza, come lei, signora Barilli ci aveva detto, ma in casa aveva sempre qualcosa, almeno una collana, tre o quattro anelli, un bracciale. Questo ce lo ha detto la domestica, e l'autista ha confermato. Non erano sempre gli stessi, andavano a rotazione, per un mese di solito, poi li riportava in banca e ne prendeva degli altri. Erano i suoi bijoux da tutti i giorni, dove avrebbe potuto metterli di notte se non nella cassaforte?»

Rosa Argento si ostina a stare zitta. Lo sguardo leggermente vitreo.

Decido che è venuto il momento di provare un affondo, e vedere che succede. «Non sono stati ritrovati. Non è che se faccio una perquisizione li trovo a casa sua?»

«Ma è impazzita?» Si alza di scatto. «Io adesso me ne vado, me ne torno a casa mia. Non avete diritto di tenermi qui.» Agitatissima, sembra davvero sul punto di mettersi a correre verso la porta.

«No, guardi, lei non va da nessuna parte.»

«Come sarebbe a dire?»

«Lei rimane qua. È in stato di fermo.»

«Sono in arresto?»

«No, solo fermo per il momento.»

«Io non ho fatto niente di male.»

«Comincio a non esserne più così convinta. E penso di riuscire agevolmente a convincere il giudice a firmarmi un mandato.»

«Glielo proibisco.»

«Scusi? Lei mi proibisce cosa?»

«No, voglio dire. Non ha senso.»

«Che cosa esattamente?»

«Io non c'entro con il rapimento di mia suocera.»

«E neanche con l'omicidio?»

«Ma meno che mai!»

«Guardi, posso essere disposta a crederle, però lei dovrebbe fare un piccolo sforzo per convincermi. Non può continuare a raccontarmi frottole e basta. Mi ha già fatto perdere fin troppo tempo.»

«Posso chiamare un avvocato?»

«Certo che può chiamare un avvocato, e subito ritrovarsi addosso un'accusa di omicidio.»

«Ma lei è matta!» L'ultima frase l'ha gridata. Ha gli occhi pieni di lacrime.

Mi alzo in piedi di scatto. Ora basta. Mi avvio verso la porta. Già con la mano sulla maniglia, mi volto e dico: «Chiami l'avvocato, faccia ciò che vuole, io volevo aiutarla, ma lei non ha nessuna voglia di aiutare se stessa, quindi...».

«Aspetti, mi ascolti. Era già sparita quando sono arrivata. Non c'era nessuno in casa.»

«A che ora è arrivata?»

«All'una, forse mancavano cinque minuti.»

«E la portinaia non c'era più?»

«No.»

«Quindi non l'ha vista nessuno?»

«No, non ho incrociato nessuno. Ma era normale, a quell'ora.»

«Immagino.»

«Ho suonato e...»

«Ha suonato dove? Giù al citofono?»

«No, il portoncino era aperto. Capitava spesso, rimbalzava e non si agganciava la serratura.»

«Quindi è arrivata direttamente su al terzo piano?»

«Sì, e ho suonato il campanello. Ho suonato due o tre volte, ma non mi rispondeva nessuno.»

«E allora che cosa ha fatto?»

«Ho pensato che magari non mi sentiva, il campanello faceva un trillo un po' basso. Allora ho fatto il giro, dall'altra parte del pianerottolo, ho provato a vedere se per caso riuscivo a farmi sentire chiamandola dalla finestra delle scale. Si affaccia proprio sulla balconata della cucina.»

«Lì accanto c'è anche la porta di servizio.»

«Sì.»

«E quella era aperta?»

«Sì, l'ho trovata aperta» prosegue, la voce strozzata, come se facesse fatica a respirare.

«Spalancata?»

«No, era accostata. Cioè, sembrava chiusa, ma ho provato a girare la maniglia e si è aperta.»

«E a quel punto che cosa ha fatto?»

«Sono entrata, ho chiamato. Ma non c'era nessuno.»

«Ha girato tutta la casa?»

«Sì, certo, ho guardato in bagno, in cucina. Ho pensato che si fosse sentita male. Ma non l'ho trovata, da nessuna parte.»

«Ed era tutto in ordine?»

«Sì, tutto a posto, come al solito, ho solo notato che era aperta la porta del corridoio che porta alla zona notte, e anche la porta della camera. Era un po' strano, perché di solito erano chiuse tutte e due, e lei ci teneva. Era una mania di mia suocera.»

«Lei ci ha fatto caso subito, o alla fine?»

«No, subito, appena entrata, con tutte e due le porte aperte, praticamente dall'ingresso si vedeva il letto.»

«E che cosa ha fatto quando si è resa conto che la signora Musumeci non c'era?»

«Niente.»

«Niente? Davvero?»

«Sono entrata in camera.»

«Cercava la cassaforte?»

«No. È solo che la porta era aperta. Sono entrata per vedere se lei era in camera.»

«Ma lei lo sapeva della cassaforte, vero?»

«Sì» dice con un sospiro. «Ma non lo sapevo solo io.»

«Infatti, era proprio quello che dicevo prima, non mi capacitavo che proprio lei, la nuora prediletta, potesse essere all'oscuro della cassaforte.»

Mi lancia un'occhiata ostile e non dice nulla. Tocca a me riprendere il filo.

«Quindi è entrata in camera. E la cassaforte era aperta o chiusa?»

«Chiusa, e io non ho mai saputo la combinazione. Quella non la sapeva nessuno.»

«E quindi?»

«Quindi cosa?»

«E poi che cosa ha fatto? Me lo dica.»

«Ho visto che c'era per terra la lampada liberty, proprio di fianco al comodino, e mi sono chinata per raccoglierla. A quel punto ho visto che sotto il letto c'era il bracciale, quello con i coralli. Bellissimo. Ho pensato che doveva esserle caduto. La lampada l'ho lasciata dov'era e ho preso il bracciale.»

«L'ha preso?»

«Sì.»

«E non ha pensato alle conseguenze?»

«No. Era talmente bello, non ho resistito. L'avevo guardato tante volte.» E mi sorride, come se stesse raccontando una storia d'amore.

«Scusi, ragioniamo un attimo, lei ha appuntamento con sua suocera, arriva, non la trova, non trova nessuno in casa.

E invece di preoccuparsi, non so, chiamare qualcuno, cercare di scoprire dove diavolo è finita la signora, arraffa un bracciale, se lo intasca e se ne va?»

Alza una spalla, la destra, e rimane lì, un po' storta, a guardarmi fisso con l'aria di una che non sa più bene cosa dire.

«Si rende conto?»

«Era tanto che lo volevo, quel bracciale» mi risponde.

«Al punto da uccidere?»

«Ma no, che cosa dice? Lei non c'era. Esmeralda non c'era. Mi deve credere!»

«Va bene, la signora Musumeci non c'era. Facciamo che le credo. Continuo a non capire una cosa: non si è chiesta dove potesse essere?»

«Sì, certo.»

«Non si è stupita, visto quanto era precisa e metodica la signora, che fosse sparita senza dirle nulla?»

«Sì.»

«Ma questo non le è bastato?»

«Per cosa?»

«Mah, non so, fermarsi, chiamare qualcuno, la polizia.»

«No, mi spiace, mi sono detta chi se ne frega, ho pensato che era l'occasione giusta, che nessuno avrebbe mai potuto provare che l'avevo preso io.»

«Bene, bravissima. Quindi se n'è andata. Passando da dove?»

«Dall'ingresso di servizio.»

«Sempre senza incontrare nessuno?»

«No. Diluviava in quel momento.»

«Già, diluviava. Che fortuna, vero?»

«Per chi?»

«Non certo per noi poveri poliziotti! E pensandoci bene, forse neppure per la signora Musumeci.»

# 43

«Insomma, la Soneri aveva ragione, la tua amica Barilli è davvero una ladra, ma devo ammettere che...» dice Alfio, con un tono vagamente malinconico che mi sembra del tutto fuori luogo.

«Hai passato il fascicolo a Cardini? Così almeno questa cosa ce la togliamo dalle palle» lo interrompo senza troppi riguardi.

«Fatto, tranquilla, ammesso che questa volta ci abbia detto la verità.»

«Tutta la verità e nient'altro che la verità? Mah, ne dubito, sembra proprio che la gente ne sia incapace quando c'è di mezzo la polizia.»

«Chissà perché» sghignazza Alfio. «Comunque, devo ammettere che mi dispiace che si sia messa nei guai. Poi così va a finire che la signora Soneri si arraffa qualche altro gioiello di mammà... e non se li merita!»

«Perfettamente d'accordo con te, però mi sa che non possiamo farci niente. A meno di non riuscire a incastrare la perfida Soneri per l'omicidio di sua madre.»

«Bella idea, mi piace. Facciamolo! In fondo che ci vuole a fabbricare qualche prova falsa?»

«Dici? È facile? Davvero?» rispondo sghignazzando anch'io. «Se hai idea di come fare io ci sto. Pur di toglierci da 'sta palude sono pronta a tutto.»

«Anche a venire a mangiare un boccone con me?»

«E questo che c'entra?»

«È ora di pranzo, mia cara, e a stomaco pieno si pensa meglio...»

«Può darsi, ma adesso non ho fame. E poi c'è una cosa che mi gira per la testa da stamattina e voglio andare a verificarla.»

«Dove?»

«In via Caboto.»

«A che cosa stai pensando?»

«All'ombrello rosso.»

«E perché?»

«In casa della Musumeci c'era un portaombrelli pieno di ombrelli.»

«E che cosa c'è di strano?»

«In sé niente. Però mi è rimasta in mente una sensazione strana, come di un particolare fuori posto. E ho deciso di andare a farci un giro.»

«Vuoi compagnia?»

«No, Alfio, non c'è bisogno. Probabilmente è solo una perdita di tempo. Ci rivediamo qui dopo pranzo.»

«D'accordo, a dopo. Chi sono io per contraddire il capo?» esclama Alfio infilando la porta un po' troppo in fretta. «Ma guarda che non ti fa bene saltare i pasti!»

Non gli piace essere tagliato fuori, lo so, ma ancora di meno gli piace che io sia così indifferente al cibo. La prende come un'offesa personale, come se fosse un modo per tenerlo a distanza. Ma non è così. È solo che mangiare mi sembra spesso una pura e semplice perdita di tempo. Soprattutto perché bisogna farlo così di frequente, tre volte al giorno, e secondo i medici dovresti anche variare ogni giorno l'alimentazione. Ma che palle, che noia! Come un cordone ombelicale che ti tiene attaccato al mondo, per tutta la vita, ancora prima di nascere, e finisce solo quando muori.

Ma che bei pensieri tetri, complimenti Giulia! Forse era meglio se andavi a mangiare qualcosa con Alfio. O forse, meglio ancora, alza le chiappe e vai finalmente a trovare il fantasma della Musumeci: c'è caso che sia capace di raccontarti qualcosa che ancora non sai.

# 44

Mi fa uno strano effetto essere qui da sola in questa casa. Mi sembra più grande oggi, tutta vuota e silenziosa. La domestica si è trovata un altro alloggio, la Scientifica ha fatto da tempo ogni possibile rilievo. I colleghi si sono dati da fare. Non c'è più nulla da cercare qui. È già stato spremuto e setacciato tutto.

Eppure.

Qualcosa deve esserci sfuggito. Non so bene perché, ma sono convinta che qualcosa manchi all'appello.

Dalle finestre ermeticamente chiuse non filtra neanche uno spiraglio di luce, perciò decido di prendermi la briga di tirar su tutte le tapparelle. Chissà, magari servirà a schiarirmi le idee.

Alla luce del sole l'ordine maniacale è ancora più evidente, insieme all'inquietante presenza di un'inverosimile quantità di oggetti.

Lo sguardo mi cade sui due enormi vasi portaombrelli. Li avevo già notati l'altra volta, ma oggi li guardo con maggior curiosità. Non c'è dubbio, la signora Musumeci possedeva una vera e propria collezione di ombrelli.

Uno in particolare attrae la mia attenzione: l'esterno della cupola è di un bel blu elettrico, dall'interno fa capolino una fantasia bizzarra dai colori caldi. Lo sfilo, lo apro, mi ritrovo sotto una cupola di fogliame giallo e verde, dove occhieggia una specie di pappagallo azzurro. Sembra di stare sotto la volta fremente di una giungla. Noto i dettagli: le bacchette di metallo ricoperte di stoffa cangiante, l'impugnatura in lucido legno nero, avvolta come a formare una maniglia a spirale.

Sì, decisamente, l'ombrello rosso ritrovato in strada era compagno di questo, una sorta di gemello di un altro colore. Di certo non un ombrello fabbricato in Cina e comprato per pochi euro al supermercato.

Anche gli altri ombrelli hanno un'aria tutt'altro che dozzinale, ma sono meno recenti. Neri, blu, verdi, grigi, affusolati ed eleganti, sembrano usciti dalla vetrina di un negozio di pelletteria degli anni Cinquanta.

E non è finita! Nell'altro vaso ci sono degli ombrelli ancora più strani, uno di pannolenci giallo e viola, a disegni geometrici, un altro di pizzo nero foderato di seta viola, un altro ancora color panna, tutto ricamato e vezzoso, con un manico lungo e sottile di madreperla. Sembra una succursale del museo di Gignese. Questo è sicuro. Quel che invece è parecchio incerto è come interpretare questa bizzarra collezione di ombrellini da passeggio. Perché la signora Musumeci non appartiene certo all'epoca in cui le donne giravano con il parasole. Forse la madre sì, in effetti, magari è solo questo il senso: ricordi di famiglia.

Non so nulla della famiglia di origine della Musumeci, tutti morti da tempo, non pensavo proprio di dovermene interessare. Però, forse è stato un errore.

Mi sposto in soggiorno, davanti alla lunga libreria malinconicamente priva di libri, ma in compenso piena zeppa di foto incorniciate. Mi metto a scrutare quelle immagini nitide eppure vagamente sfocate, in bilico sull'orlo dell'oblio, a un passo dal dolce precipitare nell'insipienza.

Le ho già guardate queste fotografie. Le riguardo, cercando qualcosa che non so. Qualcosa che dieci giorni fa non ho visto. Qualcosa che potrebbe rivelarsi utile.

Per esempio, questa foto di Esmeralda Musumeci, il bel viso luminoso e sorridente che si sporge dal finestrino di una macchina di lusso. E alla guida c'è proprio lei. Ma il suo affezionato autista non ci aveva detto che Esmeralda non l'aveva mai presa, la patente?

Sullo stesso ripiano c'è un'altra foto grande, in bianco e nero, inquadrata in una sottile cornice d'argento. È una foto di classe. Sulla targa campeggia la scritta ISTITUTO CONTARDO FERRINI, 4ª B.

Guardando queste ragazze dall'aria composta e timida, e i ragazzi serissimi, le mascelle sporgenti e gli occhi opachi, mi chiedo quale sarà Esmeralda. Forse quella alta e sottile in piedi in fondo alla fila, sulla destra, proprio accanto all'insegnante. O forse la bambolina con i boccoli seduta in prima fila. Sono incerta, l'immagine è sgranata.

Decido di guardarla meglio, e la tiro fuori dalla cornice. Sul retro c'è la data: 1962. Stampigliata insieme al nome del fotografo, un tal Domenico Rossi, via Goffredo Mameli 23, Verbania.

Verbania? Questo sì che è strano, ancor più dell'esposizione di ombrelli d'epoca. Perché mai Esmeralda avrebbe dovuto decidere di partire da Milano ogni mattina per andare a scuola sul Lago Maggiore?

# 45

Sono quasi le sei e la testa comincia a farmi male. Forse avrei dovuto dar retta ad Alfio e mangiare un boccone. Forse c'è un collegamento tra lo stomaco vuoto e la testa che rimbomba e gira a vuoto. Che saggio l'ispettore capo Russo!

Però adesso lo chiamo, sono tre ore che me ne sto sola soletta davanti allo schermo del computer. Quello che potevo scoprire l'ho scoperto.

Per esempio, ho scoperto che Esmeralda Musumeci si è diplomata nel 1963 all'istituto Contardo Ferrini. Soprattutto, ho capito perché ha frequentato un istituto per ragionieri a Verbania, invece che a Milano. Adesso ho bisogno di mettere in fila le cose e trovare un senso. E rimuginare da sola non aiuta, preferisco parlare con qualcuno. Con Alfio, per esempio.

Lo squillo del telefono sembra una risposta diretta alla mia invocazione. Ma sul display mi appare un numero sconosciuto.

«Sì, pronto.»

«Giulia, sono io.»

«Alfio, dove sei?»

«In archivio. E forse ho trovato qualcosa di sensato, riguardando le immagini delle varie telecamere in zona.»

«Sali tu o scendo io?»

«Sta' lì, arrivo.»

Passano cinque minuti ed eccolo sulla porta.

«Ho scoperto che l'autista è un contapalle» esclama ancora prima di appoggiare le chiappe sulla sua poltroncina preferita.

«Ma dai? Ho scoperto la stessa cosa.»

«Hai guardato anche tu i video di sorveglianza? E quando?»

«No, ho guardato delle fotografie, che mi hanno fatto venire qualche dubbio. A quel punto ho fatto qualche controllo e ho scoperto alcune cose piuttosto interessanti.»

«Tipo?»

«Tipo che la signora Musumeci è nata a Milano, questo lo sapevamo, e abbiamo dato per scontato che avesse vissuto sempre a Milano, tranne i pochi anni passati a Busto Arsizio col primo marito, quello rapito dall'Anonima Sequestri e scomparso nel nulla.»

«E invece no?»

«No. Nasce nel 1944 la nostra Esmeralda, in piena guerra, e a sei mesi è già orfana. Madre morta sotto i bombardamenti, nel crollo della scuola dove fa la maestra. E il padre allora che cosa fa? Prende su la figlia e se ne ritorna al paesello natale, dove ha ancora una sorella che può dargli una mano a tirare su la povera bambina. E il paesello in questione, dove la Musumeci quindi è cresciuta, indovina un po', si chiama Carpugnino.»

Fisso Alfio in attesa di una reazione, ma lui si limita a guardarmi con aria perplessa.

«Carpugnino non ti dice nulla, vero?»

«Dovrebbe?»

«Sì, però immagino che sia un po' difficile se non conosci questi posti. È un paesucolo a due passi da Gignese e da Stresa. Ci sono passata anche l'altra settimana, quando sono andata a trovare quel tizio di cui ti ho parlato, lo scrittore che costruisce ombrelli e vive come un eremita in mezzo ai boschi del Mottarone.»

«Ok, ho capito. Ma continuo a non capire dove vuoi arrivare.»

«Carpugnino è il paese dove è nato Lepre ed è un posto minuscolo: 600 abitanti. Ti pare plausibile che lei e Lepre, che hanno più o meno la stessa età, siano cresciuti in un paese di 600 anime senza conoscersi?»

«Ma proprio per nulla.»

«Già, però Lepre ci ha detto che si sono conosciuti soltanto quando lui è diventato autista dell'ingegner Pratti.»

«Più che improbabile, semplicemente impossibile. Si dovevano conoscere da prima.»

«Lo darei per certo. Quindi Lepre ci ha mentito. E naturalmente mi chiedo perché lo ha fatto.»

«Già» riflette ad alta voce Alfio. «Se si conoscevano fin da bambini, potrebbe essere stata lei a convincere il marito a prendere Lepre come autista. Ma non ci sarebbe stato proprio niente di male. Quindi perché non dircelo?»

«Già, perché?»

«Forse perché il signor Lepre ha un debole per le frottole?»

«Cos'altro hai scoperto?»

«Che ci ha rifilato una clamorosa palla sui tempi.»

«Cioè?»

«Allora, stando alla sua deposizione, confermata dalla domestica, lui se n'è andato a mezzogiorno, perché doveva portare la macchina dal meccanico. E il meccanico ha confermato.»

«Quindi qual è il problema?»

«Il nome del meccanico, tanto per cominciare.»

«Dai, Alfio, cos'è che mi vuoi dire?»

«Si chiama Massimiliano Lepre.»

«Parente immagino.»

«È il figlio dell'autista.»

«Il fatto che sia suo figlio non è per forza un indizio di reato.»

«No, però il fatto che uno abbia detto "sono uscito alle 12" e l'altro prontamente abbia confermato "sì, certo, è arrivato qui alle 12.30" potrebbe essere una falsa testimonianza» mi risponde Alfio.

«Il "qui" in questione dove sarebbe?»

«A Cornaredo, hai presente? Sulla statale per Novara, appena dopo Settimo, come tempi ci siamo. O meglio, potremmo esserci, se non fosse che la Mercedes grigia di Lepre è stata ripresa in viale Caterina da Forlì esattamente alle 12.47.»

«Sei sicuro che sia la sua?»

«Affermativo, è fermo al semaforo, e la targa è perfettamente inquadrata da una telecamera della filiale UniCredit all'angolo.»

«Ma cazzo, e perché non ce ne siamo accorti prima?»

«Perché non era quello che pensavamo di dover cercare. Lui aveva il suo bell'alibi, non aveva nessun motivo per voler male alla sua datrice di lavoro.»

«E come è capitato questo miracolo, che invece tu all'improvviso hai capito cosa cercare?»

«Guardando i tabulati telefonici.»

«Ce li abbiamo da dieci giorni e ti avevo detto di guardarli con attenzione. Sei stato tu a dirmi che non c'era proprio nulla di strano.»

«Hai ragione, perfettamente ragione. Però mo non te la pigliare con me, vai dal tuo capo a rompere un po' i coglioni anche a lui, perché da quando è arrivata quella cazzo di telefonata, quella del rapimento, finta, fintissima, guarda, ne sono convinto al mille per mille, MM ha deciso che quella era l'unica strada. E tutto il resto *bye bye baby I love you.*» E mentre canticchia sventola anche una manina vezzosa.

Mi arrendo subito. «D'accordo, Alfio, io ho ragione ma tu di più. Insomma, hai riguardato i tabulati e...»

«E ho scoperto che l'autista ha fatto una telefonata alle 12.55 in punto. A suo figlio. Che cosa gli telefonava a fare, se già da venticinque minuti stavano insieme?»

«E a che cella era agganciato?»

«Non a quella di Cornaredo. Era ancora in città.»

«Quindi ti sei messo a cercarlo nei dintorni di casa Musumeci.»

«Esatto.»

«Mah, da sola questa cosa non prova molto. Mica l'hai beccato col cadavere in spalla.»

«Vero, però magari era nella macchina.»

«È possibile, ma come lo proviamo?»

«Qualche indizio in giro deve ben esserci» esclama Alfio.

«Sì, vero, però ho passato le ultime due ore a rileggermi tutti i rilievi della Scientifica in casa Musumeci. Niente che non sapessimo già. Il sangue che abbiamo trovato è della nostra signora sparita, ma tracce di lotta non ce ne sono, a parte la lampada rotta. Tutto il resto in ordine. Pulito e candeggiato. Nessun'altra impronta.»

«Anche la macchina è stata controllata» ribadisce Alfio. «Tracce della signora Musumeci ovviamente ne hanno trovate, ma niente di sospetto. Quindi? Che vuoi fare?»

«Direi che li convochiamo tutti e due domani mattina, padre e figlio. E vediamo un po' che cosa hanno da dirci.»

«Tu su chi scommetti?»

«Io non scommetto mai.»

Alfio mi scocca un sorriso tra l'ironico e l'affettuoso. Intanto si alza in piedi lanciandomi le domande di rito, inevitabili a quest'ora della sera. Inevitabili per lui.

«Sono quasi le otto. Che dici? Non ti sembra l'ora di andarsene fuori dalle palle? Tu che fai? Qualche bel programma per la serata? Lo vuoi un passaggio fino a casa?»

«Ma se stai dall'altra parte della città!»

«Macchissene... faccio il giro lungo, che ci vuole?»

«Alla faccia del giro lungo! Non mi pare il caso.»

«Eddai, vicequestore, non ti far pregare. Vado di corsa a lasciare la convocazione sulla scrivania di Abete e ce ne andiamo.»

Sto per dirgli di no, come sempre. Ma stasera non ci riesco. Sono stanca. Non ho voglia di camminare. Non ho nemmeno voglia di andare in piscina.

A casa Musumeci ho sottratto una delle foto, quella con la giovane Esmeralda al volante di una macchina sportiva, sorridente e spavalda. L'idea era di mostrarla al suo autista, giusto per introdurre l'argomento delle tante frottole che ci ha raccontato in questi giorni.

Però questa foto mi si è come appiccicata alle mani. Continuo a guardarla, Esmeralda, e mi vengono in mente altre foto. Mi torna in mente quel soggiorno immenso, pieno di fotografie, ma nemmeno una recente, come se il tempo si fosse fermato a un certo punto. Quando? Vent'anni fa? Trenta? Forse anche quaranta. Mi sembra che nelle foto più recenti ci fosse la figlia di Esmeralda ancora piccola.

In casa mia di fotografie non ce ne sono. O meglio, ci sono, ma non sono esposte agli sguardi. Nemmeno al mio. Le foto di mia madre. Le foto di me bambina. Se ne stanno in fondo ai cassetti, schiacciate insieme ai ricordi, in uno spazio minuscolo, senza aria, senza luce.

# 46

Era adorabile mia madre. Quando c'era.

Aveva i capelli rossi. Riccioli lunghi, morbidi, avvolti in caotiche spirali intorno a un viso ovale e altero, come disegnato da un pittore incantato, senza neppure un angolo, un'ombra, una fessura di paura dalla quale la polvere del tempo potesse un giorno penetrare e fare scempio della sua bellezza da madonna adolescente con un figlio in braccio.

Due figlie, per la verità, nella foto che sto guardando. Io, appena nata, e mia sorella Angelica, sei anni ancora da compiere. È l'estate del 1976, e questa è l'unica immagine che ho conservato di mia madre.

Io sono nata da due mesi, forse tre, e sono tutta tonda. Il faccino paffuto, gli occhi grigi e rotondi, le orecchie piccole e sferiche, da cartone animato. Betta, mia madre, è seduta per terra, la schiena appoggiata al tronco di un albero. Sul suo braccio destro sono adagiata io, la bocca spalancata in una strana smorfia, le mani agitate in avanti, come a dire no. Dietro la sua spalla sinistra fa capolino il volto affilato di Angelica, gli occhi scuri e attenti, i capelli biondi, lisci, tagliati a caschetto.

Incredibile, ogni volta che guardo questa foto penso la stessa cosa: centimetro più, centimetro meno, mia sorella non ha *mai* cambiato taglio dei capelli. Mai. Tutta la vita con i capelli biondi a caschetto, lisci e ordinati, mai un tentennamento, un'indecisione, un attimo di noia insostenibile che ti spinge a cambiare per non morire. Mai.

Quando avevo vent'anni e cambiavo colore di capelli almeno tre volte l'anno, passando dal rosso tiziano al biondo platino senza il minimo imbarazzo, e non disdegnando temerarie divagazioni tra ciocche blu elettrico e frangette rosa shocking, mi divertivo a sfottere il suo look da algida paladina della famiglia bon ton, cantandole "Voglio una vita da vecchia, voglio una vita piena di noia!" sulle note della *Vita spericolata* di Vasco Rossi. Lei di solito si limitava a stringere labbra e occhi nella perfetta imitazione di un'arpia stitica, e a lasciar cadere qualche parolina all'aceto. Cose tipo "Sei una piccola idiota, non crescerai mai", oppure "Ma questa settimana non avevi un esame? Com'è andata? Hai fatto colpo con i capelli da fata turchina?". Col tempo, questa seconda domanda ha smesso di farmela, perché la risposta che di solito si beccava – "Ho preso trenta, e pure la lode... chissà, forse sono stati proprio i capelli" – non faceva altro che peggiorarle il malumore.

Non è facile per nessuno crescere, e ancora meno se hai una mamma tossica, che passa anni della sua vita, e della tua, cazzo, fuori e dentro dalle comunità, alla ricerca di qualcosa, qualcuno che la salvi, dal buio, dalla paura, dalla fragilità sottile e disperata che riempie le sue notti di incubi e i nostri giorni di siringhe.

Li chiamano paradisi artificiali e secondo mia sorella sono la cosa peggiore che Dio abbia inventato nella sua infinita crudeltà. Sicuramente il modo più efficace di trasformare in un inferno la tua vita e quella degli altri.

Angelica ha deciso di uscirne usando la gomma per cancellare. E forse anche la candeggina. Magari anche il fuoco, se avesse potuto. Non ha voluto tenere neppure una foto della mamma, ed è riuscita a far singhiozzare papà strappando sotto i suoi occhi una delle foto più belle della sua adorata Betta. Era l'estate del '70. Lei aveva diciotto anni e mezzo, un sorriso da incantatrice di serpenti, un vestito corto a righe e una bambina nella pancia, Angelica.

All'esame di maturità mia madre si era presentata incinta di cinque mesi. E quella foto l'aveva scattata il suo fidanzato Rino, innamorato pazzo e assurdamente felice di diventare padre a vent'anni, senza un lavoro e con l'università ancora da finire, e due famiglie isteriche, la sua e quella di Betta, in disaccordo su tutto tranne che su un unico punto: "Che disonore che rabbia che imbecilli 'sti due, ma non potevano stare attenti!".

Una foto che ricordo benissimo, anche perché mio padre Rino con sovrumana pazienza l'ha poi rimessa insieme pezzo per pezzo, mescolando lacrime e colla, ed è sempre stata la sua preferita, quella che ha continuato a sventolare sotto il naso di tutti, per anni, ossessivamente, come a voler spiegare quello che gli altri non avrebbero comunque mai potuto capire. Come puoi amare alla follia una bambina fragile, che mette al mondo altre due bambine, le tue figlie, con l'allegra spensieratezza di una giovane invincibile dea, ma poi non riesce a capire che la differenza tra sogni e bisogni si gioca tutte le mattine tra il bagno e la cucina, e non sempre è facile far tornare i conti tra le anse molli di un presente indeciso e un'idea di futuro che non sai neppure bene dove inizia.

Fino a due giorni prima del Natale '69, Rino aveva pensato poco al futuro, e sempre con grande tranquillità, sapendo già che cosa aspettarsi. Nel suo futuro c'era una laurea in architettura. Già si vedeva in giro per i cantieri con l'elmetto giallo in testa, ma non quello da geometra, come suo padre. Lui si vedeva architetto, e ci teneva a quel pezzo di carta, quanto e più di suo padre. Poi, il 23 dicembre 1969 aveva conosciuto Betta, e la linea dell'orizzonte si era spostata, il baricentro del mondo era franato all'improvviso. Però il cielo era diventato più blu. E anche se suo padre lo trattava da povero coglione, lui pensava al pancino tondo di Betta e gli sembrava di sentire il calore di mille soli, tutti lì intorno, accesi solo per lui e la sua donna, e per il bambino che sarebbe nato. A suo padre, e soprattutto a se stesso, l'aveva giurato e spergiurato: «La laurea me la prendo lo stesso, continuo a studiare anche se vengo a lavorare in cantiere, studio la sera, la domenica, magari ci metto un anno o due in più, ma ce la faccio». E invece non si è laureato mai. Perché ormai era scoppiata la rivolta permanente, e all'università fare esami invece che bivacchi era diventato difficile per tutti, non solo per chi aveva cantieri da mandare avanti e figli e mogli da mantenere.

Angelica Aurora l'avevano chiamata, quella bambina bionda dal profilo delicato, che le nonne avevano subito cercato di rapire e trascinare nel loro mondo perfetto fatto di pappe, sonnellini e ruttini a ritmo disciplinato e regolare. Ma Betta aveva deciso di fare la mamma a tempo pieno, contro ogni previsione, e forse ogni buon senso. E quella bimbetta dolce, che non piangeva mai, la chiudeva dentro una specie di grossa sacca di tela a fiori che si infilava a tracolla, e se la portava appresso ovunque, all'università e al cinema, nelle lunghe camminate tra le valli dell'Ossola e del Sesia, fin sopra il Mottarone e lungo il lago, nei viaggi zingari su e giù per mezza Europa, con la Fiat 850 blu e una tenda canadese più piccola di una cuccia di cane.

Quando sono nata io la 850 blu era appena stata sostituita da una 128 verde bottiglia, ma le abitudini della famiglia erano rimaste le stesse. Mia madre continuava a frequentare Lettere moderne all'Università Statale di Milano, guardandosi bene dal dare inutili esami. Scriveva poesie, cantava a squarciagola canzoni che lei stessa componeva, ogni tanto dipingeva, tele enormi e cupe, piene di teschi e macchie rosse, che per un po' troneggiavano sulla parete del salotto e poi sparivano in cantina, dopo aver riempito la mia mente di bambina di immagini di sangue e terrori spettrali.

Quando il buio lasciava il posto alla luce, mia madre riponeva tele, spatole e pennelli, e tirava fuori dal baule delle magie, così lo chiamava, stoffe meravigliose dalle tinte sgargianti, bottoni dalle fogge incredibili, passamanerie, pizzi, veli, matasse di lana e lunghe stole di chiffon. Con ago, filo e immaginazione cuciva abiti degni di una principessa, coloratissime coperte patchwork che somigliavano a tappeti volanti, e soprattutto tende leggere, lunghe fino a terra, capaci di catturare il sole che entrava dalle finestre facendolo danzare sulle pareti di casa.

C'è chi ha avuto in sorte un'infanzia da incubo, la mia è stata una specie di ottovolante, un'infanzia a luci intermittenti. Bellissima e atroce, felice e disperata, a giorni alterni, come i parcheggi sul bordo della strada, a destra o a sinistra, a seconda che il giorno sia pari o dispari.

Quando mia madre c'era, ogni cosa era illuminata. Lei passava da una stanza all'altra lasciando aperta ogni porta e accesa ogni lampadina. Inondava la casa di odori e sapori, riempiva l'aria di rumori, fermenti, scompigli. Trasformava un banale appartamento nel centro di un paesotto a metà strada tra Novara e il Lago Maggiore nel set di straordinarie avventure esotiche, tra braccialetti tintinnanti e profumi di sandalo e muschio.

Quando lei spariva, tutto si spegneva. Il forno della cucina, improvvisamente grigio, smetteva di produrre a ciclo continuo torte alte e soffici, profumate di limone e cannella, e a volte di hashish, ma questo allora non lo sapevo. Le ghirlande di lucette blu e gialle, appese intorno al grande specchio del corridoio, sopra il letto e tutt'intorno alla libreria, come fosse sempre Natale o carnevale, smettevano di rincorrersi e pendevano inerti, inutilmente opache. Ma era soprattutto la luce nello sguardo di mio padre che all'improvviso si spegneva, e lui smetteva di ridere, diventava brutto e grigio, un ometto bigio come tutti gli altri, che ti fissava con gli occhi umidi e risentiti, senza ascoltare nulla di quello che gli dicevi.

L'ho scoperto molti anni dopo che quell'odore dolce, di fumo buono e speziato, che aleggiava sempre in casa nostra, e tanto faceva arrabbiare la nonna, apparteneva a una sostanza legalmente proibita. Ancora adesso l'odore di spinello mi riporta all'infanzia, ai giorni colorati in cui mamma e papà ballavano nudi sulla spiaggia di Mykonos, al tramonto, mentre io e mia sorella saltavamo come matte picchiando selvaggiamente sui tamburelli. Era il 1983 e mio padre si era appena comprato la reflex nuova e faceva fotografie a raffica, come se quello fosse l'unico modo per fermare il tempo, dare un senso alla vita.

Io avevo sette anni ed ero la bambina più felice del mondo. In una foto che ho sempre portato con me, negli infiniti traslochi della mia vita, e ogni tanto spunta fuori a tradimento da una vecchia agenda, in fondo a un cassetto, io sorrido estatica, seduta nell'acqua azzurrissima, mi manca un dente davanti e ho i capelli tutti in piedi, pieni di sabbia e sale. Ogni volta che la guardo mi viene da piangere, mi sembra di sentire il sapore del mare, del sole, della felicità.

Angelica quell'estate diceva a tutti di avere tredici anni, ma in realtà li avrebbe compiuti solo a novembre, e si guardava intorno inquieta, avvolta in asciugamani, sciarpe e foulard, cercando di mostrare meno centimetri di pelle possibile e rimproverando la mamma per le sue tette al vento e il papà per la sua mania di fotografare tutto. Quanto a me, il fatto che esistessi era già una colpa più che sufficiente. Tanto che forse non me l'ha perdonata ancora adesso. Tanti anni dopo mi ha confessato che una delle cose che non sopportava di me, quando ero piccola, era sentirmi ridere. Ridevo troppo, secondo lei, e sempre a sproposito. Mentre invece non c'era proprio niente da ridere.

In effetti, aveva ragione lei. Mentre io ballavo e ridevo, nella magica estate greca del 1983, e mi rotolavo nella sabbia calda, e facevo smorfie buffe ogni volta che mio padre prendeva in mano la sua macchina fotografica, e ridevo ridevo ridevo, Angelica ci fissava seria, circospetta, quasi diffidente. E si nascondeva. In quasi tutte le foto scattate da mio padre a Mykonos non si riesce a vederle la faccia, voltata di scatto dalla parte opposta, nascosta da una mano, un braccio, un lembo di tessuto. Forse era soltanto in piena tempesta ormonale da adolescenza infelice, forse aveva capito che quella era solo una tregua, e il buio era vicino.

Infatti, la prima volta che mamma è entrata in una comunità per tossicodipendenti era il 20 novembre del 1983. Le luci per la verità erano spente da un po', anche se lei era quasi sempre in casa. Tornavo da scuola e la trovavo rannicchiata sul divano. Il suo corpo era lì ma l'anima era volata via, in un altrove che immaginavo privo di odore e di colore, opaco come i suoi occhi, quando mi guardavano senza vedermi.

La mia mamma era bellissima, quando c'era. Affettuosa, dolcissima, calda. Ti stringeva forte e giurava che non sarebbe più andata via.

Mai più.

Ma era una bugiarda, come tutti i tossici.

# 47

La notte è finita. Più breve del solito. Sono le cinque meno un quarto e gli occhi già si sono aperti.

Mi sono addormentata con in mano la fotografia di mia madre. Mi risveglio con in fondo alla gola un gusto di lacrime che pensavo di aver perduto. Per sempre.

Il cielo è grigio. Ma il meteo dice che oggi non pioverà.

Mi faccio una doccia, mi lavo i capelli, mi guardo allo specchio. Penso che così chiari e sparpagliati i miei capelli sembrano più sottili e fragili di quello che sono. Non mi piacciono. Dovrei farli crescere ancora un po', abbastanza da riuscire a legarli, e farli più scuri.

Preparo la caffettiera, la metto sul fornello, accendo la fiamma, resto lì a guardarla. Per un attimo ho la tentazione di allungare la mano, appoggiare il palmo su quella luce che pulsa. È azzurra, ti verrebbe da immaginarla fredda, invece è rovente.

A quindici anni era così che mi punivo. Mi bruciavo le dita. Di solito sul fianco, tra l'unghia e la prima falange. Faceva male, ma non era invalidante. Si formavano delle vesciche rosse, era come una decorazione, un tatuaggio di carne bruciata. Avevo iniziato sulle fiamme del fornello, ma anche il fuoco più piccolo era troppo grande. Funzionava bene se ti volevi bruciare i polpastrelli, o il palmo della mano. Qualche volta ci avevo provato, ma era un casino. Se ne accorgevano tutti, e poi non riuscivi più a prendere in mano le cose, diventavi una specie di handicappata. No, non funzionava. Molto meglio usare un accendino. Potevi dirigere la punta della fiamma dove volevi tu, proprio nel punto esatto che avevi individuato, tra una vescica appena scoppiata e un pezzetto di pelle rosata, ricresciuta da poco e ingenuamente speranzosa. Un centimetro quadrato di carne liscia, in attesa della fiamma, del dolore che purifica. Che fa sentire vivi.

Un giorno mio padre mi aveva portato da una sua amica psicologa, a Novara, sotto i portici di piazza dei Martiri, lontano dagli occhi inquisitori di nonna Amelia, e quella imbecille mi aveva esaminato le mani e le braccia, poi mi aveva chiesto di togliere i jeans per guardarmi le gambe. Non trovando nulla si era stupita, un po' agitata, poi mi aveva chiesto a bruciapelo: «Non ti sei mai fatta dei tagli?». E io le avevo risposto, stronza e strafottente come solo un'adolescente può essere: «Affettando il pane? Sì, mi è capitato... a lei non capita mai?».

Mio padre aveva sospirato forte, poi dalla gola gli era uscito uno strano verso, come un singhiozzo. Lei aveva stretto le labbra e congiunto le dita delle mani, appoggiate sulla scrivania e cariche di anelli di argento dalle pietre enormi e colorate. Poi aveva sparato a raffica un ricco menu di varie amenità, il cui unico succo era che avrei dovuto andare da lei una volta alla settimana, e questo mi avrebbe aiutato a superare la morte di mia madre.

Non che le avessi creduto, ma all'inizio un po' ci avevo sperato.

Avevo smesso di ascoltarla quando aveva cominciato a ripetermi, ossessivamente, che non dovevo sentirmi in colpa per mia madre, che non era colpa mia, che non era colpa di nessuno. L'imbecille non aveva capito nulla. Io non mi punivo perché mi sentivo in colpa, ma perché non sentivo niente. Né colpe, né dolori, né gioie. Niente. Solo quando mi bruciavo sentivo qualcosa. Mi sentivo viva. Finalmente.

Continuo a fissare la fiamma azzurrognola sotto la caffettiera, ma la tentazione è già passata. È da un pezzo che ho smesso. E di solito non rimesto neanche nel gran bollito dei miei ricordi da adolescente orfana e rabbiosa. Non serve a niente, grazie, sto bene così.

Sento il caffè che sale, la caffettiera che comincia a fischiare. Fuori il cielo è sempre grigio, dentro si è creato una specie di spazio vuoto. Come un'intercapedine che isola e protegge. Intanto la polvere, piano piano, si deposita sulle macerie.

Nello stesso istante il cellulare comincia a suonare. Sono le sei ormai, ma continua a essere decisamente presto. Sia per i tanti rompicoglioni della questura, sia per i pochi amici che conoscono questo numero.

È Alfio. Rispondo subito, quasi preoccupata. Lui di solito alle sei di mattina dorme ancora. Ci deve essere un buon motivo se è già sveglio.

Non mi chiede se mi ha svegliata. Sa che è impossibile. Mi dice solo: «L'abbiamo trovata».

Io chiedo: «Che cosa?».

Ma la risposta la conosco già.

# 48

Abbiamo trovato la testa della signora Musumeci.

Era dentro una scatola foderata di raso viola, appoggiata su un cuscino di pizzo bianco, circondata di ghiaccio. L'ha trovata il figlio più giovane, andando a cercare una bicicletta. O almeno così ci ha detto. Nel box di via Vetta d'Italia, a due passi da via Caboto e dalla casa di sua madre.

È un garage doppio affacciato direttamente sulla strada, ampio e comodo, comprato per tenere impegnato qualche soldo e avere un posto dove accumulare tutto quello che non si riusciva più a stipare in casa. Così mi ha detto Giorgio, il figlio minore di Esmeralda, piantandomi in faccia i suoi occhioni azzurri.

«Perché non ci ha parlato di questo garage?» gli chiedo paziente e infelice.

«Perché non pensavo che fosse importante. Non mi è neanche venuto in mente» mi risponde impaziente e ben poco felice, saltellando da un piede all'altro.

Ci siamo spostati per non intralciare il lavoro dei colleghi della Scientifica, ma solo di qualche metro. Ho pensato che fosse meglio interrogarlo subito. Qui. Non saprei dire perché. Sinceramente non penso proprio che sia stato lui a fare a pezzi sua madre.

«Lei qui ci tiene la bicicletta, giusto?»

«Sì, signora, ma guardi che ho già detto tutto al suo collega, francamente...» mi risponde con un tono sgarbato che mi fa incazzare all'istante.

«Io sono la dottoressa Ferro. Vicequestore. Gentilmente, se le faccio una domanda, è pregato di rispondere. Se preferisce, la faccio accompagnare in questura e ne parliamo nel mio ufficio.»

Il signor Musumeci cambia subito atteggiamento.

«Sì, sì» dice. «A me piace girare in bici quando sono a Milano. Prima la tenevo da mia moglie, nel garage di casa sua, insieme alle biciclette dei miei figli, era anche più logico, visto che quando sono a Milano andiamo spesso a farci dei giri insieme, poi però, negli ultimi tempi... insomma, appena mi vede si irrita.»

«La sua ex moglie, intende?» lo interrompo, pensando che anche lui prende molto sul serio il fatto che una sentenza di divorzio ancora non c'è stata. Quindi sua moglie continua a essere sua moglie, non è ancora diventata ex... finché morte non vi separi?

«Sì... le cose si sono un po' complicate con lei. E allora ho deciso di utilizzare questo garage per tenerci la bicicletta, a mia madre non dava fastidio, posto ce n'era.»

«Chi altro aveva le chiavi?»

«Del garage?»

«Sì, certo, stiamo parlando del garage, mi sembra. Le chiavi le aveva lei, sua madre, chi altri?»

«Mah, non lo so. Erano in casa, le chiavi. Voglio dire, di solito non le tenevo io. Sono anni che non sto più a Milano in pianta stabile, vado e vengo, non avrebbe avuto senso portarmele via, le pare?»

«Giusto.»

«Le chiavi erano appese in cucina, dietro la porta, dove stavano le copie di tutte le chiavi, dell'appartamento, della cantina di via Caboto, ma anche della casa di Sanremo, per dire. Erano tutte lì, così se ti servivano sapevi dove trovarle.»

«Quindi lei è entrato in casa di sua madre in questi giorni per prendere le chiavi del garage?»

Si rende conto con un attimo di ritardo di essersi incamminato su un terreno un po' fangoso. Sbatte gli occhi con aria ancora più infelice.

«No, per la verità no. Non ne ho avuto bisogno. Mi erano rimaste nel portachiavi dall'ultima volta che ero stato a Milano e avevo girato con la bicicletta.»

«E quando è stato?»

«Il mese scorso. Poco prima di Pasqua. Il 15 aprile è anche il compleanno di Riccardo, mio figlio, il più piccolo, quindi ho fatto in modo di esserci. Sono stato qui tutta la settimana e... Avevo tenuto le chiavi perché mi servivano tutti i giorni, per mettere e togliere la bici, e poi quando sono ripartito mi sono dimenticato di riportarle a mia madre.»

«Ma lei dove dormiva quando veniva a Milano, da sua madre?»

«No. Lei preferiva di no.»

Sembra vagamente imbarazzato. Come se non fosse affatto semplice parlare del rapporto con quella signora che casualmente era sua madre, e forse non del tutto casualmente adesso è morta. E a complicare il tutto la stiamo ritrovando a pezzi sparsi tra città e campagna.

È imbarazzato, il figliol prodigo che pendolava tra Roma e Milano, ma non esattamente affranto. Il pensiero che sua madre, quello che ne resta, fosse qui in mezzo a questo coacervo di mobili vecchi ed elettrodomestici obsoleti evidentemente non gli fa particolare effetto.

In effetti, la signora Esmeralda Musumeci non sembra essere riuscita a farsi amare molto dai suoi tre figli. Chissà se almeno ci ha provato. È una domanda a cui sarebbe parecchio interessante trovare una risposta. Ma ci sono indagini che non sai nemmeno come iniziare. Peccato!

«Vado in albergo di solito» aggiunge Giorgio Musumeci, tenendo lo sguardo curiosamente di sbieco, come in bilico su qualcosa che non si vede. «Ce n'è uno molto comodo, e non caro, qui vicino in via Washington.»

«Torniamo alle chiavi» lo incalzo. «Lei è entrato nel garage stamattina usando le sue, quelle che si era portato via. Giusto?»

«Sì.»

«Ma c'erano delle altre chiavi in giro che lei sappia?»

«Sì, di sicuro sì. Mi pare che ce ne fosse una copia appesa nel solito posto in cucina. E poi Giordano doveva averle di sicuro delle chiavi di riserva.»

«L'autista di sua madre utilizzava regolarmente questo garage, che lei sappia?»

«Direi di sì! Era lui che portava qui le vecchie cose che mia madre non voleva più vedere in giro per casa.»

«Vecchie cose che avrebbero potuto anche buttare via, mi è sembrato, dando un'occhiata.»

«Sì, forse, mia madre faceva sempre fatica a buttare via qualsiasi cosa. Era una vera ossessione la sua. L'unico che ogni tanto riusciva a farla ragionare era proprio Giordano.»

«Forse perché è una vita che si conoscono.»

«Sì, ma in realtà era lui che faceva quello che diceva lei, di solito, non il contrario.»

«Sì? E perché?»

«Mah, non so... è che Giordano...» dice Giorgio Musumeci.

«Giordano cosa? Che cos'è che mi vuol dire?»

«Ma niente, è solo che lui sembrava più un cavalier servente che un autista. Io ho sempre pensato che fosse un po' innamorato di mia madre.»

«E sua madre invece?»

«Se ne approfittava.»

«In che senso?»

«Ma niente, è che lui era sempre a disposizione. Come un cagnolino, ubbidiente e fedele, e lei... se ne approfittava.»

«Vale a dire? Che cosa faceva?»

«Lo maltrattava un po', lo prendeva in giro, lo comandava

a bacchetta. Era un po' una tiranna, mia madre, anche se forse in fondo anche lei gli voleva bene. A modo suo.»

Lo dice con un tono strano. Come se si vergognasse. Forse pensa di aver confessato chissà quale infamante segreto.

Lo fisso in silenzio, indecisa, potrei anche congedarlo, non mi sembra di avere altro da spremere da questo ometto dallo sguardo sfuggente. Decido che sì, non vale la pena di perderci altro tempo.

«Grazie signor Musumeci, per il momento è tutto, può andare. Ci teniamo in contatto.»

«Grazie a lei. Grazie davvero» mi dice con un tono all'improvviso entusiasta e un sorrisone incongruo stampato sulla faccia. Sollievo? Direi di sì. Se ne va a passo svelto, dopo avermi lanciato un ultimo sguardo un po' di sbieco. Come se volesse essere sicuro di aver avuto il permesso.

Io rimango lì a fissargli la schiena, finché non scompare dietro l'angolo. Sono incerta sul da farsi. Alfio sta setacciando la zona alla ricerca di qualche possibile testimone, quelli della Scientifica si stanno dando da fare, bianchi e silenziosi. A guidarli non c'è Fiammetta, con cui potrei anche scambiare due chiacchiere utili, oltre che piacevoli, ma un suo collega dalla mascella ottusa e dalla voce gracchiante. Lui non mi piace, io non piaccio a lui. Inutile cercare di fare conversazione.

Decido di tornarmene in questura. Ma non faccio in tempo nemmeno a scendere dal marciapiede. Con la coda dell'occhio vedo in rapido avvicinamento il medico legale, il dottor Pannofino, ironico e solerte come sempre.

«C'è una buona notizia» esordisce.

Sollevo gli occhi verso di lui e come al solito lo trovo fuori misura. È altissimo – 2 metri e 3 centimetri, mi ha confidato una volta – e ha due mani enormi, lunghe come mazze da hockey. Un'altra volta ha tentato di spiegarmi che le sue mani sono particolarmente forti e questo può rivelarsi di grande utilità in certi casi durante l'autopsia. Quali fossero questi casi non l'ho saputo mai. Me la sono data a gambe prima che potesse continuare.

I dettagli macabri delle autopsie non mi interessano. Mi danno il voltastomaco. A volte non posso ignorarli, sono indispensabili per seguire le tracce del colpevole, ma tendo sempre a ridurli al minimo. In proposito ho una mia personale teoria: sono convinta che sia più utile guardare le foto della vittima da viva, piuttosto che da morta, per tentare di immaginare dove andare a cercare l'assassino. Molti miei colleghi non sarebbero d'accordo, lo so, ma non importa.

Pannofino deve essersi accorto che sto pensando ad altro, e si avvicina di un altro passo, chinando verso di me la sua testona da orso buono, troppi capelli ricciuti e peli in quantità, sia sul mento che sporgenti a ciuffi dalle orecchie. Riesce a farmi sentire una nana, nonostante il mio metro e settantaquattro, e questo già è fastidioso. Ma quello che davvero non sopporto sono le sue uscite lugubri che vorrebbero essere ironiche.

«La testa alla signora è stata sottratta quando tanto non le serviva più a nulla. Altrimenti detto, è stata decapitata quando già era morta.»

«Ah, bene» mi viene in mente di dire. E poi mi blocco pensando che non c'è proprio niente di cui compiacersi. Anche perché Pannofino non ha finito.

«Devo però aggiungere: meno male! Perché il distacco della testa dal resto è stato fatto nel modo più cruento, oserei dire selvaggio.»

«Cos'hanno usato secondo lei?»

«Direi una sega, però non molto lunga. Un seghetto magari, di quelli da giardino. Ha presente?» mi dice, continuando a incombermi sulla testa, troppo vicino per i miei gusti.

«Che cosa intende per modo selvaggio?» mi costringo a chiedere, anche se non ho molta voglia di ascoltare la risposta.

«Intendo che questo seghetto sembra che lo abbiano

usato come un'accetta, menando dei fendenti disordinati, quindi non c'è una linea netta di taglio. Il collo è stato maciullato, come passato in un tritacarne.»

Io sto zitta e lui ne approfitta.

«Sa, dottoressa, il problema è che la maggior parte della gente non ha proprio idea di come si fa a staccare una testa dal corpo, pensa che sia facile, e invece...»

Non so decidere se una notizia del genere sia buona o cattiva.

# 49

«Dai, non fare quella faccia, è una buona notizia» mi dice Alfio, spaparanzato sulla "sua" poltroncina rossa.

«Dici?»

«Non abbiamo dovuto nemmeno torchiarlo. Ha confessato da solo.»

«Già. Avevo mandato i ragazzi a prenderlo, ma non hanno fatto in tempo neanche a portarmelo qua. Ha confessato direttamente a Zanette, appena l'ha visto, sulla porta di casa. È scoppiato a piangere e ha cominciato a dire: "Io non volevo, non volevo, è stata una disgrazia". E Zanette che mi chiama e mi chiede cosa deve fare. Io quello una volta o l'altra lo prendo a calci nelle palle.»

«Giulia, dai, ti ha pure risolto il caso, che vuoi di più?»

«Devo prendere a calci pure te?»

«Anche no... essssanttodddio fammi scherzare un po' ogni tanto!»

«Ogni tanto?»

«Vabbuo', cos'ha fatto alla fine Zanette?»

«E cosa doveva fare? L'ha arrestato. Gli ha messo le manette e l'ha portato qui.»

«Lo avete interrogato tu e Cardini?»

«Sì, ha cominciato subito a piangere e non la smetteva più. Probabile che stia ancora piangendo.»

«Te lo avevo detto che era lui, l'autista, l'unico che le voleva bene» dice Alfio con un sorrisetto strano.

«Sì, peccato che sia stato proprio lui ad ammazzarla.»

«Però non voleva.»

«Così dice.»

«Non gli credi?»

«Gli posso anche credere quando dice che non aveva intenzione di ammazzarla. Ma non è questo il punto. Anche perché a sentir lui non aveva neanche intenzione di rubare.»

«Ah no? E che cosa voleva fare?»

«Chiedere un prestito.»

«Tutto lì?»

«Aveva tentato di farlo in mattinata, ma non c'era stata l'occasione. E poi non voleva farlo davanti a testimoni. Quindi è andato via, a mezzogiorno, come ha sempre dichiarato, ma mezz'ora dopo è ritornato. Sapeva che la domestica al mercoledì a pranzo non c'era mai, perché la signora andava sempre a mangiare fuori con la nuora.»

«E sapeva anche dei centoventimila euro, ovviamente.»

«Certo, Lepre era la sua ombra. Ed era anche modesto quanto a pretese. Non li voleva mica tutti. Si accontentava di meno della metà: cinquantamila euro per il figlio che ha un mucchio di problemi con l'officina ed è strangolato dai debiti.»

«Ma la signora scommetto che gli ha risposto picche, che quei soldi le servivano per giocare, mica per fare beneficenza. Che stronza!» commenta Alfio, ridacchiando e scuotendo la testa.

«Cos'è che ti fa ridere?»

«Niente, mi è venuto in mente quando ho interrogato il figlio maggiore, il manager, e gli ho chiesto se avevano mai tentato di aiutare la mammina a smettere col gioco, e lui mi ha risposto: "Guardi, l'unico modo in cui mia madre accetta di farsi aiutare è sotto forma di assegni, in modo da poter continuare a fare quello che ha sempre fatto: giocare, e sbattersene di tutto il resto".»

«Infatti, sembra che la signora gli abbia risposto più o meno "Impiccati e togliti di torno, se non vuoi che mi trovi un altro autista".»

«Una vera arpia.»

«Sì. E lui forse si è finalmente stufato di farle da cagnolino.»

«Così l'ha ammazzata e si è preso i soldi. E bravo il nostro Giordano! È proprio vero, sono le acque chete quelle che non devi far incazzare.»

«Per come la racconta lui, non c'è stato niente di premeditato. Semplicemente, non ha saputo resistere alla tentazione. Lei lo aveva mollato lì come un allocco ed era andata in bagno a finire di prepararsi per uscire. In casa non c'era nessun altro. La cassaforte era lì, e la combinazione Giordano Lepre la sapeva a memoria. Insomma, si è trovato i soldi in tasca senza quasi rendersene conto.»

«Come se fosse in trance» ridacchia di nuovo Alfio. «Mi immagino la faccia di Cardini intanto che ascoltava questa bella storiella.»

«Sì, be', pure la mia te la puoi immaginare. Anche se fino a qui, te l'ho detto, potrei anche prenderla per buona la sua storia.»

«Compreso l'inseguimento giù per le scale?»

«Abbastanza. Prova a immaginare la scena. Lui se la sta filando dalla porta di servizio proprio mentre lei rientra in camera. Momento di panico. La signora vede la cassaforte aperta e capisce tutto. E si butta all'inseguimento.»

«Senza dimenticare di prendere l'ombrello.»

«Già, quel benedetto ombrello rosso! Che forse le è servito per volar giù direttamente dal terzo piano, stile Mary Poppins.»

«In che senso?»

«Nel senso che Lepre è andato giù come una scheggia, ma la signora Musumeci di più. Lui ha aperto il garage, ha preso la macchina, ha fatto il giro del cortile per uscire dal cancello e lei era già lì, all'ingresso principale che lo aspettava. Gli si è praticamente buttata sotto la macchina. O almeno, così ci ha raccontato lui.»

«E secondo te non è vero?»

«Ma no, probabile che sia andata proprio così. Secondo Lepre, lei ha cominciato a tempestare di colpi il finestrino. Usando l'ombrello. Allora lui si è fermato, l'ha fatta salire in macchina, ha cercato di farla ragionare. Ma non c'è riuscito. Perché la signora era giustamente inviperita e non voleva sentire ragioni. E ha cominciato a prenderlo a botte, il nostro povero autista.»

«Non lo ha preso a ombrellate?»

«No. Perché nella concitazione l'ombrello è rimasto giù dalla macchina.»

«Giusto! Dove lo abbiamo trovato noi, davanti alla cancellata.»

«Infatti. La povera Esmeralda picchiava a mani nude, quindi, ed essendo una donna minuta, oltre che anziana, forse non era così temibile. Infatti, è bastato tirarle uno sganassone per metterla in condizione di non nuocere.»

«Uno sganassone? Cioè un pugno?»

«Sì, secondo Lepre un singolo pugno, tirato per esasperazione, per legittima difesa, perché lei continuava a urlare e a menare.»

«Ed è stato sufficiente per farla secca?»

«Pare di sì.»

«E tu gli credi?»

«No, non molto. Soprattutto non credo che *dopo* abbia fatto tutto da solo.»

«Anche a me pare improbabile.»

«Perché può pure essere che non la volesse uccidere, e che all'inizio pensasse che era solo svenuta. Ma resta il fatto che quando si è accorto che non respirava più, mica ha chiamato la polizia! A quel punto ha pensato bene di farla sparire.»

«Con la complicità del figlio, giusto?»

«Secondo me sì, fin dall'inizio, ma non c'è stato verso di farglielo ammettere.»

«Ah no? Ma avevo capito che avesse confessato tutto.»

«Sì, ma il figlio ha deciso di lasciarlo fuori, a qualunque costo. Ha ammesso soltanto una cosa: che il ragazzo ha fatto la famosa telefonata a Soneri, nient'altro.»

«Ma l'idea di chi era stata?»

«Della telefonata per depistarci? Pare del figlio.»

«Furbetto il ragazzo...»

«Sì, e soprattutto innocente, secondo papino suo, che ha continuato a dirci per un'ora: è tutta colpa mia, solo mia, non volevo, grazie di avermi arrestato, voglio espiare, ma lasciate stare mio figlio che è innocente.»

«Be', insomma, proprio innocente magari no...»

«Sai, dipende da come la vedi, secondo suo padre, povera stella, la sua unica colpa consisterebbe nel fatto di essere un bravo figlio che vede il babbo in difficoltà e lo aiuta.»

«Il figlio che ognuno di noi vorrebbe avere, disposto a tutto, pur di venire in soccorso al genitore» esclama Alfio.

«Un erede davvero invidiabile, soprattutto se hai bisogno di fare a pezzi il cadavere di un'anziana signora, decapitarlo selvaggiamente e bruciarlo.»

«In effetti, raccontato così pare brutto, però...»

«Però cosa?»

«Mah, niente, è che alla fine è più una storia di amore che di soldi. Io te lo avevo detto. Lui aveva bisogno dei soldi non per sé, non per avidità. Solo per aiutare il figlio che affogava nei debiti. E la signora l'ha ammazzata perché lui l'aveva sempre tenuta in palmo di mano, le voleva bene, quasi come a una moglie, non ti dimenticare che sono rimasti vedovi tutti e due più o meno nello stesso periodo. E lei invece si era rivelata una stronza, non gli voleva dare i soldi che gli servivano, insomma l'ha deluso. Ma lui non voleva ammazzare la sua Esmeralda, io gli credo. È stato un momento di rabbia. Gli credo assolutamente, se dice che è pentito.»

«Ma la pianti?» sbuffo. «Sei forse il suo avvocato difensore?»

«No, però se lo fossi punterei esattamente su questo: trattasi di delitto passionale. È per amore che l'ha uccisa, non per denaro.»

Molto romantico, penso, giusto un niente macabro...

Forse mi piacerebbe per una volta fare l'avvocato difensore, potrebbe essere più gratificante che fare il poliziotto. Soprattutto quando hai la sensazione che i conti non tornino, che qualcosa continui a sfuggirti. E non sai cosa.

# 50

«Dottoressa, buongiorno. Mi spiega perché questo caso non è ancora chiuso?»

Matrocca si è materializzato nel mio ufficio. Come uno stregone maligno. Senza farsi annunciare. E senza nemmeno salutare Alfio.

Mi guarda fisso, con una piega quasi di disprezzo stampata sulla bocca sottile.

«Abbiamo tutti gli elementi, giusto?» esclama. «E allora perché stiamo ancora tergiversando? Perché il fascicolo, chiuso e sigillato, non è ancora arrivato sulla mia scrivania?»

«Perché ci sono ancora delle cose che non tornano, dottor Matrocca» gli rispondo. «Vuole accomodarsi?» aggiungo, indicando la poltroncina rossa che Alfio ha prontamente lasciato libera.

Scuote la testa come a voler dire di no, che non si vuol sedere. E intanto si siede. È fatto così il nostro esimio questore. Forse anche per questo è tanto difficile amarlo. O anche solo sopportarlo.

«Che cosa in particolare non le torna?» chiede con voce secca, come buttando fuori un colpo di tosse.

«Prima di tutto ancora non so chi ha fatto a pezzi la signora Musumeci.»

«In altre parole a preoccuparla è la questione dell'occultamento di cadavere.»

«Sì, più o meno.»

«Cosa intende?»

«Voglio dire, un conto è occultare un cadavere tutto intero seppellendolo in giardino, o in fondo a una cantina. Un conto è farlo a pezzi, cercare di bruciarne una parte e trasformare il resto in una specie di tabernacolo sacro.»

«La testa dice?»

«Sì, certo, dottore, la testa! Perché, a lei sembra normale tenersi una testa in una scatola?»

«No, certo che no» ribatte Matrocca agitandosi sulla poltroncina rossa, come fosse diventata all'improvviso scomodissima.

Con la coda dell'occhio vedo Alfio in piedi vicino alla finestra. Un sorriso beffardo disegnato sulla bocca. Posso facilmente immaginare che cosa gli sta passando per la testa, ma non sembra minimamente interessato a intervenire nel dibattito. Mi tocca proseguire da sola. E il cammino si sta facendo impervio.

«Il punto non è l'occultamento di cadavere» puntualizzo. «È il fatto che la confessione di Lepre è abbastanza convincente solo fino al momento della morte della signora Musumeci, poi diventa un ginepraio di assurdità assortite.»

«Cardini mi ha detto che la complicità del figlio di Lepre è acclarata ormai.»

«Acclarata non significa dimostrata.»

«Che cosa vuole dire, dottoressa?»

«Che ci sono troppe contraddizioni nel racconto dell'autista della signora Musumeci.»

«Non gli crediamo? Pensiamo che si tratti di una falsa confessione?»

Quando usa questa sorta di plurale maiestatis lo strangolerei volentieri, il nostro amato questore.

Mi limito a scuotere la testa con energia.

«Non ho mai parlato di "falsa confessione". Però non credo nemmeno che ci abbia detto tutta la verità.»

«Sì, ma lo ha fatto per proteggere il figlio, secondo Cardini.»

«Certo, lo penso anch'io. Ma ritengo che potrebbe esserci dell'altro. O meglio: qualcun altro.»

«Coinvolto nell'omicidio?»

«Magari nell'omicidio no, ma in quello che è successo dopo probabilmente sì.»

«In ogni caso il nostro Lepre è riuscito a dire tutto e il contrario di tutto» interviene Alfio. «E già questo è piuttosto sospetto, non credete?» Il tono mellifluo è quello del sottoposto che timidamente lancia un suggerimento vago, come un sasso tirato nascondendo la mano.

«Prima ci ha raccontato di aver vagato in macchina per ore, in preda allo shock» aggiungo io. «Con il cadavere sul sedile posteriore dell'auto. Come se non si fosse nemmeno reso conto di quello che stava succedendo. Poi, quando gli abbiamo fatto notare che già alle due meno un quarto il suo cellulare aveva agganciato la cella di Cornaredo, ha ammesso: "Sì, in effetti, sono andato subito all'officina di mio figlio".»

«Ma senza dirgli nulla» puntualizza Alfio. «Per non coinvolgerlo! Però ha deciso di mollare la macchina lì, dopo aver spostato la signora nel bagagliaio. E l'ha lasciata in officina per un'intera settimana.»

«Del tutto all'insaputa del figlio?» chiede Matrocca.

«Così sostiene.»

«Questo mi sembra davvero improbabile» constata con tono vagamente deluso il questore.

«Sì, ed è ancora più improbabile il resto: Lepre, dopo aver lasciato la macchina, sarebbe tornato a Milano insieme al figlio. Tranquillo come un pascià.»

«Questo il giorno stesso della scomparsa della signora Musumeci?»

«Esatto» interviene Alfio. «L'ho interrogato io il figlio e

ha confermato parola per parola. Mi ha detto che sono tornati insieme a Milano nel pomeriggio. Massimiliano Lepre ha dato un passaggio a suo padre fino a casa, in via Forze Armate, e poi se n'è tornato indietro a Cornaredo. Lui abita lì, a due passi dall'officina.»

«E poi?»

«E poi basta. Per dieci giorni non si sono più visti.»

«Questo è quello che sostengono loro» puntualizza Matrocca.

«Già» intervengo io. «In compenso i due, padre e figlio, si sono telefonati decine di volte. Molto più della media delle loro telefonate in un anno intero. Come fosse scoppiata un'improvvisa passione familiare.»

«E questo ci appare sospetto, dottoressa?»

«Forse sì, lei che dice, dottore?» rispondo secca, fissando Matrocca senza particolare simpatia. Ma lui come al solito è talmente preso da sé da non accorgersene nemmeno.

«Russo!» esclama, come se si fosse all'improvviso reso conto della presenza di Alfio nella stanza. «Dell'analisi dei tabulati telefonici si è occupato lei, vero?»

«Sì, certo...» risponde Alfio, una lieve esitazione nella voce.

«Ha individuato dei numeri sospetti?»

«Per il momento no, non... però...»

«Bene, bene, procedete allora. Conto su di voi. Diamoci da fare. Cosa dice, dottoressa: domani lo chiudiamo ufficialmente il caso?»

Io annuisco senza metterci particolare energia. Avrei qualcosa da aggiungere riguardo ai tabulati telefonici, ma forse non è il caso. È da un po' che mi gira nella testa un'idea, però devo ancora decidere che cosa farne.

Nel frattempo, il capo ha deciso che il tempo è scaduto. È scattato in piedi ed è già arrivato alla porta.

«Bene bene, avete lavorato benissimo. Continuiamo così. Domani nel primo pomeriggio aspetto un aggiornamento. L'ultimo, speriamo. Buonasera. Buonasera!» ribadisce. Ed è già fuori in corridoio.

Anche Alfio è scattato come una molla.

«Liberi tutti» esclama. «Allora ok, Giulia, andrei anch'io, se non ti dispiace. Ci vediamo domani.»

E si slancia fuori dalla porta con il suo bel passo lungo ed elastico.

Io esito un attimo. Incerta. Poi decido che almeno con lui è il caso di parlarne. Strappo via la giacca dallo schienale della sedia e mi lancio fuori dal mio ufficio.

«Alfio, mi daresti un passaggio? Se non hai troppa fretta.»

Quando la mia voce lo raggiunge, lui è già arrivato all'inizio delle scale, il piede destro in bilico sul primo gradino, negli occhi un sorriso vagamente stupito.

«Di solito sei tu quella che ha sempre una fretta del diavolo quando esce da qui» mi risponde accentuando il sorriso e colorandolo di ironia.

Non raccolgo la provocazione, limitandomi a ribadire: «Non ti preoccupare, se hai un impegno vai pure, ne parliamo domani».

«Di che cosa?» mi chiede.

Gli rispondo abbassando la voce: «Sui tabulati telefonici ho visto un numero un po' strano. Te ne volevo parlare».

Aggrotta la fronte per un istante. Poi annuisce.

«Ok, ti aspetto.»

«Sono pronta.»

«Andiamo.»

Scendiamo i due piani di scale che ci separano dal cortile al piccolo trotto, come se volessimo fare in fretta, ma evitando di dare nell'occhio. E senza dire una parola.

Attraversiamo il cortile in diagonale, fino alla macchina di Alfio. Saliamo, lui mette in moto, usciamo dal portone di via Fatebenefratelli.

«Di quale numero di telefono parli?» mi chiede avviandosi verso via San Marco.

«Del numero che Giordano Lepre ha chiamato tre volte, intanto che girava per Milano con il cadavere della Musumeci sul sedile posteriore dell'auto.»

«E di chi è?»
«Indovina.»
«E come faccio? Di un'impresa di pompe funebri?»
«È il numero di Ernesto Giorgi. E non è un caso di omonimia.»
Ci mette qualche istante a unire i puntini.
«Giorgi? Come la tua amica morta?»
«È suo padre.»
«Come sarebbe? Cosa c'entra?»
«Non lo so. Non ne ho la più pallida idea. Però ammetterai che come coincidenza è davvero troppo strana.»
«In effetti.»
«E non sapevo come dire questa cosa a Matrocca.»
«Già.»
«Non potevo certo raccontargli della mia indagine non autorizzata.»
«In effetti.»
«Tu eri l'unico con cui potevo parlarne.»
«Già.»
«Non sai dire altro, Alfio?»
«Andiamo a bere qualcosa intanto che ne parliamo?»
«Ma non avevi un impegno?»
Sì, più o meno, chissenefrega, dice, senza pronunciare una parola, scuotendo il ciuffo di capelli chiari e sbuffando aria e noia in nuvolette ravvicinate.
«Niente di importante» articola infine. «Conosco un posto dove possiamo anche mangiare qualcosa di decente. Lo sai che a stomaco pieno ragiono meglio.»
E si infila sgommando nella prima stradina a destra, come se di nuovo avesse una gran fretta di arrivare.

# 51

«Tre telefonate. La prima alle 14.17, la seconda alle 14.20, la terza alle 14.22. Alle prime due Giorgi non risponde. Alla terza sì. La chiamata dura in tutto due minuti e 10 secondi.»

«Non una telefonata lunga» commenta Alfio.

«Sì, però non può essere nemmeno una chiamata partita per sbaglio.»

«Certo che no, non ci metti due minuti per dire a qualcuno che ha sbagliato numero.»

«Quindi che cosa ne deduciamo?»

«Non saprei. Però se mi dai il tempo di mangiare qualcosa scommetto che mi viene in mente qualche idea.»

Alfio è riuscito ad attirare l'attenzione della magrissima cameriera e non vuole lasciarsi sfuggire l'occasione.

Spara l'ordine a voce un po' troppo alta. E come al solito ordina anche per me. Convinto com'è che io non abbia l'atteggiamento giusto nei riguardi del cibo, è sicuro che uno dei suoi compiti istituzionali sia quello di salvarmi dall'inedia e dalla cattiva cucina.

«Panelle e cazzilli per iniziare, magari qualche frittella di baccalà e le sarde a beccafico. Poi devi assaggiare gli involtini di spada. Va bene?»

«Ma se hai già ordinato, cosa me lo chiedi a fare?» gli rispondo. Un pizzico irritata, ma più che altro intenerita da questi suoi reiterati tentativi di farmi da balia.

«Vedrai, è un posto che vale la pena questo. Cucina siciliana vera. Infatti, era qui da prima che il quartiere cambiasse faccia.»

«Sì, però l'aspetto è un po' fighetto come tutti i locali qui all'Isola» ribatto, volutamente polemica.

Si guarda intorno come se le scelte fatte dagli arredatori fossero responsabilità sua. Scelte tutt'altro che sgradevoli, a dir la verità, ma mi piace punzecchiarlo quando tenta di catechizzarmi spiegandomi cosa mangiare e come e quando.

Infatti sta per iniziare, lo vedo. Negli occhi la luce fanatica di chi pensa che attraverso il cibo passi chissà quale rapporto profondo con il mondo, la storia, la natura, e se stessi naturalmente. Io faccio una smorfia e mi metto sulla difensiva, lui attacca a parlare: «Scommetto che non hai mai assaggiato la picurinata. Ora ne ordino un piattino, secondo me ti piace. E poi, lo sai che...?».

La pantomima viene bruscamente interrotta dalla cameriera che ci lancia sul tavolo con mossa fulminea un piatto ovale pieno zeppo di fritti dall'aria appetitosa.

Alfio ne assaggia uno con l'aria dell'intenditore e ricomincia a parlare. Io afferro una frittella e me la caccio in bocca. È buona. Sì, Alfio non sbaglia mai quando si tratta di cibo. Gusti infallibili! Però quanto parla stasera, persino più del solito. Non ho voglia di ascoltarlo. La mente scivola via di lato, oltre il bordo del tavolo, lungo la parete, fuori dalla finestra. In mezzo alla nebbia della memoria.

Penso a Ernesto Giorgi, mi chiedo se la fototessera che mi è apparsa sullo schermo del computer quando ho controllato le sue generalità gli renda giustizia. Sembra vecchio e fragile, il viso scavato, una barba bianca da profeta. Venticinque anni fa la barba non ce l'aveva, sono abbastanza sicura. Ma la sua faccia di allora galleggia nella nebbia, non riesco a metterla a fuoco. Lo avevo incontrato due o tre volte, non di più, in quella breve fase della vita in cui la mia strada e quella di Letizia si erano incrociate. E in realtà a distanza di tempo mi era rimasta in mente più che altro la voce, sgraziata e tonante, incapace di esprimere simpatia anche quando ti sorrideva o cercava di farti un complimento.

Ma il punto è un altro: perché Giordano Lepre ha chiamato proprio lui pochi minuti dopo aver ammazzato Esmeralda?

«In effetti, non può essere un caso» sembra farmi eco a voce alta Alfio, mentre mi versa un bicchiere di vino bianco.

«Insolia, provalo» dice. «Questa cantina è una garanzia, la conosco.»

Alzo il bicchiere e bevo. Il liquido fresco mi scivola lungo la gola. Annuisco e sorrido.

«È buono» dico. In realtà non sento molto. Continuo a pensare a Ernesto Giorgi e a sua figlia. Alla mia indagine sulla morte di Letizia, che non sta andando da nessuna parte, e all'indagine sull'omicidio Musumeci, in dirittura d'arrivo, sembrerebbe, ma forse è una finta. Mancano troppi tasselli, questo puzzle fa schifo. E poi io li ho sempre odiati i puzzle, anche da ragazzina. A mio padre piacevano e continuava a regalarmeli, ma io mi annoiavo subito. Finiva sempre col completarli lui.

«Pensi che questo Giorgi c'entri qualcosa con il nostro autista assassino?» riprende Alfio.

«In qualche modo sì, anche se in realtà non riesco a immaginare come.»

«Certo sarebbe bello sapere che cosa si sono detti nella terza telefonata, quella durata due minuti.»

«Domani mattina glielo potremo chiedere. L'ho fatto convocare nel mio ufficio.»

«A che ora?»

«Alle nove.»

«Ci sarò, sono molto curioso.»

«Anch'io.»

«Nel frattempo, Giulia, mangia le panelle. Se si raffreddano, non sono più buone» conclude con un sorriso tutto dolce, come fossimo due fidanzati a cena all'Isola, in una tiepida sera di maggio.

È proprio vero, con i fritti è così: o li mangi subito oppure non vale più la pena. Chissà, forse anche per i delitti è lo stesso: aspettare troppo rende qualunque verità stantia. Indigesta forse. Probabilmente, del tutto inutile.

# 52

È da stamattina che siamo chiusi qui dentro e la testa mi scoppia. Alfio in apparenza sta meglio di me e non rinuncia alla battuta delle cinque e mezza di pomeriggio. «Che dici, dopo colazione e pranzo gli offriamo anche il tè a questi due stronzi?»

Io non rispondo. Ho gli occhi fissi sulla faccia di Ernesto Giorgi, al di là del vetro a specchio. Sembra una maschera di gomma, di quelle da carnevale. Una maschera da vecchio dalla faccia scavata, rugosa, incartapecorita quasi.

Abbiamo cominciato con lui la nostra giornata di interrogatori. Serrati e sfiancanti, ma soprattutto inutili.

La cosa divertente, se ce lo raccontasse qualcun altro, è che hanno cambiato leggermente versione più di una volta, sia lui che Lepre, ma sempre come se avessero concordato la cosa, mantenendo una sorta di perfida coerenza. Perfida per noi. Perché stanno mentendo, è ovvio, tutti e due, ma capire come fargli dire la verità non è ovvio per nulla.

«Mi ha telefonato perché aveva bisogno di ordinare dei ricambi per l'officina di suo figlio» ha dichiarato Giorgi.

«Ma lei non ha più l'officina da tanti anni, si occupa ancora di ricambi?» gli ho prontamente ribattuto.

«Ho avuto per una vita intera l'officina e ho ancora un

sacco di agganci. Avere dei ricambi a buon prezzo non è certo un problema.»

«Questo non lo metto in dubbio, però lei sta sul Lago Maggiore, mi stupivo del fatto che da Milano venissero a comprarli proprio da lei. C'è un po' di strada da fare. Mi chiedevo dove fosse la convenienza.»

«Più che altro è un'abitudine. Io e Lepre ci conosciamo da una vita.»

«Un'abitudine. Quindi accadeva spesso che il signor Lepre la chiamasse per ordinarle dei pezzi di ricambio?»

«Spesso? Ma no, non direi così spesso.»

«Cioè, ogni quanto tempo all'incirca?»

«Non so, non ho mai tenuto il conto. Di certo dall'ultima volta sono passati almeno un paio di anni, forse anche di più.»

«Davvero? Due anni? Mi stupisce.»

«E perché? Io sono in pensione.»

«Sì, ma Lepre e suo figlio non sono in pensione.»

«Questo che cosa vuol dire?»

«Che mi sembra un po' strano che si facessero vivi così di rado, se sapevano di poter risparmiare rivolgendosi a lei.»

«Non so, forse l'officina di Lepre non andava tanto bene, aveva poco lavoro, e quindi poco bisogno di pezzi di ricambio.»

Me lo ha detto con una luce canzonatoria negli occhi. Ne sono certa. E una piega durissima sulle labbra quasi prive di carne.

Scommetto che lo sapeva benissimo che io non ho modo di andare indietro più di due anni nel controllo dei tabulati telefonici.

«Quindi lei mi sta dicendo che era da più di due anni che non sentiva il signor Lepre?»

«Sì, magari anche di più.»

Una dichiarazione perentoria, anche se totalmente implausibile. Confermata parola per parola da Lepre.

«Ho chiamato Giorgi perché avevo bisogno di ordinargli dei ricambi per l'officina di mio figlio» ha dichiarato.

«Come mai proprio lui? Nei dintorni di Milano non c'è nessun altro a cui chiedere? Non le sembra un po' strano, signor Lepre?»

«No, è un vecchio amico. Mi fa dei prezzi molto buoni.»

«E lei lo chiama subito dopo aver ammazzato la sua datrice di lavoro?»

«Ma no, non è vero. L'ho chiamato prima.»

«Mi spiace smentirti, Lepre» è intervenuto Alfio.

All'ispettore capo Russo piace dare del tu ai presunti colpevoli. Gli sembra di avere più presa, di incutere timore. Non sempre funziona. Però a volte sì. All'inizio cercavo di impedirglielo. Gli ho fatto notare un paio di volte che il mio stile era un altro, e lui avrebbe dovuto rispettarlo. Poi mi sono detta: perché no? Forse avere due investigatori dallo stile diverso può essere una buona cosa. Magari dà risultati migliori, chissà.

Oggi no. I risultati tendono allo zero.

Dandogli del tu e facendo lo sbirro fetente, Alfio ha sciorinato davanti a Lepre una discreta quantità di fotografie, e in tutte si vedeva in primo piano la sua macchina inquadrata da varie telecamere. In ogni foto data e ora, e a corredo una bella pila di tabulati telefonici. Insomma, dimostrare dati alla mano che ci stava mentendo si è rivelata la cosa più facile del mondo. E la più inutile.

«Lepre, ci hai detto che hai ammazzato per sbaglio la tua padrona davanti a casa. È corretto?» ha ripreso Alfio.

«Sì, è andata così, io non volevo» ha risposto Lepre.

«Ok, ora questo non ci interessa, se volevi o no. Ci interessa il dove e il quando. Hai detto che lei è salita in macchina mentre stavi facendo manovra per andartene, corretto?»

«Sì.»

«E lei voleva che ti fermassi, corretto?»

«Sì.»

«E poi?»

«Le ho dato un pugno perché lei mi ha morso una mano.

Solo per quello, io non volevo farle del male. Non avrei mai voluto.»

E mostra la mano sinistra, dove in effetti c'è una piccola crosta compatibile con gli esiti di un morso. Così ha detto anche il medico legale, il nostro esimio Pannofino.

Alfio insiste: «Bene, d'accordo, e che ora era?».

«Non lo so.»

«Comunque, prima delle 14.17. Corretto?»

«Non lo so» ripete, gli occhi pieni di lacrime, la voce rotta.

«La telefonata che hai fatto a Giorgi è partita alle 14.22 ed è finita alle 14.24. Secondo me Esmeralda Musumeci era già morta.»

«Ma no!»

«E allora come spieghi che la tua macchina è stata immortalata alle 14.15 in via Washington, alle 14.18 in via Costanza, alle 14.24 in via Caterina da Forlì?»

«Non lo so, mi sarò confuso.»

«Su che cosa esattamente ti saresti confuso?»

«Non lo so.»

«Sul motivo della telefonata magari?»

«No, sull'ora, solo sull'ora.»

«Non ti preoccupare, lo sappiamo noi che ore erano, e tanto basta.»

«Io l'ho chiamato prima Giorgi, prima che succedesse tutto. Sono sicuro, anche se non mi ricordo l'ora giusta» ha ribadito Lepre.

Ecco perfetto, l'importante è negare l'evidenza. Come un marito traditore colto in flagrante: l'importante è negare, negare tutto, anche ciò che è impossibile negare.

Ma il marito traditore e negazionista tenta di salvarsi dal disastro, anche se in modo stupido, Lepre cosa diavolo sta cercando di fare?

Ha confessato un omicidio, ha confessato un furto (e ci ha fatto ritrovare i soldi della Musumeci, ben nascosti nel garage di via Vetta d'Italia), cos'ha da perdere arrivati a questo punto? Sta cercando di salvare suo figlio dall'accusa di complicità, d'accordo, questo è comprensibile. Ma perché vuole salvare anche Giorgi? Non lo capisco.

L'istinto mi dice che c'è qualcosa che non torna nella confessione di Lepre. E che il padre di Letizia ha qualcosa da nascondere. Ma cosa? E soprattutto: come fare a dimostrarlo?

Una sola cosa è certa: non sarà Ernesto Giorgi a darmi una mano a trovare delle prove. Mi è bastato entrare nella stanza e incrociare per la prima volta i suoi occhi grigi per capirlo. Mi ha messo quasi a disagio. Ho sentito dentro una sorta di forza maligna nel suo sguardo. Niente di eclatante, come una corrente a bassa intensità, appena percettibile. Però la senti, come un solletico sulla pelle, uno sfrigolio dentro le ossa.

Tutt'altro genere rispetto al povero autista innamorato, che strabuzza gli occhi, suda, si agita, piange persino. Sta mentendo anche lui, ma raccontare bugie sembra rappresentare per Giordano Lepre uno sforzo sovrumano, una fatica senza pari, una sorta di ordalia. Mente, sì, ma è terrorizzato, come se si aspettasse di finire incenerito da un momento all'altro. Come se un senso di colpa cosmico lo stesse spolpando come un osso, divorando ogni energia. È bianco come un cencio, balbetta, ogni tanto singhiozza. A tratti si accascia, come avesse esaurito l'ultimo brandello di energia, e fosse lì lì per addormentarsi, esausto. Si ridesta solo quando viene fatto il nome di suo figlio Massimiliano. Allora si risveglia, sembra recuperare di colpo forza e lucidità, nei momenti in cui come una tigre difende il suo cucciolo. Ma dura poco. Il suo modo standard di essere nel mondo è guardarsi intorno spaventato. A torto o a ragione, a seconda dei casi e dei momenti.

Ernesto Giorgi no, non ha paura, né di me, né dei fantasmi. Nemmeno di quello di sua figlia? mi chiedo oziosamente. E non so trovare una risposta.

# 53

So per certo che ieri notte ho dormito a casa, nel mio letto, da sola. Anche se questo, lo ammetto, non è certo una notizia.

Vuol dire che sono uscita per qualche ora dal fantastico ufficio al terzo piano della questura di via Fatebenefratelli, che la polizia di stato mi mette cortesemente a disposizione. In cambio dovrei risolvere i casi di omicidio che arrivano sulla mia scrivania, magari in tempi sensati. Cosa che non sempre accade.

*Devo* essere uscita. Eppure, non me lo ricordo il momento in cui ho varcato quella porta e me ne sono andata, libera e felice. Be', più o meno...

La sensazione netta, alle otto di mattina di un venerdì di maggio, il terzo del mese per la precisione, è di non essermi allontanata da qui, da questa scrivania bianca e da queste pareti sporche, grigie come la faccia di Alfio.

Anche lui non sembra molto felice di essere qui stamattina, anche lui ha l'aria stropicciata di uno che ha dormito poco e male.

«Che facciamo col Leprotto? Lo mettiamo in pentola?» esclama.

Io lo guardo vagamente allibita e rispondo cauta: «Ma di cosa parli?».

«Sto parlando del Lepre giovane» scandisce Alfio con tono piuttosto didattico. «Massimiliano Lepre, anni quarantadue secondo l'anagrafe, ma un'età mentale di quattordici, forse. Quoziente intellettivo di una foca monaca.»

«Probabile, anche se non so nulla delle foche, né monache né laiche.»

«Madonna, Giulia, hai fatto una battuta! Sono impressionato. Stai bene?»

«No, per nulla, ho dormito malissimo e sono di umore pessimo. Non ne posso più di farmi prendere per il culo da questi qua.»

«Perfettamente d'accordo con te.»

«E quindi che cosa proponi per il Lepre giovane?»

«Niente di particolare. Però potrebbe essere lui l'anello debole, quello su cui far leva per far parlare gli altri.»

«Potrebbe.»

«La registrazione del suo interrogatorio l'hai vista, no?»

«Sì, Alfio, l'ho vista, e mi sono fatta anche due risate. Sembrava uno sketch comico a un certo punto.»

«Scommetto che hai cominciato a ridere quando abbiamo parlato del bidone di acido trovato nella sua officina.»

«Sì, diventa esilarante quando strabuzza gli occhi e dice che quel brutto bidone cattivo pieno di acido proprio non riesce a spiegarsi da dove sia arrivato.»

«Io mi sono divertito anche di più» ridacchia Alfio «quando il Leprotto ha tirato fuori la storia che il bidone di acido lo aveva portato lì un albanese di nome Bamir-ma-il-cognome-non-lo-so che ogni tanto lo aiuta in officina.»

«Il meglio lo avete raggiunto quando tu cerchi di fare la faccia minacciosa e gli dici "Ma come, tu facevi lavorare in nero uno che nemmeno sapevi come si chiamava di cognome, vuoi finire nei guai?" e lui alza le spalle con il suo faccino da cherubino e la boccuccia a cuore e si vede benissimo che sta pensando "Sai-chi-se-ne-frega? Qualunque accusa è meglio di un'imputazione di omicidio".»

«Già» sospira rumorosamente Alfio. «Però dopo l'inutile

pantomima con il Leprottino ho avuto un'idea che forse sta per dare i suoi frutti.»

«Cioè?»

«Ieri sera, prima di sbaraccare, intanto che tu parlavi con Giorgi, ho fatto un salto da Lepre padre e gli ho fatto un bel discorsetto su quel barile di acido cloridrico ritrovato nell'officina del figlio e su quanto poteva metterlo nei guai.»

«E lui?»

«Lui niente, mi ha detto tre volte che non sapeva nulla, che di sicuro c'era una spiegazione. E di certo suo figlio era innocente di tutto.»

«Fin qui niente di nuovo.»

«Vero. Ieri niente, ma stamattina chissà...» mi risponde sibillino.

Io lo guardo impaziente ma lui si limita a fissarmi, come se aspettasse un colpo di grancassa o un fischio di inizio, un segnale convenuto di qualche genere.

E incredibilmente ecco il segnale: qualcuno bussa alla porta. È l'ineffabile Abete e sembra ancora più agitato del solito. Per una volta, riesce però a organizzare un discorso di senso compiuto, e mettendo in fila non più di tre frasi. Praticamente un miracolo.

«Dottoressa, c'è il dottor Cardini» mi annuncia.

«Bene» rispondo. E intanto guardo un po' lui, un po' Alfio. Come il gatto e la volpe, sembrano sapere qualcosa che io non so. E non si capisce perché non me lo vogliono dire.

«Il dottor Cardini l'aspetta nella saletta per gli interrogatori del primo piano.»

«Bene» ribadisco.

«È arrivato anche Lepre Giordano» aggiunge. «Buona giornata, dottoressa!» E se ne va di corsa, come temesse qualcosa. Una reazione inconsulta da parte mia?

«Che succede? Me lo dici finalmente, invece di fare il misterioso?»

«Semplicemente che Lepre vuole fare una dichiarazione spontanea.»

«A proposito di che cosa?»

«Che dici, vale la pena scendere di due piani per scoprirlo?»

«Direi di sì» rispondo, seguendolo guardinga. Non so che cosa aspettarmi. Però lo ammetto, sono curiosa. Maledettamente curiosa.

# 54

Due piani di scale dopo, e quasi quattro ore dopo, non posso dire che la mia curiosità non sia stata soddisfatta, e di certo la nostra indagine un piccolo passo avanti lo ha fatto. In una direzione piuttosto prevedibile, arrivati a questo punto, ma con qualche risvolto francamente inaspettato.

Lepre ha denunciato Giorgi, finalmente.

«Ho telefonato a Ernesto» ha dichiarato «perché avevo bisogno di aiuto. Ero nel panico, non sapevo che cosa fare. Lui era un vecchio amico e io l'ho chiamato. Mi ha suggerito di far sparire il cadavere. Mi ha detto dove procurarmi l'acido, mi ha spiegato come fare. Però io all'ultimo momento non ce l'ho fatta. Mi dispiaceva troppo. Volevo bene alla Esmeralda.»

«E quindi le ha tagliato la testa?» ha chiesto Cardini con uno strano tono di voce, paziente e quasi lieve, come se tagliare la testa a una donna fosse in fondo una delle possibili conseguenze del volerle bene.

«Ma no» ha risposto di slancio Lepre. «Io non volevo tagliarle la testa, non volevo, giuro» ha aggiunto agitando le mani in avanti, come a voler cancellare anche l'idea.

«Però lo ha fatto» ha ribadito Cardini, voce paziente, postura tutt'altro che rilassata, un ossimoro vivente come suo solito.

«Sì, certo, certo, l'ho fatto io. Ho fatto tutto io. Ve l'ho detto, mio figlio non ha fatto niente» ha gridato Lepre.

"Sì, ce l'hai detto e ripetuto" ho pensato io, silenziosa testimone, ubbidiente alla richiesta di Cardini, che mi ha chiesto di presenziare ma non intervenire. "Ma se il linguaggio del corpo significa qualcosa, tu stai mentendo, caro mio."

«Giuro, lo giuro, mio figlio non sapeva nemmeno che cosa ci fosse dentro quel bidone» ha urlato Lepre, come se avesse sentito i miei pensieri.

E poi ha proseguito la recita, tenendo gli occhi bassi e cercando di controllare la voce. In capo a un'ora ha completato la sua ricostruzione dei fatti, sotto lo sguardo vigile del suo avvocato, che non ha detto una parola ma ha continuato ad annuire con aria soddisfatta, come se tutto stesse andando esattamente come aveva previsto.

E così Lepre ci ha raccontato che il bidone di acido è andato a prenderlo, su consiglio di Giorgi, in un campo nomadi in fondo a via Lorenteggio. E poi è andato nel boschetto dalle parti del Ticino con l'idea di distruggere il cadavere della povera Esmeralda in un posto isolato e lontano da occhi indiscreti. Ma una volta arrivato lì gli dispiaceva troppo, non poteva versare l'acido e distruggerle la faccia, perché lui l'amava tanto quella donna, l'aveva sempre amata. E allora ha deciso di tirare via la testa, per proteggerla.

Ha detto proprio così: tirare via la testa per proteggerla. Ma santa madonna, ho pensato, vi prego, non vi venga mai in mente di proteggere la mia testa in questo modo! E che cazzo!

Comunque, ha continuato dicendo che il resto del corpo, testa esclusa, aveva pensato di distruggerlo con l'acido, ma poi aveva cambiato idea. Si era detto che poteva semplicemente bruciarlo, ma alla fine non c'era riuscito. Aveva dovuto scappare perché arrivava qualcuno. Però la testa se l'era portata via, e aveva deciso di metterla al riparo, dentro il garage, sistemandola su quella specie di altarino dove c'era anche un contenitore del ghiaccio, per essere sicuri che non andasse a male. Nell'attesa di capire che cosa fare. Dove metterla. E poi con il suo bidone pieno di acido era tornato al garage di suo figlio. E lo aveva nascosto lì. Pensando che nessuno lo avrebbe trovato.

Insomma, una ricostruzione dei fatti un po' vera e un po' inventata, a tratti esilarante, in alcuni momenti commovente. Ma nel complesso farcita di bugie come un panino superimbottito.

Come ha felicemente sintetizzato Alfio, mentre ci stavamo avviando verso le scale per tornare al terzo piano: «Lepre continua a raccontarci un mucchio di palle».

Con un linguaggio appena più controllato, Cardini aveva pochi secondi prima detto a voce bassa: «In effetti, sembra di fare dei passi avanti, però poi alla resa dei conti siamo sempre al solito punto, non si riesce a chiudere. Lei che ne dice, dottoressa?».

"Dico che stanno continuando a prenderci per il culo, ecco cosa dico!"

Ma in realtà non ho detto niente, a voce alta. Non ho risposto né a Cardini né ad Alfio. Ho continuato a rimuginare per i fatti miei, in assoluto silenzio e alla fine mi sono limitata a dire: «Manderei a prendere Giorgi, cosa ne dite? Sono impaziente di sentire la sua versione dei fatti».

## 55

Ernesto Giorgi è riuscito a spiazzarmi. Subito. Appena entrata nella saletta del terzo piano che usiamo per interrogare i testimoni senza metterli troppo in allarme.

Lui in allarme non lo era per niente. Mi aspettava pacifico e sorridente. Fin troppo. E ha continuato a sorridere mentre ammetteva che sì, vero, era stato lui a dire a Lepre dove andare a comprare il bidone di acido, ma mai avrebbe immaginato che potesse servire per sciogliere un cadavere.

«E a cosa pensava che servisse?» gli ho chiesto.

«Non lo so, non mi sono fatto domande.»

«Cioè, vuole dirmi che era normale che Lepre la chiamasse e le chiedesse: "Dove posso trovare dell'acido?".»

«Normale no... ma sì, capitava che mi chiamasse per qualche pezzo di ricambio, ve l'ho detto già ieri.»

«Un barile di acido cloridrico non è esattamente un pezzo di ricambio come un altro.»

«Sì, ma può essere utile in un'officina.»

«Resta il fatto che negli ultimi due anni non è mai capitato che Lepre si rivolgesse proprio a lei per i pezzi di ricambio, come mai?»

«Non lo so, francamente.» E ha alzato le spalle con l'aria scocciata di uno che non ha niente da nascondere e vuole essere lasciato in pace.

Il tipo di espressione che di solito precede di poco la classica uscita: "Sono un cittadino onesto, pago le tasse e rispetto le leggi. Sono venuto qui di mia spontanea volontà e non capisco come vi viene in mente di mettere in dubbio quello che vi dico".

I più timidi sussurrano: "Mi scusi, dottoressa, io sono venuto qui da solo, mi hanno detto che occorreva la mia testimonianza, ma non è che per caso avrei fatto bene a venire con un avvocato?".

Giorgi né una cosa né l'altra: né timido né arrogante, semplicemente spiazzante.

All'ennesimo tentativo da parte mia di stringerlo in un angolo, dicendogli «Lepre sostiene di averglielo detto a che cosa serviva quel bidone di acido», Giorgi mi ha risposto con tono serafico: «È la mia parola contro la sua».

«Vero, ma perché Lepre dovrebbe cercare di tirarla dentro in un'accusa di omicidio?»

«Perché mi odia, mi ha sempre odiato.»

«E perché di grazia?»

«Perché io mi scopavo la Esmeralda, intanto che lui faceva il cagnolino ai suoi piedi.»

Il tono di voce di Giorgi non è cambiato, la luce negli occhi all'improvviso sì. Si è fatta più tagliente.

Per un istante sono rimasta allibita. Questa rivelazione non me l'aspettavo.

«Eravate fidanzati da giovani?» ho chiesto.

«Sì, ma abbiamo continuato anche dopo, quando lei era già sposata con Musumeci.»

«E questo basta a far sì che Lepre la denunci ingiustamente?»

«Non lo so, me lo dica lei.»

«Anche in questo caso è la sua parola contro quella del signor Lepre.»

«Se volete una prova vi basta guardare in faccia il figlio più grande di Esmeralda. Tutto suo padre, e non parlo di Musumeci.»

«Cioè? Vuole dirmi che il padre è lei?»

Di nuovo ha alzato le spalle con aria annoiata. Non ha risposto. Si è limitato a fissarmi con aria di sfida.

Io cercavo di pensare il più in fretta possibile. La sensazione era quella di una partita a scacchi giunta finalmente a una mossa significativa, anche se forse non ancora decisiva: e se la prova del DNA dimostrasse che Ernesto Giorgi ha ragione? Cosa potrebbe voler dire? Che cosa cambierebbe in questa confusa scacchiera dove si stanno accumulando troppi indizi discordanti e nessuna prova?

«Quando Gaetano Musumeci è sparito voi vi frequentavate?» ho chiesto, con il tono più neutro possibile.

«Sì, più o meno, ci vedevamo ogni tanto» mi ha risposto evasivo. «L'hanno rapito» ha puntualizzato. «I sardi. Non l'hanno mai più ritrovato.»

«Chi abbia organizzato il rapimento non si è mai saputo, signor Giorgi.»

«Sì, be', ma erano i sardi che si erano specializzati nel ramo sequestri, in quegli anni.» Me lo ha detto con un tono di voce vagamente canzonatorio, come se mi stesse facendo una lezioncina.

«E lei, dopo che Esmeralda è rimasta vedova, non ha pensato di farsi avanti? Anche rispetto a quello che lei pensa sia suo figlio? Parliamo del maggiore, Alessandro, giusto?» ho chiesto, cercando di prenderla un po' larga.

La risposta di Giorgi è stata piuttosto diretta: «Ma per carità, io nel frattempo mi ero sposato, avevo avuto una figlia, andava bene così, non avevo bisogno di altro. E poi Esmeralda aveva gusti troppo dispendiosi per me, non avrei mai potuto mantenerla.»

L'interrogatorio di Ernesto Giorgi si è concluso così, con una sorta di ultimo sberleffo.

Quando gli ho detto che se ne poteva andare, e grazie tante per la collaborazione, si è alzato con molta calma ed è uscito dalla stanza quasi al rallentatore, col passo pesante.

Io sono rimasta a fissare la porta che si chiudeva dietro di lui e mi sono chiesta: perché non gli ho detto che conoscevo sua figlia?

Magari senza dirgli che mi sono messa a investigare per scoprire che cosa le è successo. Però almeno glielo potevo dire che all'università eravamo amiche, io e Letizia. Stavo proprio per farlo. Ma poi ho deciso di no. Qualcosa nello sguardo di quest'uomo mi ha fatto cambiare idea.

# 56

Ha cucinato Alfio. Si è autoinvitato a casa mia per festeggiare la soluzione del caso. Io stavo già per dirgli di no, non è il caso, lascia stare. Poi un'improvvisa nostalgia, non so neanche di cosa, mi ha fregato.

Spaghetti alla Alfio e vino rosso. Secondo Alfio è una ricetta siciliana rivista alla napoletana. A me sembra solo una pasta aglio, olio e peperoncino con in più il pangrattato e i capperi. Niente di tanto speciale da volerla trasformare in una tradizione. Ma lui è così, ci tiene. Beato lui. Ogni volta che parla della sua famiglia sorride. È buffo, sembra che sia cresciuto davvero nella famiglia del Mulino Bianco. O magari è solo che se la racconta così. In fondo, la vita cos'è? Tutto quello che vuoi, dipende solo da come te la racconti.

La vita è uno stato mentale, mi ha ripetuto almeno un milione di volte la mia amica Gene. Dice che viene da un film con Peter Sellers, questo me lo ricordo, ma il titolo no. Dice che è un film che dovrei vedere. Magari, prima o poi.

Alfio non si sognerebbe mai di consigliarmi film da vedere. Però anche a lui piace darmi consigli. Di vario genere.

Per esempio, adesso mi vuole convincere di una semplice cosa, almeno secondo lui: «Il caso è chiuso. E va bene così».

«No che non va bene.»

«Non te ne fregava nulla di questo caso, lo volevi chiudere e basta. E adesso che abbiamo un bel colpevole confesso e lacrimoso a San Vittore non ti va bene? Perché?»

«Non lo so. Perché sono ossessiva, direbbe uno psicologo. È che sento che c'è qualcosa che non va. Manca qualcosa, e lo sai benissimo anche tu.»

«Ma che la Musumeci l'ha ammazzata il povero autista innamorato sei convinta?»

«Sì, su questo siamo d'accordo.»

«Bene.»

«E pensi che Giorgi lo abbia aiutato?»

«Ad ammazzarla? No, però a sbarazzarsi del cadavere sì.»

«E come lo dimostri? Sappiamo che i due si sono sentiti al telefono un'ora dopo, ma non sappiamo e non sapremo mai che cosa si sono detti in quella telefonata.»

«Già, e le versioni sono piuttosto contrastanti: Giorgi sostiene di avergli semplicemente suggerito dove trovare l'acido; Lepre lo accusa di averglielo procurato personalmente e sapendo benissimo che doveva servire per sciogliere un cadavere.»

«Cosa che poi lui non ha fatto.»

«Sì, però il punto non è questo. Il punto è: perché telefoni a una persona che non vedi più da quarant'anni, un vecchio, proprio a lui, per chiedergli aiuto in un frangente del genere?»

«Perché erano cresciuti insieme.»

«Non esattamente, era con Esmeralda che era cresciuto Lepre, non con Giorgi. Però sì, si conoscevano fin da ragazzi.»

«Quindi?»

«Quella telefonata a Giorgi non ti puzza lontana un miglio?»

«Sì, forse, comunque non è più affare nostro. Vedranno i giudici se...»

«Secondo me questi tre avevano qualcosa che li legava.»

«A che cosa pensi?»

«Al fatto che in questa storia ci sono troppi morti, non ti

sembra? Il primo marito della Musumeci è scomparso, sparito nel nulla.»

«Praticamente svaporato.»

«Infatti. Poi è morta Letizia e due anni dopo anche la moglie di Giorgi ha fatto una brutta fine.»

«Un incidente, mi hai detto.»

«Sì, ma di quelli un po' strani. E poi comunque ti sembra normale che ogni volta che viene fuori il nome di Ernesto Giorgi spunta fuori qualche cadavere?»

«È per questo che ti sei fissata che vuoi andare a Salina?»

Non rispondo, mi alzo in piedi e comincio a infilare piatti e pentole nella lavastoviglie. I bicchieri sono ancora sul tavolo, la bottiglia di rosso non è ancora finita.

«Non le sciacqui le cose, prima di metterle in lavastoviglie?»

«Cosa?»

«Non le sciacqui?» ripete Alfio, con uno strano tono da massaia inquieta.

«E perché dovrei?»

«Non so, perché così si puliscono meglio, e non si intasa il filtro della lavastoviglie.»

«Ma dai?»

«Sì, sfotti, ma guarda che davvero è meglio sciacquarli.»

«È scientifico?»

«Sì, vicequestore, è scientifico.»

«Ma piantala, non rompermi le palle, sennò questa diventa l'ultima volta che ti invito a cena a casa mia.»

«Capirai che invito! Ho fatto tutto io.»

«Perfetto, grazie, allora adesso te ne puoi pure andare.»

«E che carattere!» risponde piccato, ma senza accennare ad alzare le chiappe.

È seduto al tavolo, nella cucina di casa mia, in mano un bicchiere grande e panciuto, pieno a metà di vino rosso, sulla faccia uno strano sorriso soddisfatto e beffardo.

«Guarda che è una cosa che mi ha insegnato mia madre,

questa della lavastoviglie. E funziona. Anche la ricetta della pasta è sua.»

«Buona, falle i complimenti» rispondo, continuando imperterrita a infilare i piatti nella lavastoviglie senza sciacquarli.

«Certo che sei testona, non pensi mai che qualcuno ti possa insegnare qualcosa.»

«Sai, mia nonna non poteva insegnarmi a mettere le cose nella lavastoviglie in un modo piuttosto che in un altro, perché lei la lavastoviglie non la usava: era contraria alla sua religione.»

«E neppure cucinava?»

«Pessima cuoca, una vera avvelenatrice, odiava cucinare e riusciva a rendere schifosa anche una pasta al pomodoro.»

«Peccato, pensa che a me piaceva da matti guardare mia madre che cucinava, era uno spettacolo.»

«Anche mia madre era uno spettacolo vederla cucinare» ribatto di slancio. «Ma certi spettacoli sono talmente eccezionali che il numero delle repliche è necessariamente limitato.»

«Peccato» ripete Alfio, con una strana faccia in bilico sul baratro. Si alza incerto, l'aria di uno che ha infilato un piede dritto nelle sabbie mobili. E lo sa.

«Hai finito il vino?» gli chiedo.

«Sì, l'ho finito» si affretta a rispondermi. Anche se il liquido rosso che ancora ondeggia nel suo bicchiere contraddice le sue sagge parole.

«Allora me ne andrei a dormire, se non ti dispiace» concludo secca.

«Ok, me ne vado» risponde, forse troppo in fretta.

«Ho l'aereo presto domani mattina.»

«Decisa?»

«Sì, se non ci vado non scoprirò mai cosa è successo a Letizia.»

«Allora buon viaggio in terra di Sicilia, ma mi raccomando, stai attenta.»

«A cosa? Non vado mica a caccia di mafiosi.»

Alza le spalle, mi lancia un'occhiata lunga, malinconica. Sembra sul punto di dirmi qualcosa, poi cambia idea.

«Mi raccomando la granita» dice infine, il piede di traverso sulla soglia, la punta già fuori sul pianerottolo.

«Cioè?»

«Come cioè? Mangiala. Quando arrivi a Salina mangiati una cazzo di granita. Mangiatela e basta. Non hai bisogno di sapere perché.»

# 57

Nuvole veloci in alto, terra gialla e lenta in basso. Qua e là una pozza d'acqua verde stagnante.

Cosa sono venuta a cercare qui?

Così lontano.

L'aereo scende piano e dondola appena, come se con le ali volesse saggiare la consistenza dell'aria, prima su un lato e poi sull'altro. Campi coltivati, cespugli perfettamente allineati, verdissimi, a contrasto col giallo zafferano della terra.

Ripescare i ricordi, ancora una volta, che fatica sovrumana. La rete è bucata, sfasciata, un colabrodo. E la memoria incontinente, come una vescica che non si trattiene più. Tanti piccoli spruzzi inconsulti, fastidiosamente involontari. Inutili.

«Dottoressa, è mai stata a Messina?»

«Sì, una volta, vent'anni fa, e mi ricordo solo la tangenziale. Andavamo a Cefalù, in autostop.»

«Faticoso sotto il sole di Sicilia...»

Il giovane viceispettore col pizzetto nero si è finalmente degnato di rivolgermi la parola. E già sembra pentito.

Anch'io preferivo il silenzio. E invece a questo punto ci tocca conversare, come due bravi colleghi in missione insieme.

Il problema è che lui non l'ha capito proprio che razza

di missione dovrebbe mai essere questa qui. Posso immaginarmi come sono andate le cose. E perché da un'ora buona non dice nulla, mi guarda in cagnesco e pensa solo: "Ma porca troia, perché proprio io, forse che sono il più stronzo?". Il suo capo l'ha chiamato, gli ha detto solo: guarda, c'è una collega che arriva da Milano, ha bisogno di fare un sopralluogo rapido, senza farsi notare, in via ufficiosa, mi ha chiamato Staccani, sì, lui in persona, questa deve essere un'amica sua, non so cosa cercano, neanche mi interessa, tanto a Staccani non si può dire di no, quindi tu ti metti a disposizione, lei arriva domani, è un vicequestore, dottoressa Ferro, Giulia Ferro, tu la vai a prendere in aeroporto, la porti dove deve andare, insomma ti tieni a disposizione.

E lui ha ubbidito, è venuto in aeroporto a prendermi, si è messo a disposizione, ma naturalmente è incazzato.

È un bel ragazzo, il viceispettore Petrone. Profilo netto, occhi profondi e neri, da divo degli anni Venti, di quelli che recitavano strabuzzando gli occhi. Però guida come un pazzo. Acceleratore a tavoletta, naso teso in avanti come fosse un cane che punta la preda, e spalle tutte tirate all'indietro, come il sedile. E visto che non è alto un metro e novanta ma uno e settantacinque, forse anche meno, è costretto a guidare con le braccia tutte tese in avanti, come un elastico pronto a rompersi. All'inizio ha pure tentato di mettere la sirena, ma l'ho bloccato subito.

«Guardi, non c'è bisogno, ho chiesto infatti una macchina senza contrassegni, meno ci facciamo notare meglio è.»

«Come vuole lei, dottoressa.»

E poi non ha più detto una parola, per chilometri e chilometri, sotto il sole rovente, con l'aria condizionata a manetta. È proprio vero, la Sicilia è più vicina all'Africa che a Milano, e infatti fa un caldo assurdo per essere l'ultima settimana di maggio.

Forse pensava di farmi dispetto, di solito le donne soffrono di cervicale e hanno un sacro terrore dell'aria condizionata, o almeno questo pensano i maschi in divisa, quelli che forse in fondo non sono neanche stronzi, però ogni tanto non ce la fanno proprio a non dirsi: certo che se le donne non venivano a romperci i coglioni anche qua, magari era meglio.

Spiacente doverti deludere, carissimo collega: mai sofferto di cervicale e adoro l'aria condizionata gelida.

Però forse è meglio se non glielo dico. Mi sembra già abbastanza incazzato così. E io di solito sono fin troppo brava a far incazzare la gente, anche quando non ce n'è alcun bisogno.

Complimenti Giulia, hai vinto un premio. Perché è come un gioco, e vince chi riesce a far incazzare più gente possibile nel minor tempo possibile. Così mi diceva Staccani, il mio primo capo, a Bologna. Quello che quando mi hanno promossa e trasferita a Milano mi ha detto: complimenti, i poliziotti (e le poliziotte ancor di più) fanno carriera perché leccano bene, o perché rompono tanto i coglioni, tu la seconda, non c'è dubbio, mi sa che certi servizietti in ginocchio e con la bocca aperta manco in privato li fai, figurarsi per la carriera.

Io ero rimasta di sasso. Come sempre, quando se ne usciva con le sue battute grevi, al limite della denuncia per molestia sessuale, però buttate lì col tono tranquillo di chi commenta la pioggia, la nebbia o il vento, la temperatura in aumento per l'arrivo dell'anticiclone delle Azzorre o l'ultima sconfitta dell'Inter.

Staccani commenti sul tempo e sul calcio non ne faceva mai, e mi piaceva anche per questo. Lo ammiravo davvero, però alle sue battute del cazzo non mi sono abituata mai.

Sono passati quasi tre anni dall'ultima volta che l'ho visto. Era l'estate del 2018, lui mi ha stretto la mano con maschio vigore, cioè fin quasi a sbriciolarla, e per una volta non ha fatto battute. Nessuna. Mi ha detto solo: bene, brava, te lo meriti, non pensare neanche un attimo che non sei all'altezza, perché se cominci a pensare che sei coglione finisce che poi fai di tutto per dimostrare di esserlo davvero. Quindi cammina, vai, e non voltarti indietro.

Non l'ho più visto, ma le notizie su di lui arrivano costanti, anche dai giornali. Staccani è un altro che la carriera l'ha fatta, e ben più della mia, solo rompendo i coglioni. E in più non perde mai l'occasione di far sapere al mondo cosa pensa, e perché lo pensa, una vera manna per ogni giornalista a caccia di scoop.

In questi tre anni non mi ha mai telefonato, neanche per gli auguri di Natale. Io l'ho chiamato quattro volte, e non gli ho fatto gli auguri neanche la volta che l'ho sentito proprio tra Natale e Capodanno, perché avevo bisogno di un consiglio prezioso che solo lui poteva darmi. Se lo avessi fatto, probabilmente mi avrebbe sbattuto il telefono in faccia, e addio prezioso consiglio.

Quando l'ho chiamato due giorni fa non era in vena di battute.

Gli ho chiesto: «Disturbo?».

Mi ha risposto: «No, mai, soprattutto se mi dici subito che cosa vuoi».

Gliel'ho spiegato in trenta parole, lui mi ha risposto usandone anche meno: «Contaci, giù a Catania adesso c'è Righi e mi deve un favore. Sarà felice di avere una bella milanese a rompergli i coglioni, adesso che non c'è più il sottoscritto a provvedere».

E così sono partita col primo aereo, degna allieva sua. Ed eccomi qui sull'autostrada da Catania a Messina, in viaggio premio a caccia di fantasmi.

# 58

Guida da pazzo. 180 all'ora fisso. Sembra incollato all'acceleratore, al volante, al cruscotto. Tutt'uno. L'uomo che guida. Dalla punta dei piedi alla punta dei capelli, un arco teso, un unico slancio in avanti. Attaccato al parafango della macchina davanti, in curva, in galleria, cento chilometri senza prendere fiato, masticando chewing-gum con applicazione quasi feroce.

Galleria. Rettilineo. Galleria. Mare. Di nuovo galleria. Come sassolini schizzati via dagli pneumatici in corsa su una strada sterrata, i cartelli che indicano le varie uscite scorrono confusi di lato. Immagini psichedeliche, talmente rapide da non riuscire a decifrarle. Riesco a leggere solo i cartelli delle località che conosco. Per sentito dire, e perché vent'anni fa, come poc'anzi dicevo al viceispettore incazzoso, sono stata da queste parti. Acireale, Fiumefreddo, Taormina, Messina. Poi via in direzione Palermo. E infine Rometta.

Petrone alias Rodolfo Valentino, occhi profondi e bocca corrucciata, ha inchiodato all'ultimo istante e mi ha quasi stampata sul cruscotto, nonostante la cintura di sicurezza. Comunque, è riuscito a infilare l'uscita. Un piccolo miracolo.

Proseguiamo come avessimo cento nemici alle calcagna, senza guardarci indietro, senza chiederci perché. Quando compare il cartello ROMETTA KM 2 Rodolfo Valentino inchioda.

E per la seconda volta rischio di spiaccicarmi contro il vetro anteriore.

«Ecco, è qui» dice. Rimane un attimo in attesa, come aspettando ordini, poi aggiunge: «Non c'è niente da vedere. Vuole scendere lo stesso?».

«Sì, grazie.»

Scendo, mi guardo intorno, accenno qualche passo sul ciglio della strada. Non c'è una gran folla di gente impaziente di raggiungere Rometta. Anch'io, in effetti, non arriverò fino a Rometta. Non mi interessa.

Nessuno sa che cosa ci fosse andata a fare la madre di Letizia, nessuno ha capito come ha fatto a finire fuori strada proprio in questo punto. Un bel rettilineo, tranquillo e soleggiato. Era il 7 maggio del '98, le quattro di pomeriggio, un orario un po' improbabile per un colpo di sonno. Nessun'altra macchina in giro, nessun testimone, solo la sua Clio rossa nuova di zecca accartocciata contro un pilone. Come se avesse preso la mira. Nel verbale della Stradale l'ipotesi suicidio aleggia come un'ombra, ma nessuno si è preso neanche la briga di metterlo nero su bianco. A che scopo?

Io invece a che scopo ho voluto farmi portare qui? Niente di concreto. Dopo quasi venticinque anni neanche l'investigatore più abile, o più pazzo, può pensare di trovare qualche indizio utile. E infatti non cerco indizi, voglio soltanto annusare l'aria, guardare questo angolo di nulla, provare a immaginare che cosa può essere successo. Qui in mezzo a questi campi, e soprattutto nella testa di questa donna, Maddalena Colotti in Giorgi, morta a quarantanove anni senza un perché. E sepolta nel posto sbagliato.

# 59

L'aliscafo per Salina è in ritardo, non si capisce bene perché. Seduta su una panca di metallo, mi guardo intorno e penso, intensamente, ma evitando con cura di chiedermi se davvero ha senso essermi trascinata fino a qui.

Sto diventando impaziente. Qualcuno mi aspetta. Non lo so se avrà da darmi le risposte che cerco. Però ho deciso di provarci. Non potevo farne a meno.

Il molo di Milazzo è semideserto. La stagione dei turisti all'arrembaggio è ancora lontana, ma fa già un caldo africano. Due ragazzine seminude mi guardano con insistenza, forse perché non ho l'aria di una che sta tornando a casa, e neppure della turista fuori stagione. Il giubbotto di pelle mi fa sudare, ma se lo tolgo tutti vedranno la fondina della pistola. E non è il caso. Come ho detto al viceispettore Petrone, non c'è bisogno che tutti sappiano che sono una poliziotta.

Rodolfo Valentino ci è rimasto male quando l'ho congedato, spiegandogli che di lui non avevo più bisogno. All'improvviso desideroso di trascorrere altro tempo con me, chissà perché, ha cercato di indurmi a proseguire in sua compagnia la mia trasferta alle Eolie. Ce n'è voluta di pazienza per convincerlo invece a lasciarmi perdere. Ho dovuto persino promettere di telefonargli quando tornerò indietro. «Così, dottoressa, la vengo a pigliare qui e la riporto all'aeroporto di Catania, non ci vorrà andare da sola» mi ha detto.

Io ho risposto di sì, ma non sono sicura di voler mantenere la promessa.

# 60

Nuvole nere appoggiate sul mare. Come una minaccia pronunciata a mezza bocca, senza colpi di grancassa. Un merletto di luce adagiato sul fianco della collina. Una speranza di vita, forse un presagio di futuro.

Ma quella che cerco è una bava nera di passato, una traccia di morte, in un piccolo cimitero che sembra abbandonato.

Lapidi bruciate dal sole, iscrizioni quasi incomprensibili, due alberi annichiliti dall'arsura, tante esistenze che nessuno ha più la forza di riportare in vita. Tranne io, la rompicoglioni. Ho attraversato l'Italia intera, sono a un passo dal collasso per disidratazione, ma finalmente l'ho trovata.

Eccola lì la tomba di Maddalena Colotti in Giorgi.

È in fondo, nell'angolo più lontano dalla strada, in un lembo di terra proteso verso il mare. Una pietra bianca. Il nome e due date:

12 SETTEMBRE 1948 - 7 MAGGIO 1998

Neppure una parola di commiato, un addio, un arrivederci, un "mi dispiace", magari anche solo un "crepa". La lapide accanto è ben più vecchia, annerita dalla pioggia e dal vento, sovrastata da un moncone di metallo, quel che resta di una croce annientata dal tempo. Al posto della foto della defunta è rimasto solo un buco ovale pieno di erbacce, però ancora si legge la scritta:

DALLA VITA TRAVAGLIATA QUI GIUNSE ALL'ETERNO RIPOSO.
ANNA FRANCESCA LEBORA, DI ANNI 74, ESTINTA LI 8 NOVEMBRE 1921.
FU GIOIA E DECORO DELLA SUA CASA,
ORA È MEMORIA VENERATA NEL SEMPITERNO RIMPIANTO.

Sempiterno rimpianto. Non sembra, a vedere lo stato di questa tomba.

E per Maddalena invece? Niente? Nessun rimpianto? Neanche un fiore di plastica?

Mi guardo intorno, cerco un'altra tomba, dovrebbe essere vicina, ma non la vedo. Poi ci inciampo. Eccola!

Non la vedevo perché sembra fatta apposta per negarsi alla vista. Una lastra bianca, simile a quella di Maddalena, ma adagiata per terra invece che costretta a tenersi in piedi, sfidando il cielo e la forza di gravità.

COSTANZA SCHIAVO IN COLOTTI
7 DICEMBRE 1920 - 27 MAGGIO 1998

Due donne unite dallo stesso cognome. Morte nello stesso mese, a distanza di appena venti giorni. Solo una bizzarra casualità?

# 61

Si conoscevano molto bene, Costanza Schiavo e Maddalena Colotti. Erano madre e figlia.

La proprietaria dell'albergo Sole e dell'annesso bar Il Sorriso ha proprio un sorriso felice stampato sulla faccia, mentre me lo conferma, come se la notizia bastasse da sola a dare un senso alla giornata. La sua di sicuro, forse anche la mia.

Però aggiunge: «Guardi, una storia triste, una vera tragedia, se n'è parlato per anni». E poi rincara la dose: «Una famiglia sventurata, davvero. Oramai è rimasta soltanto Francesca. Lei si è salvata, anche perché qui c'è stata davvero poco. Pensi un po', alle elementari eravamo insieme io e lei, proprio lo stesso banco, amiche amiche, poi la mandarono a Napoli, dalla zia, e qui non è tornata più, per tanti tanti anni, da dimenticarsela, meschina. Però, quando la mamma morì, che poi per lei la signora Costanza non era la mamma, era la matrigna, insomma, quando la casa rimase vuota lei ci tornò. E adesso ogni tanto viene con la figlia, tanto carina, guardi. Anche gli amici suoi, ragazzi simpatici, educati, che di questi tempi non è facile trovarne».

Annuisco e sorrido. Non occorre altro. Lei continua a parlare e ad aggiungere dettagli. Le ho fatto credere di conoscere Francesca e quindi non si sente in difetto nel raccontarmi tutta la storia della famiglia Colotti.

Ma adesso ho un po' fretta, sono già in ritardo. L'aliscafo alla fine è partito con un'ora buona di ritardo. E Francesca Colotti non sembrava avere così tanta voglia di parlare con me. Forse non è il caso di darle il tempo di cambiare idea.

«Del resto, era una casa talmente bella...» aggiunge la proprietaria dell'albergo Sole.

Colgo la palla al balzo: «Dove rimane esattamente? Me la può indicare?».

«È facile da trovare. È la casa alla fine del paese, proprio sul mare, una villa grande con la scala che scende giù. Giù fino al mare. Era una delle case più belle di Salina, quando ero piccola io.

«E poi, lo sa che è fortunata? Francesca di solito in questa stagione non viene mai, ma è venuto fuori un tempo così bello, un caldo, una meraviglia. È arrivata l'altro ieri insieme alla figlia. Mi ha detto che volevano far prendere aria alla casa.»

Più che fortunata, direi previdente. Con Francesca ho preso un appuntamento preciso. La mia idea, per la verità, era quella di andare a trovarla a Napoli, prendendo direttamente l'aliscafo da qua, dopo essermi fatta un giro sull'isola. Ma lei mi ha spiazzato dicendomi: «Veramente sarò a Salina per alcuni giorni, la prossima settimana. Se vuole, ci possiamo incontrare direttamente lì».

Un'ottima idea. Spero.

# 62

Ho già suonato due volte il campanello. Sembra non ci sia nessuno. Premo di nuovo, con più forza. Ed ecco affacciarsi una testa di donna.

«È lei la signora Colotti? Francesca Colotti?» grido, anche se a separarci sono appena un paio di metri.

Nel vano della finestra aperta c'è una figura femminile. Il sole inclinato, già proteso verso il tramonto, produce però riverberi rossastri che mi impediscono di mettere a fuoco quello che vedo. Mi arriva una voce nitida, più giovane di quanto mi aspettavo.

«No, sono la figlia. Cosa le serve?»

«Parlare con sua madre.»

«Non c'è in questo momento.»

«Sa dirmi dove la posso trovare?»

«Non lo so, pensavo di trovarla a casa tornando dal mare. Sarà andata a comprare qualcosa.»

«Posso aspettarla?»

«Ma perché la sta cercando?»

«Avevamo appuntamento. Ci siamo sentite al telefono qualche giorno fa.»

«Ma lei chi è? Mia madre non mi ha detto che aspettava qualcuno.»

«Sono della polizia, vengo da Milano.»

Pronunciare la parola "polizia" ogni tanto equivale a dire "sesamo"... e le porte si aprono! Qui succede lo stesso. Un ronzio secco annuncia l'apertura del cancelletto di metallo azzurro. Ho giusto il tempo di avanzare di due passi prima che una ragazza dai lunghi capelli biondi, bagnati fradici, si affacci sulla porta. Mi sa che l'ho beccata sotto la doccia. Forse per questo non era così tanto socievole e desiderosa di chiacchiere.

«Perché cerca mia madre? È successo qualcosa?» chiede, la voce all'improvviso incrinata, come in attesa di una cattiva notizia.

Faccio un altro passo avanti, in questa specie di giardinetto zen fatto più di pietre che di verde, e finalmente entro nel cono d'ombra della casa. Il sole smette di ferirmi gli occhi, mentre incrocio lo sguardo della ragazza, i suoi occhi larghi, inquieti. È avvolta in un accappatoio rosso, troppo grande per lei.

«Non si preoccupi» dico. «Non è successo nulla a sua madre. Ho solo bisogno di avere informazioni su sua zia, Maddalena Colotti.»

Mi lancia un'occhiata strana, risentita quasi. E intanto si tiene immobile al centro della porta, come volesse impedirmi il passaggio.

Ci fissiamo per qualche istante. Io sto per tirare fuori il tesserino dalla tasca, giusto per fugare i suoi eventuali dubbi. Non è necessario. Cambia atteggiamento all'improvviso. Si tira da parte, lascia libera la porta.

«Vuole entrare?» dice, con un tono timido, quasi da bambina. «Mi scusi, ero sotto la doccia, venga, mi dia solo un attimo.»

Si lancia verso l'interno della casa, in direzione del bagno presumo. Io non faccio in tempo ad attraversare l'anticamera e ad affacciarmi sul salotto, enorme, luminoso, tutto bianco e azzurro, che lei è già lì, un asciugamano rosso avvolto a turbante intorno ai capelli.

«Mi scusi» ripete. Ma adesso tocca a me mostrare un po' di gentilezza.

«No, per carità, sono io che mi devo scusare per questa intrusione. Giulia Ferro, vicequestore» concludo, tendendole la mano.

«Cecilia Nava, piacere» mi risponde di corsa. Negli occhi un'inquietudine che non se ne vuole andare. Sulla fronte un grumo di rughe disposte a raggiera, come un sole malato. Non è proprio una ragazza. Vista da vicino dimostra più o meno la mia età.

«Sono qui perché mi sto occupando dell'omicidio di Letizia Giorgi.» Faccio una pausa in attesa di una reazione che non arriva. «Era sua cugina, vero?»

«Letizia?» Mi lancia un'occhiata perplessa. «Non so proprio di chi stia parlando. Non è un caso di omonimia?»

«Temo di no. Letizia Giorgi è stata uccisa nel 1996, era la figlia di sua zia Maddalena.»

«Oddio, sì, mi scusi, ho capito adesso. Sta parlando di quella che avevano bruciato, sul Lago Maggiore? O era dalle parti di Varese? Tanti anni fa.»

«Sì, sul Lago Maggiore, ma non era lontano da Varese.»

«È vero, era mia cugina, ma noi non l'avevamo saputo che era morta. In quel modo orrendo, poi. L'abbiamo scoperto soltanto quando è morta anche la nonna e siamo venute qui per la casa. Io neppure lo sapevo di avere una cugina, non l'ho mai conosciuta. E neanche la zia.»

Me lo dice con uno strano tono colpevole.

«Sua zia Maddalena è sepolta qui, vengo adesso dal cimitero. È sepolta accanto a sua madre, alla signora Costanza. Era sua nonna, giusto?»

«Sì, più o meno» mi risponde secca. «È stata la seconda moglie del padre di mia madre. Ma la mamma da qui se n'è andata via quando era piccola e non è mai più tornata. Pensi che io neppure lo sapevo di avere una nonna qui. E neppure di questa casa sapevo niente. Ho scoperto tutto quanto solo quando è morta.»

«Quando sono morte» puntualizzo. «Sono morte quasi insieme, sua zia e sua nonna, a distanza di pochi giorni.»

«Sì, è vero, una cosa pazzesca. La zia si è suicidata, dicono.»

«E anche la nonna?» provo.

«Chi glielo ha detto?»

«Nessuno, assolutamente nessuno, è solo un'idea che mi è venuta.»

«Capisco» dice. Poi sembra sul punto di aggiungere qualcosa. Ma il rumore della porta che si apre la costringe a interrompersi.

«Mamma, sei arrivata, meno male» esclama, con un sollievo che mi sembra fin esagerato, come se le stessi facendo un terzo grado da dittatura latinoamericana.

«Buonasera» dico, voltandomi di scatto. «Giulia Ferro, ci siamo sentite l'altro ieri» butto lì in fretta. «Perdoni l'intrusione, ma come sa sto indagando sull'omicidio di Letizia Giorgi.»

Sbarra gli occhi come se avesse visto un fantasma. O almeno questa è l'impressione.

«Sì, me lo ha detto, ma in realtà non so proprio in che modo potrei aiutarla. Non l'ho nemmeno mai conosciuta» mi risponde rapida. «Non è incredibile?»

L'ultima domanda non sembra rivolta a me. Rimane sospesa nell'aria come un singhiozzo nascosto.

Francesca Colotti è una bella signora dai capelli bianchissimi, raccolti in una strana crocchia disordinata e spumeggiante, in equilibrio instabile su un collo lungo, candido, elegante. Continua a fissarmi con gli occhi leggermente sbarrati, però non sembra impaurita. Semmai curiosa. Forse.

«Sono state riaperte le indagini, dopo tutto questo tempo?» chiede.

«Sì, il caso è stato riaperto e io me ne sto occupando. Mi hanno mandato qui per questo.» Se devo mentire, tanto vale farlo fino in fondo.

«Qui? E perché? Non capisco. Quella povera ragazza

penso proprio che non ci abbia mai messo piede qui.» Parla con un tono di voce controllato, cortese, arrotando appena le erre.

«Abbiamo scoperto che la madre di Letizia Giorgi è morta qui, due anni dopo l'omicidio di sua figlia, e anche le circostanze di questa seconda morte non sono state esattamente chiarite.»

«Dicono che si sia suicidata.»

«Sì, ma perché proprio sulla strada per Rometta? Lei ha idea di che cosa potesse essere andata a fare, da quelle parti?»

«No, proprio no» esclama, mentre un sorriso imbarazzato le increspa il viso di rughe sottili. «Però lei già sa che nella nostra famiglia le cose sono andate in un modo un po' particolare.» Esita un istante, come a cercare le parole.

Aspetto tranquilla. Ho tutto il tempo che mi serve.

«Io e mia sorella eravamo due estranee. Io non sapevo nulla di lei. Lei non sapeva nulla di me. Siamo cresciute così. Lontane.»

Lontane. Un'altra parola che rimane lì a mezz'aria, come orfana. Come se non ci fosse altro da dire. E le parole non bastassero mai.

Francesca Colotti è evidentemente a disagio, la mano destra artigliata sulla spalla sinistra, il braccio sinistro allungato lungo il fianco, con la mano chiusa a pugno, come in un abbraccio sghembo, infelice. Anche sua figlia non si sente a suo agio, si vede, chiusa dentro il suo enorme accappatoio rosso, come dentro una corazza troppo ingombrante per essere utile. Quanto a me, sento all'improvviso il peso della pistola appoggiata sul fianco, chiusa nella sua fondina, nascosta sotto il giubbotto. Un peso che a volte rassicura, riesce a dare risposte rinfrancanti, più spesso lascia domande in sospeso.

Siamo rimaste tutte e tre in piedi, come congelate, un teatrino femminile nella penombra della sera che incombe.

Tocca alla più anziana prendere in mano le redini, schioccare la frusta, ristabilire una parvenza di ordine. E lo fa nel modo più facile, riprendendo il ruolo di madre.

«Cecilia,» esclama «ma cosa fai lì con quei capelli bagnati, sta venendo fresco, non è ancora estate, vatteli ad asciugare, non ti pigliare un malanno, per carità.»

Cecilia scatta come una molla verso il corridoio e subito scompare. Probabile che non aspettasse altro.

«E noi sediamoci, per carità, che stiamo a 'ffare qui in piedi? S'accomodi, dove preferisce. Lo vuole un caffè?»

«No, la ringrazio, magari dell'acqua. Però sì, sediamoci.»

Mi siedo nell'angolo del divano. Aspetto. Il mio bicchiere d'acqua, e soprattutto qualche brandello di ricordo finalmente utile.

Anche Francesca si siede, dopo aver posato due bicchieri e una bottiglia d'acqua sul tavolino bianco e azzurro sistemato accanto al divano bianco. Riprende a parlare piano, senza enfasi. Senza paura.

«La mia matrigna, la madre di Maddalena, era una strega proprio. E mio padre un povero rimbambito. Fascista tutta la vita, prepotente con tutti, però da lei si faceva manovrare come un pupazzo. Un vero pagliaccio. Tutta la sua forza ce l'aveva messa ad ammazzare mia madre.»

«Quando è morta sua madre?»

«Nel '46. Era appena finita la guerra. Io avevo tre anni. Morì di parto, ma non fu una fatalità. Glielo dissero di non avere altri figli, soffriva di cuore. Ma lui voleva il maschio, a tutti i costi. E ce l'aveva fatta, maschio era, ma nato morto. E con lui morì anche mia madre. Lui fece passare neanche un anno e si prese un'altra moglie, Costanza. E voleva sempre il figlio maschio, ma arrivò un'altra femmina, Maddalena. Però Costanza fu più brava di mia madre, e lo convinse che andava bene così. Lei a manovrare la gente era una forza, una forza della natura, davvero, mi creda. Tutti se li rigirava. A tutti riusciva a far fare quello che voleva. Con le buone o con le cattive.»

«Lei non ci andava molto d'accordo, mi pare di capire.»

«No, per niente. Con me le cattive usava, solo quelle.»

«E neanche con Maddalena andava d'accordo?»

«Poverina, era piccina lei, non aveva colpe, però, lei, sua madre Costanza, non voleva neanche che le andassi vicina. Era ossessionata, continuava a dirmi di starle lontana, che non dovevo farle del male. Io neppure ci pensavo a farle del male, quando mai, ma a furia di sentirmelo ripetere forse mi fece venire l'idea.»

«Ha fatto del male a sua sorella?» chiedo incuriosita, più inquieta di quanto vorrei.

«Sì, ma una cosa da bambini, lei doveva avere un paio d'anni, io sette, otto, chi lo sa più. Stava seduta sul tavolo, le diedi una spinta forte, la feci cadere, un sacco di sangue, ma poi alla fine non si fece niente di grave. Però Costanza decise che io me ne dovevo andare. Via da casa. Da *questa* casa.»

Si guarda intorno, gli occhi all'improvviso smarriti, trafitti da una pena che non conosce consolazione, né lacrime, né compassione. Come se realizzasse solo in questo istante che è proprio *questa* la casa.

«Ma lei era piccola...»

«Sì, facevo ancora le elementari e Costanza mi voleva mandare al collegio delle suore di Maria Incoronata, che era peggio di una prigione, tutti lo sapevano. Invece fui fortunata. Molto fortunata. Mio padre, forse l'unico gesto buono di tutta la sua vita, si fece venire in mente sua sorella Rosa, che stava a Napoli e non riusciva ad avere figli, poveretta. E così mi spedirono a Napoli, con le valigie e tutto, un unico pacco, biglietto solo andata.»

Mi rivolge un sorriso mesto. Forse vorrebbe piangere, ma non lo farà. È da un pezzo che ha imparato che le lacrime non servono.

«Mi spiace,» le dico sincera «non era mia intenzione...»

«Non si preoccupi.» Il sorriso ora è più luminoso. «Sono stata fortunata, davvero. Napoli è diventata la mia città, zia Rosa e zio Edmondo sono stati per me una madre e un padre meravigliosi, non avrei potuto volere di più. Sono stata una donna fortunata.»

«E Maddalena invece?»

«Mi sta chiedendo se è stata fortunata? All'inizio lo sembrava, più di me, almeno. Ma alla fine direi proprio di no. Era giovane quando è morta, non aveva neanche cinquant'anni, e poi la tragedia che le era capitata due anni prima, la figlia uccisa, in quel modo tremendo. Che pena mi fa quando ci penso. Però io di lei ho fatto una vita intera senza sapere nulla, a ricordarmi solo la sua faccetta da bimba. Negli anni immagino che mia zia Rosa magari qualche notizia la ricevesse, da vecchie amiche, cugine rimaste qua, ma a me non diceva nulla. Mai. E così sono cresciuta figlia unica, e orfana. Non sono venuta neppure per il funerale di mio padre. Costanza non ce lo fece sapere. Ma ci pensa? Morì nel 1982, d'estate, e noi lo venimmo a sapere a Natale, per caso, perché una vecchia amica di mia zia, che abitava a Milazzo, nel mandarle gli auguri pensò bene di aggiungere le condoglianze. E mi ricordo zia Rosa, poveretta, che ci girava intorno, e cercava di dirmelo che papà era morto, ma non sapeva come fare. Povera zia Rosa, adesso è morta anche lei.»

«Lei è tornata qui solo dopo la morte della sua matrigna?»

«Sì. E anche allora non ci volevo rimettere piede. Però mi ha telefonato il notaio Astolfi, Federico Astolfi, anche lui un cugino, alla lontana, qua si era tutti imparentati una volta.» Sorride di nuovo, imbarazzata, e chiede scusa scuotendo la testa. La stessa attitudine umile che ha insegnato a sua figlia, che infatti è appena rientrata in soggiorno con i capelli asciutti e i vestiti addosso. E nel passarmi davanti mi ha chiesto scusa almeno tre volte. Ma di che? avrei voluto chiederle. Mi limito a esortare sua madre a continuare il racconto.

«Stava dicendo?»

«Sì, ha ragione, ogni tanto mi viene da divagare, forse è l'età. Ne ho fatti settantasette, proprio due giorni fa» mi dice con gli occhi che ridono e una smorfia civettuola.

«Complimenti, ne dimostra parecchi di meno» sono costretta a risponderle, ma ormai comincio a essere impaziente. «Mi stava dicendo?»

«Sì, le dicevo che fu il notaio Astolfi a telefonarmi nel '98 per dirmi che Costanza era morta e che c'era da decidere cosa fare della casa qui a Salina, perché altri parenti diretti non ce n'erano. E solo in quell'occasione venni a sapere che anche mia sorella era morta. E che era sepolta qui.»

«E cosa ha fatto allora?»

«Venni qui, con l'idea di mettere in vendita la casa e andarmene via subito. Però prima di ripartire passai dal cimitero, volevo vedere la tomba di mia sorella, scoprire che faccia le fosse venuta, da grande, e invece vidi che neppure una fotografia le avevano messo sulla lapide, niente, che tristezza!»

«E allora cosa ha fatto?»

«Mi sono data da fare, volevo almeno trovare una fotografia.»

«E l'ha trovata?»

«No, pensi che assurdità, ho scoperto che qui in casa non ce n'era neppure una. C'era di tutto in cantina, le cianfrusaglie di una vita intera. Ma di Maddalena niente, neppure una foto. In paese dicevano che *lei* le avesse bruciate tutte.»

«*Lei* chi? Costanza? Scusi, ma faccio fatica a seguirla. Perché avrebbe dovuto bruciare tutte le foto di sua figlia Maddalena?»

«Io non lo so. Qua in paese dicono che Maddalena l'aveva tradita. Aveva voluto andarsene via. Si era laureata, lettere classiche, a Palermo, e poi aveva vinto il concorso per diventare insegnante, e se n'era andata su al Nord. Un giorno era partita, con tutte le sue valigie, e sua madre che la inseguiva sul molo, maledicendola. E nessuno l'aveva vista più.»

«Ma nel '98 è tornata qui da sua madre, giusto?»

«Sì, un giorno all'improvviso tornò, così dicono. Due o tre mesi prima dell'incidente.»

«Ma dicono che non sia stato un incidente» esclamo,

stando anch'io al gioco e buttandomi a piè pari dentro questo bizzarro labirinto fatto di "dicono" e "non so".

«Sì, lo dicono.»

«E dicono che anche sua madre, anche Costanza, si è uccisa.»

Sospira. Stringe le labbra. Ora sembra più vecchia, più stanca.

«Sì, lo dicono.»

«E dicono anche perché?»

«No, il perché non l'ha mai detto nessuno. Non a me, almeno.»

«Ma lei avrà pensato qualcosa, no? Una che torna dopo trent'anni, e dopo due mesi muore. E anche sua madre muore, venti giorni dopo. Vuole dirmi che non si è fatta nessuna domanda?»

Ho alzato la voce, e mi dispiace. Francesca Colotti ora ha gli occhi tristi, sembra un cane bastonato, forse dovrei smettere di tormentarla. I ricordi a volte sono come rasoi, tagliano le viscere, incidono le vene, squarciano il cuore. E il sangue che esce copioso oltretutto sembra non servire a nulla. Sangue inutile, sofferenza vana, lo spaventoso non-senso della vita. E talora della morte.

«Ma cosa dovevo pensare?» mi risponde nervosa. «Non sapevo più nulla, né di una né dell'altra. Due sconosciute. E da così tanto tempo. Già gliel'ho detto, mi sarebbe piaciuto avere una foto, solo quello, una foto di Maddalena, da mettere sulla tomba. E telefonai anche al marito, riuscii a trovare il numero, stava da qualche parte vicino a Novara.»

«Sul Lago Maggiore, a Stresa.»

«Ah, sì, ha ragione, Stresa.»

«E lui le fece avere una foto?»

«Ma no, per niente. Un'altra assurdità, davvero, mi trattò male, fu sgarbato proprio. Mi disse "Ma lei che vuole? Cosa mi disturba a fare? Maddalena è morta. Lasciamola in pace". Così mi disse. "Lasciamola in pace!" E mi chiuse il telefono in faccia. Senza neanche un buongiorno.»

«Questo il marito di Maddalena? È sicura che fosse lui?»

«Diavolo, sì. E ho pensato, ma povera Maddalena, scappata via da un padre fetente per andarsi a trovare un marito anche peggio.»

«Perché dice questo?»

Francesca Colotti si agita sul divano. Mi lancia uno strano sguardo addolorato, esitante.

«Non lo so» dice infine.

E basta con i "non lo so"! Mi state rompendo.

«La prego, non mi dica che non lo sa. È evidente che lei sa qualcosa. Me lo può dire?»

«Cosa le devo dire?» esclama, la voce più bassa, uno sguardo interrogativo lanciato alla figlia, che se ne sta immobile in fondo alla stanza, appoggiata con la schiena alla parete. Silenziosa.

Non le rispondo. Le tengo gli occhi addosso e aspetto.

Lei deglutisce, sembra sul punto di sciogliersi in lacrime. Poi alza appena la testa, allunga il bel collo candido, come in un improvviso moto di orgoglio. Quando ricomincia a parlare, dopo qualche istante, la voce è sottile, incrostata di pena.

«Prima di metterla nella bara, Maddalena, la ricomposero, le misero addosso un bel vestito, ma prima dovettero lavarla, spogliarla quindi. Mi dissero che Costanza voleva fare tutto da sola, lei era una che voleva sempre fare tutto da sola, però poi si fece aiutare da due donne qui di Salina. E la videro nuda, e...»

«E?»

«Quando arrivai qui per la casa fu la prima cosa che mi dissero. Mi fermarono in paese, subito, il primo giorno, davanti alla chiesa. Mi dissero che, poveretta, mia sorella aveva avuto la faccia sfigurata, quasi non la si riconosceva, perché nell'incidente la testa le era uscita fuori dal vetro davanti, che non aveva neanche la cintura di sicurezza, e insomma, che dio la perdonasse per aver voluto morire.»

«Questo le dissero, solo questo?»

Scuote la testa. Dice di no, con gli occhi e con le mani, prima che con la voce.

«Il corpo era perfetto, mi dissero, non era stato schiacciato nell'incidente, solo la testa aveva battuto. Però poi mi dissero che aveva dappertutto piaghe, lividi, come delle bruciature, sul seno, sulla pancia, dappertutto. Un mucchio di cicatrici, su tutto il corpo. Povera anima.»

# 63

Ho salutato Francesca e sua figlia Cecilia. Mi avvio a piedi verso il paese. Il sole è sparito dall'orizzonte insieme ai colori del tramonto, ma c'è ancora luce, un chiarore diffuso e calmo. Il mare è lì sotto, a pochi metri dalla strada, un azzurro profondo increspato d'argento. Supero la curva e il panorama all'improvviso si allarga. Le luci delle case da una parte, la vertigine blu del mare dall'altra.

Sorrido, ripensando all'ultima cosa che mi ha detto Francesca, con una mano già sulla maniglia della porta, mentre mi salutava gentile come se le avessi portato un dono prezioso, invece di un cesto pieno di ricordi crudeli, aguzzi come chiodi, e come chiodi capaci di piantarsi in fondo al cuore, là dove sanguina di più.

Le ho detto: «Voleva venderla questa casa, ma poi non l'ha fatto». «No, ed è tutta colpa sua» mi ha risposto, indicando sua figlia con un gesto ampio della mano e un bellissimo sorriso.

E Cecilia l'ha abbracciata, di colpo, stringendola forte, come quando hai paura che qualcuno possa andare via senza dirtelo. Senza salutare. E poi ha detto, rivolta più a lei che a me: «E certo, io le ho giurato che mi sarei incatenata alla cancellata, senza mangiare, né bere, né dormire, pur di impedirglielo. Che questo era il mare più bello che avessi mai visto, un paradiso. Come ti viene in mente di vendere il paradiso?».

Il paradiso, che buffo che Cecilia abbia usato proprio un'espressione così per definire questa casa, a giudicare dai racconti un vero inferno per tutti quelli che l'hanno abitata. E invece lei ci ha trovato il paradiso. Beata lei.

Comunque ha proprio ragione Gene, la vita è uno stato mentale. Io, per esempio, adesso mi sento una schifezza. Guardo il mare, che davvero è meraviglioso, e mi chiedo solo: che ci faccio qui? Perché ho fatto un altro viaggio a vuoto? Che senso ha? Perché continuo ad accumulare immagini, storie, parole, ma niente che mi possa aiutare a risolvere questo cazzo di caso? Che nessuno ha mai riaperto, ogni tanto farei pure bene a ricordarmelo.

Continuo a girarti intorno, Letizia, ti guardo da ogni parte, ma neanche una cazzo di idea su chi può averti ammazzato. Adesso ho scoperto che hai avuto un nonno stronzo, e un padre pure stronzo. E allora? Di padri stronzi è pieno il mondo, ma mica ammazzano le figlie. Di solito.

Sono così nervosa che, potendo, me ne andrei via a nuoto. E invece cenerò qui, dormirò qui, e ascolterò il rumore del mare. Anche se forse mi renderà solo più nervosa. E domani all'alba prenderò l'aliscafo e tornerò a Milazzo, e da lì rifarò tutta la strada fino a Catania e poi in aereo fino a Milano. E quando arriverò a casa sarò assolutamente, definitivamente convinta di aver affrontato del tutto invano questa assurda trasferta senza rimborso spese.

Ormai sono a pochi passi dal bar/albergo/ristorante dove passerò il resto della serata e della notte. C'è un gran baccano, come se tutti gli abitanti dell'isola si fossero dati appuntamento lì. E infatti c'è una festa. Cazzo. Addio al celibato o compleanno? Speriamo che non vadano avanti tutta la notte.

La signora dell'albergo mi accoglie con un gran sorriso.

«Buonasera, buonasera, l'aspettavamo per la cena, ma

prima venga, solo un attimo, si unisca a noi, almeno un brindisi. È il compleanno di mia sorella.»

Per fortuna la scala che porta alla mia camera è vicina. Mi ci avvento come se fosse appena scoppiato un incendio. «Grazie, scendo subito per la cena, e tanti auguri» urlo, mentre cerco di scomparire nell'ombra.

Penso che forse potrei rinunciare alla cena. Penso che potrei andare a fare una passeggiata e trovarmi un bar qualunque dove farmi un panino. O dar retta ad Alfio, e mangiarmi una granita.

Penso che non ho voglia di parlare più con nessuno.

Penso che anch'io ce l'ho una sorella. Una sorella che vedo poco e con cui non parlo mai. Ed è meglio così, perché quando cerchiamo di parlare litighiamo subito.

Sorella. Proprio una parola dallo strano sapore.

# 64

Alfio se ne sta seduto immobile e composto sulla sua poltroncina preferita.

Mi ha appena riassunto a voce quello che ho trovato sulla mia scrivania quando sono arrivata questa mattina: una copia della dichiarazione spontanea resa da Giordano Lepre al sostituto procuratore Cardini.

«Il primo marito della signora Musumeci lo hanno ammazzato loro» mi ribadisce Alfio, stiracchiando le gambe magre e allungando le labbra in una smorfia strana, come se tutta la faccenda lo stesse facendo soffrire. «La bella Esmeralda, quel simpatico filibustiere di Giorgi e il povero Lepre si sono messi insieme e hanno fatto fuori Gaetano Musumeci, facendolo sparire nel nulla e incolpando l'Anonima Sequestri.»

«I sardi» puntualizzo.

«Già, in quegli anni andavano di moda.»

«Sì, me lo ha detto anche Giorgi, quando l'ho interrogato.»

«Però si è ben guardato dal farti sapere che in quel rapimento c'entrava anche lui.»

«Ovvio, e se avesse potuto avrebbe continuato a tenermi all'oscuro di questo piccolo dettaglio.»

«Certo che sì. Comunque lui nega tutto.»

«Tutto, tutto?»

«L'unica cosa che rivendica è il fatto che si scopava Esmeralda, che detto tra noi da giovane era una grandissima gnocca.»

«Sì, ok, Alfio, l'hai già detto più di una volta, ma non è questo il punto.»

«Sì e no. Se guardi le foto di lei da giovane, non fai fatica a capire come può aver messo in piedi una specie di harem.»

«Un harem? Addirittura?»

«Stando alla confessione di Lepre, si direbbe proprio di sì. Era lei l'ape regina. Lei che aveva avuto l'idea di sbarazzarsi del signor Musumeci inscenando il finto rapimento. Lei che aveva convinto Lepre ad aiutarla. Lei che aveva tirato dentro nell'impresa anche Giorgi.»

«Che era il suo amante in carica.»

«Esatto. E probabilmente non era nemmeno l'unico.»

«In che senso, Alfio? Cos'hai scoperto ancora?»

«Io proprio nulla, purtroppo. Queste sono solo illazioni del tuo amico Giorgi, che sostiene che l'ingegner Pratti, destinato a diventare il secondo marito della tutt'altro che inconsolabile vedova, nell'aprile del '75 era già comparso all'orizzonte. Praticamente in contemporanea con la scomparsa di Musumeci.»

«Ah, sì, e lui come lo sa?»

«Pare che Giorgi avesse una grande officina sempre lì sul lago, in un posto che si chiama Sesto... Sesto qualcosa, non mi ricordo.»

«Sesto Calende?»

«Sì, un nome così.»

«E cosa c'entra l'officina?»

«C'entra perché l'ingegner Pratti era un suo affezionato cliente ed era stato proprio lui a presentarlo a Esmeralda. Altrettanto affezionata cliente.»

«E Giorgi si ricorda esattamente questo dettaglio, dopo tutti questi anni?»

«Dice di sì, Giulia, e dice che se lo ricorda perché ha venduto l'officina proprio quell'estate lì. Venduta per comprarsi un bell'albergo in coppa 'o lago.»

«Ma dai?! E non ti è sembrata strana come coincidenza?»

«Mi è sembrata strana sì. E soprattutto ho subito pensato quello che stai pensando tu.»

«Che questa manovra possa averla fatta grazie ai soldi del riscatto.»

«Il sospetto viene, però...»

«Prove nessuna.»

«Già» sbuffa Alfio. «Anche perché il nostro Lepre è un coglione che più coglione non si può. Ripete sempre le stesse cose: che l'idea non è stata sua e che lui non ha ammazzato nessuno, che lui ha semplicemente accompagnato Musumeci nel posto in cui li aspettava Giorgi. Nient'altro.»

«Sì, non ha fatto nulla lui, a parte consegnare il povero Musumeci al suo boia. Qualcuno dovrebbe fargli presente che la complicità in un omicidio non è proprio un'inezia.»

«È proprio quello che ho fatto. E sai che cosa mi ha risposto, come se fosse una giustificazione? Che lui non ci ha guadagnato nulla. Che voleva solo aiutare Esmeralda, perché lei era tanto infelice con suo marito.»

«Cosa vuol dire che non ci ha guadagnato nulla? Non ha partecipato alla spartizione dei soldi del riscatto? Davvero? E tu ci credi, Alfio?»

«Stando alla versione di Lepre, la valigetta con i soldi del riscatto si sarebbe volatilizzata, a un certo punto, proprio come il cadavere del signor Musumeci.»

«Di quanti soldi parliamo?»

«Due miliardi di lire. Questa è la cifra che all'epoca la Musumeci aveva dichiarato di aver pagato. Invano, visto che il marito a casa non era tornato.»

«Quindi l'ipotesi sarebbe che la Musumeci e Giorgi si sono divisi il malloppo, un miliarduccio a testa?»

«Così pare. Anche se è un po' difficile dimostrarlo, a questo punto.»

«E Lepre niente, neanche una lira? Scusa, ma faccio davvero fatica a capire. Allora, Giorgi si compera un albergo vista lago, la bella Esmeralda si trova un secondo marito più ricco del primo, e Lepre niente? Continua a fare la sua vita miserabile, bello tranquillo, a posto così? D'accordo essere pirla, ma a tutto c'è un limite!»

Alfio comincia a ridacchiare. «Hai presente il vecchio detto: tira più un pelo di... aspetta, com'era?»

«Sì, va bene, ho capito.»

«Il carro con i buoi? Cento paia di buoi? Com'è che era?»

«Più o meno così, ti ho detto che ho capito» ribadisco. Ma anche a me viene un po' da ridere.

«Però scusa, Alfio, prendiamo anche per buona la tua idea, ti pare plausibile che uno stia lì a farsi prendere in giro per quarant'anni? E senza mai farsi venire un dubbio?»

«Per la verità sono quarantacinque anni. E poi, se ascolti come la racconta lui la storia, una sua logica ce l'ha. Lepre di Esmeralda si fidava, e lei prima gli ha raccontato che i soldi del riscatto li avevano persi, poi gli ha detto che l'eredità di Musumeci era poca roba perché l'azienda che sembrava così florida in realtà era a un passo dal fallimento.»

«E questa era un'altra palla?»

«No, questo è vero verissimo: Musumeci aveva un mucchio di debiti e un socio che si è preso la fabbrica quando lui è sparito, ma pochi mesi dopo ha dovuto chiudere e licenziare tutti.»

«Ok, allora, se ho capito bene: lei si nasconde il suo miliarduccio di lire sotto il materasso e fa finta di essere indigente?»

«Una povera donna con due figli piccoli, di certo non abituata a lavorare, e nemmeno a tirare la cinghia, cosa poteva fare se non cercarsi un nuovo marito sufficientemente ricco? Comunque, c'è da dire che appena si è sistemata si è subito ricordata di Lepre, ed è stata così gentile da offrirgli un lavoro.»

«Capirai, Alfio, lo hai detto tu qualche giorno fa: una vita intera a fare lo schiavo felice. Come compenso per aver partecipato a un omicidio non mi sembra questo granché.»

«Ma quale omicidio? Ti ricordo che non abbiamo niente, neppure il cadavere. E neanche un'idea di dove andarlo a cercare questo cazzo di cadavere. Perché Lepre non è in grado di dirci assolutamente niente. Continua a dire: lo ha ammazzato lui! Lo ha ammazzato lui! E tu gli chiedi: sì, ma come? Non lo so. Quando? Dove? E il cadavere, che fine ha fatto? Seppellito? Affogato? Incenerito? La risposta è sempre la stessa: non lo so. E 'sti cazzi!»

«Comunque noi gli crediamo, giusto? D'altronde, perché dovrebbe accusarsi di un delitto di cui non è mai stato nemmeno sospettato? Solo per incastrare Giorgi? Ti pare plausibile?»

«Be', lui Giorgi lo odia, questo è evidente.»

«Lo odia, sì, però ne ha anche paura, sennò non avrebbe aspettato così tanto a raccontarci la storia del finto rapimento.»

«Probabilmente per un po' ha pensato di riuscire a cavarsela. Poi ha deciso che non aveva più niente da perdere. La sua amata Esmeralda è morta, lui è in galera e rischia di restarci per un bel po', è il momento giusto per togliersi qualche sassolino dalla scarpa. E finalmente vendicarsi di Giorgi.»

«Ok, d'accordo, più o meno torna tutto. E allora perché in questo momento Giorgi non è chiuso in una cella?»

«Per un po' c'è stato.»

«Sì quanto, ventiquattro ore?»

«Quarantotto. Guarda, Cardini ci ha provato, te lo giuro, si è messo di buzzo buono. Mi sembrava anche lui bello convinto che Giorgi non fosse affatto lo stinco di santo che fa finta di essere.»

«Ma?»

«Ma niente, non c'è nessuna prova. Niente di niente. L'unica accusa che abbiamo qualche possibilità di convalidare è quella di aver fornito l'acido sapendo a che cosa doveva servire. Niente altro. Inoltre lui ha quasi ottant'anni, e s'è trovato un ottimo avvocato. Sul vecchio delitto non abbiamo un cazzo, neanche la prova che ci sia stato davvero un omicidio.»

«Secondo me gli omicidi sono due. Sono convinta che Giorgi abbia ucciso anche sua figlia.»

«Sì, vabbè un serial killer.»

«Che è un violento ne abbiamo le prove.»

«Più o meno. Quello che hai trovato a Salina parlando con... la cugina, la sorella, chi diavolo è quella che hai trovato lì?»

«La sorellastra della madre di Letizia.»

«Comunque sia, quello che hai trovato nella tua gita in Sicilia mi sembra un po' difficile definirlo una prova.»

«Sì, lo so» sbuffo. «Quindi cosa suggerisci? Di starcene semplicemente qui tranquilli, come se niente fosse?»

«Ti ricordo che al di là delle tue intuizioni brillanti, non solo non hai prove, ma nemmeno un indizio. E per la verità neanche un movente... Perché il signor Giorgi avrebbe dovuto uccidere e bruciare la sua unica figlia? Qualche idea?»

«No, nessuna. Purtroppo.»

# 65

«È perché ti senti in colpa che questa storia della tua amica morta ti ossessiona?»

La domanda di Alfio mi coglie di sorpresa, ma fornirgli una risposta sensata non è così difficile.

«No, mai sofferto di sensi di colpa in vita mia. È solo che non mi sembra giusto. È l'idea dell'ingiustizia che mi ossessiona.»

Alfio mi guarda, non aggiunge verbo. Si limita ad accendersi una sigaretta. Sarà almeno la terza nel giro di mezz'ora, ma non gli dico nulla. Siamo all'aperto, in via San Marco, seduti al tavolino del suo bar preferito. Ci stiamo mangiando il solito panino tra una riunione e l'altra, senza allontanarci troppo dalla questura. Matrocca ha convocato tutti per le due. Rogne in vista, secondo Alfio. Io non ho aspettative, e poi ho la testa sempre persa dietro a Letizia e a suo padre. Forse Alfio ha ragione: sta diventando una vera ossessione.

«Se il tuo problema era la giustizia, perché da grande non hai deciso di fare il giudice?» esclama il biondo e aitante ispettore capo Russo, succhiando goloso la sua sigaretta e lanciandomi un'occhiata in bilico tra ironia e curiosità.

Io per un attimo rimango interdetta. Poi mi chiedo oziosamente se è il caso di rispondergli, oppure no. Giusto per ingannare l'attesa del panino che abbiamo ordinato, e che ci stanno mettendo un sacco di tempo a preparare. Non si capisce perché.

Potrei raccontargli di mia sorella, di quando eravamo bambine, o meglio io ero bambina, lei già quasi una ragazza. Potrei, ma non ne ho voglia. Anche se i pensieri si attorcigliano da soli, come nodi scorsoi intorno alla gola.

Da bambina, con mia sorella, era sempre lei a dividere le cose, a tagliare in due l'ultima fetta di torta, a versare nelle tazze la cioccolata. Era la più grande, Angelica, normale che fosse affidato a lei il compito. Ma lei barava, non le faceva mai uguali le parti, e cercava sempre di prendersi quella più grande. Appena me ne accorgevo cominciavo a fare il diavolo a quattro, piangevo e strillavo, finché un adulto non sentiva il dovere di intervenire. A quel punto era fatta: io ero la più piccola, la più debole, quindi avevo diritto alla fetta più grande. Mia sorella allora diventava una donnina di ghiaccio, non diceva nulla ma mi lanciava occhiate di odio puro.

Quando sono cresciuta abbastanza da conquistare il diritto di impugnare un coltello per tagliare la torta, ho cominciato a essere ossessionata dalla questione dell'equa divisione delle parti. Tagliavo la torta col righello in mano, neanche un millimetro di differenza doveva esserci, tra una fetta e l'altra. Era un'ossessione, un'autentica ossessione. Anche solo una briciola in più o in meno mi sembrava un'ingiustizia. Un po' come avere una sorella più grande che ti detesta per il solo fatto di essere venuta al mondo.

«Non ci hai mai pensato a fare il giudice?» ripete Alfio.

«Ma che domande fai?» sbuffo. E di colpo decido di raccontargli di Angelica e del succo di frutta. Gli dico che ogni giorno, per anni, ho litigato con mia sorella a colazione, per decidere chi dovesse versare il succo di frutta nei bicchieri. Quando ero io a conquistare il diritto di eseguire il delicato compito, procedevo goccia a goccia. Mettevo i due bicchieri vicini, attaccati uno all'altro, e mi abbassavo, fin quasi ad appoggiare a terra il ginocchio destro, per guardare i bicchieri dal basso e valutare meglio il livello del liquido, che doveva essere identico in entrambi. Assolutamente.

«L'ho fatto per anni anche con il caffè, misurando ogni tazzina come fosse oro liquido. Tolleranza zero contro l'ingiustizia» concludo, cercando invano di riderci sopra.

«E ora hai smesso?»

«Sì, vivo sola, quindi il caffè lo verso tutto in un'unica tazza, da un po' di anni a questa parte.»

«Se vuoi, giusto per vedere come va con le ossessioni, vengo a farmi offrire un caffè a casa tua.»

«No grazie, non c'è bisogno» rispondo pronta. Ma mi sfugge un sorriso. Alfio riesce a farmi ridere, anche in una giornata di merda come questa. Forse avrei dovuto sposare uno come lui, invece di Marco. Magari avrebbe funzionato. Chissà.

Guardo Alfio e d'improvviso decido di dirglielo. Anche se avevo pensato di tenermela per me questa cosa. Ancora un po'. Almeno il tempo di trasformarla in una teoria sensata.

«Sai che forse ho capito perché Letizia è morta?»

«Sì? E quindi hai capito anche chi l'ha ammazzata?»

«Forse.»

«E come hai fatto?»

«L'ho sognato.»

«Ma chi? L'assassino?»

«Ma no, che dici? Io non sogno gli assassini.»

«E allora?»

«Ho sognato una festa di carnevale.»

«Scusa?» dice Alfio.

«Stanotte ho sognato una festa, una grande festa in maschera, con un mucchio di gente, ragazzi, ragazze, che saltavano, ballavano, cantavano, urlavano. Un po' mascherati e un po' no. Tutti ubriachi, fatti, strafatti, fuori di testa. Ma non in una discoteca, in una casa. Una casa enorme, senza neanche un mobile, una sedia, un tavolo, niente. Una casa tutta vuota, però piena di gente.»

«E allora?» mi interrompe Alfio.

«E allora questa casa che ho sognato è vera, esiste per davvero. O meglio: esisteva. Venticinque anni fa. Ci sono stata per una festa di carnevale, insieme a Letizia, e secondo me proprio l'anno in cui è morta.»

«E come mai ti ricordi così bene una festa di carnevale di un mucchio di anni fa?»

«Perché era stata una festa pazzesca, una specie di rave party, però dentro una casa invece che in un prato. E in pieno centro, in via Lanzone, a due passi dalla chiesa di Sant'Ambrogio. Il padrone di casa, che io conoscevo appena, uno che faceva la Bocconi, viveva lì col padre, mi pare, o la madre, non importa, ma dovevano lasciare l'appartamento e avevano già fatto il trasloco. E lui aveva pensato di fare una festa nella casa vuota, con tutti gli amici, e gli amici degli amici, genere "porta chi ti pare, basta che siamo in tanti". E il passaparola aveva funzionato alla grande. Quando eravamo arrivate, io e Letizia, e qualcun altro che manco mi ricordo, c'era la coda per entrare dal portone, una vera folla. E un'autentica follia. Infatti, la casa l'avevano devastata, scritte sulle pareti con i pennarelli indelebili, finestre rotte, bagni intasati, persino lo stipite di una porta avevano strappato via.»

«Divertente, se poi non ti chiedono di pagare i danni. Ma continuo a non capire cosa c'entra con la morte della tua amica.»

«Il carnevale niente, ma quando ho aperto gli occhi, stamattina, dopo questo strano sogno, all'improvviso mi sono tornate in mente un sacco di cose di quel periodo. Facce, nomi, voci. Scene. Ho rivisto, e non in sogno, una scena che avevo dimenticato. Un viso che avevo cancellato dalla memoria. Forse ho trovato un possibile movente. Finalmente.»

# 66

Margherita.

È lei che mi è tornata in mente, all'improvviso, stamattina.

Aveva i capelli lisci, lunghi, rosso tiziano, la pelle bianca come latte appena munto. Magrissima, alta, un seno a malapena abbozzato, da adolescente più che da donna, ma generosamente mostrato attraverso maglie di pizzo e canottiere scollate. Le mani talmente ossute da sembrare adunche. Una streghetta. Qualcuno nella nostra scombinata compagnia di ventenni tutto fumo di sogni e niente arrosto aveva cominciato a chiamarla Magò, come la maga Magò, invece del solito Marghe che era rimasto per anni il suo nomignolo. E a lei piaceva. Anche perché andava sempre vestita di nero, come fosse un'eterna quaresima.

Nel mio sogno, ieri notte, non c'era, non l'ho vista. Ma alla festa di carnevale in via Lanzone c'era, me la ricordo bene. In quel periodo lei era una presenza fissa nel nostro gruppo. Sempre accanto a Letizia, sempre lì a fissarti con quegli occhi sporgenti, un po' da ranocchia, però fascinosi, enormi, e talmente chiari da riflettere la luce come in uno specchio. Era bella Magò, aveva la bellezza sfuggente di ciò che è imperfetto, spigoloso, respingente quasi, eppure ti incanta. E non sai perché.

Oltre a frequentare filosofia in Statale, faceva mille cose, come tutti i ventenni degli anni Novanta. Tutti tranne me. Io sono troppo ossessiva per fare tante cose in contemporanea. Ho bisogno di dedicarmi. Una cosa alla volta, preferisco.

Lei tra le tante cose faceva teatro, in un posto assurdo, una cantina fredda, tagliata in diagonale, con un lungo bancone da bar anni Settanta sulla destra e una pedana di legno scricchiolante in fondo a sinistra. In mezzo una dozzina di sedie di plastica nera, scomode e sporche, e due panchine di resina verde, rubate in qualche giardino pubblico, forse. Un posto da sopravvissuti, già allora, chissà se oggi esiste ancora. Era in una traversa di corso Genova, non ricordo quale, comunque a due passi da dove abito ora. Potrei andarlo a cercare, uno di questi giorni.

Stamattina alle cinque e mezza, mentre vagavo per casa rimuginando sulla festa di carnevale apparsa nel mio sogno, all'improvviso l'ho rivista. Magò. In piedi sulla pedana del suo teatrino, avvolta in un enorme scialle di pizzo nero e sotto nuda. L'ho rivista mentre ballava come una tarantolata, buttando in avanti le braccia e la testa all'indietro, e cantava, con la bocca spalancata e gli occhi chiusi. Ho risentito la sua voce, scura, potente, incredibile in quel corpo ossuto, dall'aspetto fragile.

E poi l'ho rivista alla festa di carnevale, in via Lanzone. Mi è tornata in mente, dopo tutti questi anni, come per uno strano scherzo della memoria.

Magò era stesa per terra, in un angolo del salone, la testa appoggiata a un giaccone arrotolato, e aveva appena finito di vomitare anche l'anima dentro un secchiello di plastica rossa, uno di quelli che qualcuno si era premurato di riempire di ghiaccio per tenere in fresco bottiglie di vodka e lattine di birra.

Era tra le braccia di Letizia, che le accarezzava le guance, la fronte, gli occhi, le sorrideva, le diceva non fa nulla, va tutto bene, stai tranquilla. Sì, vengo a dormire da te, stanotte, sì, sto con te, tranquilla, non ti lascio.

Non ti lascio.

# 67

«Sua figlia è morta tre mesi prima di sposarsi, vero?»

L'uomo dai lunghi capelli bianchi ondulati, che mi siede davanti, nella penombra di questo soggiorno popolato di ombre e ingombro di mobili, si limita ad annuire con un rapido movimento della testa.

È molto magro, scheletrico quasi, forse per questo dimostra più dei suoi settantanove anni. Sta seduto su una sedia dallo schienale alto, di legno scuro, con la schiena dritta, le mani appoggiate sulle cosce, le ginocchia unite, perfettamente allineate con i mocassini neri, di cuoio lucido, che porta ai piedi. È vestito da vecchio solitario, abituato a non ricevere visite di estranei. I pantaloni di cotone blu sono sformati e stinti, la camicia ha il colletto liso. Solo le scarpe sono perfette, lucidate di fresco. Deve essersele infilate non appena ha sentito squillare il campanello. Come un gesto di buona creanza e di educazione d'altri tempi: non si ricevono gli ospiti in ciabatte. Qualunque sia il motivo della loro visita.

Il mio motivo, però, mi sembra che non gli stia piacendo molto.

All'inizio era tranquillo, Ernesto Giorgi. Deve essersi chiesto subito perché mi ero scomodata a fare una gita sul Lago Maggiore solo per parlare con lui. Ma non pensava di avere niente da temere da qualcuno che stava indagando sulla scomparsa di Gaetano Musumeci o sulla morte di Esmeralda.

E così mi ha invitato a entrare, mi ha fatto attraversare l'anticamera già buia, con un gesto secco della mano ossuta mi ha detto: «Si accomodi».

E mi sono ritrovata seduta sul divano del soggiorno, tra mobili scuri e quadri altrettanto cupi, paesaggi in tempesta, scene di caccia, un veliero sullo sfondo di un tramonto dal sapore vagamente esotico; così, a occhio, niente di grande valore nonostante le ragguardevoli dimensioni.

È quando ho fatto il nome di Letizia che l'ho visto rattrappirsi. Di colpo. Quando gli ho detto che le indagini sulla morte di sua figlia sono state riaperte.

Gli occhi acquosi non hanno cambiato espressione, ma le labbra sottili sono praticamente scomparse, come per un improvviso moto di disgusto.

«Lei non si ricorderà di me» gli ho detto. «Ma ero amica di sua figlia Letizia, eravamo insieme all'università.»

«Davvero? Studiava filosofia, come mia figlia? E poi è entrata in polizia?» Ha pronunciato le parole con una certa cautela, staccandole bene l'una dall'altra, come soppesandole.

«Sì, io e Letizia avevamo anche preparato degli esami insieme. E io ero stata anche a casa vostra, a Laigueglia. Ce l'ha ancora, quella casa?»

Negli occhi grigi è affiorato una sorta di educato stupore.

«No, l'ho venduta tanti anni fa» mi ha risposto. Poi è rimasto immobile. Ha continuato a fissarmi, senza alcuna simpatia, in placida attesa della mia prossima mossa.

Le domande che gli ho rivolto finora non gli sono piaciute, ne sono certa, ma nessuna è riuscita a scuoterlo, a strappargli una qualche reazione.

Da mezz'ora almeno ci scambiamo convenevoli. Più o meno inutili.

Gli ho chiesto di sua moglie.

«Che tragedia! Mi manca ancora adesso. È brutto stare da soli.»

Gli ho domandato se poteva essersi suicidata.

«Ma cosa dice? È stato un incidente! Lo ha detto anche la polizia.»

L'ho interrogato sul perché sua moglie fosse sepolta a Salina, invece che nella tomba di famiglia, qui a Stresa.

«Ho pensato che le avrebbe fatto piacere rimanere accanto a sua madre, riposare in pace nel posto dove era nata.»

Una serie di risposte anodine, sorrisi stanchi, gesti vaghi, come lasciati a metà. Niente di inappropriato al ruolo, alla situazione. Niente di utile.

Poi gli ho chiesto di Letizia e di quel matrimonio programmato da anni. E della casa costruita apposta per i due sposini.

«Questa casa, vero? Era qui che Letizia e suo marito avrebbero dovuto venire a vivere?»

«Sì, l'avevo fatta costruire io, era il mio regalo di nozze.»

«E lei è morta tre mesi prima.»

«Sì, una tragedia.» E non aggiunge altro.

«Assassinata.»

«Già.»

«Senza una ragione, apparentemente. E nessun colpevole.» Scandisco le parole, spiando le sue reazioni.

«Una tragedia» ripete. «Non ci si riprende da un dolore così. Perdere una figlia...» La voce è morbida, intrisa di una malinconia perfettamente adeguata alla situazione. Ti sembra di sentirci dentro l'odore delle lacrime, come terra bagnata dopo il temporale. Nello sguardo invece no, non ci intravedi né lacrime né dolore.

Non riesco a trovare neppure un brandello di commozione in fondo agli occhi grigi di Ernesto Giorgi, solo una freddezza cortese, controllata. Uno specchio vuoto, che non sembra rimandare ad altro. Nessuna profondità, neanche un'emozione.

A spingermi qui è stata l'idea che una somma di piccoli indizi e nessuna prova non mi avrebbero mai consentito di chiedere l'arresto di quest'uomo. Un uomo colpevole di due omicidi, ne sono praticamente sicura, ma senza la sua confessione non c'è nulla che io possa fare.

E lui perché mai dovrebbe farmi il favore di confessare? Lo sa bene che non siamo in grado di provare che ha ammazzato Musumeci. Quarantacinque anni fa. Dovrebbe essere lui stesso a dirci dove ha sepolto il cadavere. Anche se probabilmente lo ha sciolto nell'acido, quindi non c'è speranza di trovare qualcosa da nessuna parte.

Per non parlare di Letizia. Dove lo trovo un giudice disposto a farsi convincere che sia stato proprio il signor Giorgi a uccidere sua figlia?

A meno di non riuscire a fargli saltare i nervi, incrinare quella corazza gelida che lo protegge come un'armatura invincibile, contro la quale le mie parole si infrangono patetiche. Tra poco saranno i miei nervi a saltare, in realtà, e lui continuerà invece a fissarmi tranquillo, serafico quasi.

«Lo sapeva che sua figlia voleva mandare a monte il matrimonio?» riprendo, tenendo ostinatamente gli occhi puntati sul suo viso magro, solcato di rughe fitte e sottili.

«No.»

«No, nel senso che non lo sapeva?»

«Nel senso che non è vero.»

«A me invece risulta il contrario: Letizia non si voleva più sposare.»

«E perché mai avrebbe dovuto?»

«Forse aveva cambiato idea.»

«Ma cosa dice? Chi glielo ha detto?» sbotta, nella voce e negli occhi un inedito velo di irritazione.

«Il suo fidanzato di allora, Massimo Antiocchi.»

«Il farmacista.»

«Lui, ci ho parlato di recente.»

Per tutta risposta Ernesto Giorgi alza le spalle, come rinfrancato. «Cose da ragazzi» sussurra dopo qualche istante.

«In che senso?» lo incalzo.

«Una crisi passeggera, di quelle che vengono alle ragazze

quando è ora di crescere e smettere di giocare. Sarebbe passata, così com'era venuta.»

«Sì, ma Letizia non ha avuto il tempo di farsi passare proprio nulla.»

Non dice niente. Rimane seduto, composto. Le mani abbandonate in grembo, lo sguardo di nuovo opaco.

«A lei non ne aveva parlato?»

«Di che cosa?» mi risponde, tenendo gli occhi piuttosto bassi, puntati verso destra, in direzione della grande finestra affacciata sul lago, dalla quale entra ancora un po' di luce, nonostante il sole sia ormai scomparso dall'orizzonte.

«Non le aveva parlato del motivo per cui non si voleva più sposare?»

«Io non ho mai saputo che lei non si voleva più sposare.»

«Davvero?»

«Assolutamente.»

«Ne è sicuro?»

«Cosa vuole da me?» scatta, finalmente irritato. «È venuta qua a dirmi che avete riaperto le indagini su mia figlia, bene, dico io, sono contento, era ora. L'ho fatta entrare e sono qui che aspetto che mi dica qualcosa. Qualcosa di nuovo. E invece niente, continua solo a fare domande, a me. E cosa le devo dire?»

«Dovrebbe solo rispondere alla mia ultima domanda.»

«Ma cosa devo rispondere, cosa? Non sono cose che vi riguardano, a voi della polizia.»

«Io penso proprio di sì, invece.»

«E si sbaglia di grosso!»

«Perché si sta innervosendo, signor Giorgi?»

«Ma chi si sta innervosendo?»

«Lei, mi pare.»

«Quante storie, ma vada via. Esca da casa mia, che qui non c'è niente da cercare.»

«Cosa le fa pensare che io stia cercando qualcosa a casa sua?»

«Tutte 'ste domande cretine che mi sta facendo.» La voce

è aggressiva adesso, ma gli occhi ancora scivolano di lato. Non riesco ad agganciare il suo sguardo.

«E allora, se vuole che me ne vada, risponda alla mia domanda.»

«No, adesso lei se ne va e basta. Mi sono scocciato. Non credo che abbia nessun diritto di stare qui a farmi domande. Forse dovrei chiederlo al mio avvocato. Anzi, meglio se lo chiamo subito.» E sull'ultima frase si alza di scatto. Con un'agilità che un po' mi sorprende.

Io resto seduta. Non muovo un muscolo.

«Lei lo sapeva che Letizia non si voleva più sposare» ripeto.

Anche lui si ripete, la voce appena gracchiante: «Adesso lei se ne deve andare. Fuori da casa mia». E agita una mano verso di me. Non somiglia a una vera minaccia, ma basta a convincermi a tirarmi in piedi. Non voglio dargli il vantaggio di guardarmi dall'alto.

«Me ne vado subito, ma prima lei mi deve rispondere.»

«Ma cosa diavolo le devo dire?»

«Il motivo per cui sua figlia Letizia non si voleva più sposare. Sono sicura che glielo ha detto, prima di morire.»

«Ma non dica scemenze. Mia figlia non mi ha detto proprio niente.»

«Invece a me lo aveva raccontato.»

Mi è uscita sotto forma di un grido strozzato, quest'ultima frase. Come un ultimo tentativo, disperato. Non pensavo che sarebbe servito a qualcosa, stavo per andarmene, rassegnata e delusa.

Ernesto Giorgi respira a fondo, poi mi punta gli occhi addosso, due pozzi grigi, senza luce. La voce è cattiva.

«Sei anche tu una lesbica schifosa? Come mia figlia?» dice, ed è come se mi sputasse in faccia.

«Non ha importanza. Letizia quando glielo ha detto?»

Mi guarda fisso e non risponde.

«Quando le ha detto che si era innamorata di una ragazza, e per questo non si voleva più sposare?»

Continua a fissarmi, la bocca chiusa, una smorfia di ribrezzo stampata sulla faccia magra.

«Perché glielo ha detto, vero? Letizia non aveva paura di lei, anche se lo sapeva bene che era un violento.»

«Macché violento. È che alle donne bisogna dire che cosa fare. Da sole non lo sanno.»

«Ah, non lo sanno?»

«No. Non sanno un cazzo.»

Il vecchio con le spalle cadenti e lo sguardo spento è quasi del tutto scomparso, ha lasciato il posto a un uomo dal naso rapace, gli occhi freddi, pieni di disprezzo.

«Era mia figlia, la mia unica figlia. Io non volevo farle nulla. Doveva solo capire che stava sbagliando, che non poteva tornare indietro. Era già tutto organizzato per il matrimonio, che figura ci faceva fare a tutti quanti? Cosa dovevo fare? Andare dal Carlo Antiocchi e dirgli: mia figlia non può sposare tuo figlio perché le piacciono le donne? Questo gli dovevo dire? Ma scherziamo? Io non volevo farle male, volevo solo convincerla.»

«A botte la voleva convincere?»

«Alle donne bisogna dire cosa fare, perché da sole non lo sanno.»

«Anche sua moglie l'ha sempre presa a botte per insegnarle cosa doveva fare?»

Alza le spalle, di nuovo non mi risponde. Come se pensasse che non ne vale la pena. Non sono forse una donna anch'io?

«È per questo che l'ha bruciata? Perché non si vedesse che l'aveva massacrata di botte?»

«Sì, l'ho bruciata, quella lì non era più mia figlia, era una troia. Il fuoco purifica.»

Su quest'ultima frase ha fatto un passo avanti. È meno magro di quanto mi era sembrato all'inizio, molto meno fragile. E più minaccioso.

Faccio un passo indietro, estraggo la pistola dalla fondina, gliela punto addosso.

«Non si avvicini. Stia fermo» gli ordino, mentre tolgo la sicura.

Altrimenti potrei dimenticarmi che sono una poliziotta e infilarti una pallottola in mezzo agli occhi, perché questa è l'unica cosa che ti meriti, grandissimo pezzo di merda.

Questo però non lo dico, non per bontà, ma perché in tasca ho un registratore acceso. Al magistrato incaricato, al quale arriverà questa registrazione per la convalida dell'arresto, non piacerebbe sentire una frase del genere. È una di quelle cose che in un'aula di tribunale fanno una gran brutta impressione. Poi, sembra che tutti i poliziotti siano violenti.

Allora mi limito a dire: «Ernesto Giorgi, lei è in arresto per l'omicidio di sua figlia Letizia. Si rimetta a sedere, stia fermo e tranquillo, fra poco arriveranno i miei colleghi».

In realtà sono già qui fuori dalla porta, due macchine da Arona. Alfio mi aveva detto e ridetto di essere prudente, poi aveva fatto di testa sua: aveva telefonato a un caro amico del commissariato di Arona e mi aveva costretto a parlargli del caso che stavo seguendo, e dei sospetti che avevo. Sul padre della vittima, niente di meno.

Lo stanno portando via. Si è di nuovo ingobbito. Sembra ancora più vecchio ora, ma non abbastanza da farmi pena. Un uomo che ammazza di botte una donna non può farti pena. Neanche se arriva a cento anni. Mai.

# 68

Ho un groppo in gola. I colleghi mi chiedono se li posso seguire con la mia macchina fino ad Arona. Annuisco, senza dire una parola.

Le due auto partono sgommando. Rimango sola in mezzo al giardino. Respiro piano. Faccio un passo in direzione del cancelletto che porta verso la strada asfaltata, una raffica di vento improvvisa mi sbatte una ciocca di capelli sulla faccia. Alle narici mi arriva un profumo che conosco bene: dolce, intenso, caldo. L'odore del glicine in fiore. Sollevo la testa, mi guardo intorno e lo vedo, nel giardino della casa accanto. Mi mette un'assurda allegria. Mi ricorda mia madre. Mi ricorda che la mia infanzia è fatta anche di ricordi belli.

Percorro il sentiero bordato di rose, il vento si sta levando, un po' di fresco per la notte in arrivo. Chiudo gli occhi un attimo per scacciare una lacrima. Un rimedio collaudato, funziona egregiamente da anni. Quando li riapro mi volto verso la casa, prima di varcare il cancelletto di metallo verde.

È bella questa villa davanti al lago, con tutti questi fiori, le piante e quell'enorme vetrata rivolta verso il tramonto. Sarebbe stata felice qui Letizia, se le avessero permesso di vivere, crescere, invecchiare anche, e sceglersi i suoi amori. Se qualcuno non avesse deciso per lei cosa doveva essere giusto e cosa sbagliato. Mi sembra di vederla sulla veranda, le gambe nude e abbronzate, arrotolata come una gatta. Mi sembra di risentire la sua risata. E questa volta c'è solo allegria. Perché anche a vent'anni, a volte, si può essere allegri. E basta.

Salgo in macchina e mi sembra di portarla con me, Letizia, che non compirà mai quarant'anni ma forse ora potrà dormire tranquilla, ovunque sia. E se tornerà nei miei sogni sarà soltanto per prendermi per mano, e trascinarmi dentro la sua risata. Perché, come il protagonista del *Lupo della steppa,* anch'io un giorno potrei imparare a ridere.

# Ringraziamenti

Grazie a Chiara Beretta Mazzotta, che mi ha impedito di perdere la fiducia in quello che stavo scrivendo.

Grazie a Roberta Di Lonardo che un sabato di fine ottobre di tre anni fa è stata tanto gentile da aprire solo per me il Museo dell'Ombrello di Gignese, un posto speciale che custodisce memorie preziose e oggetti meravigliosi.

Grazie a Hermann Hesse, Thomas Mann, Robert Walser, Elias Canetti, e ai tanti altri autori e libri che hanno nutrito la mia vita e la mia scrittura.

Grazie a Giovanni, perché senza di lui il sapore di questo romanzo (e della mia vita) sarebbe molto meno intenso.